Las hermanas Jacobs

Benjamin Black
Las hermanas Jacobs

Traducción del inglés de Antonia Martín

NEGRA
ALFAGUARA

Papel certificado por el Forest Stewardship Council®

Penguin
Random House
Grupo Editorial

Título original: *The Lock-Up*
Primera edición en castellano: octubre de 2023

© 2023, John Banville
© 2023, Penguin Random House Grupo Editorial, S. A. U.
Travessera de Gràcia, 47-49. 08021 Barcelona
© 2023, Antonia Martín, por la traducción

Este libro ha sido publicado con la ayuda económica de Literature Ireland.

© Diseño: Penguin Random House Grupo Editorial, inspirado en un diseño original de Enric Satué

Printed in Spain – Impreso en España

ISBN: 978-84-204-7536-3
Depósito legal: B-13734-2023

Compuesto en MT Color & Diseño, S.L.
Impreso en Unigraf, Móstoles (Madrid)

AL75363

alla mia cara amica
Beatrice Monti della Corte

Huyen de mí las que un día me buscaron
y con pies descalzos se colaron en mi alcoba.

SIR THOMAS WYATT

ALTO ADIGIO

Después de la guerra

1

El hermano Damián se protegía los ojos del sol con una mano mientras observaba al hombre que, todavía a lo lejos, subía lentamente por la empinada pista en dirección al monasterio. Era abril, pero aún quedaban placas irregulares de nieve al abrigo de los muros de piedra seca y en las cavidades de sombra azul bajo los salientes rocosos. A sus pies, el pueblo se hallaba resguardado en el fondo del valle. Allí abajo la hierba presentaba un verde antinatural tras el hielo y las tormentas de un invierno largo. La población, con sus casas de entramado de madera y tejados muy inclinados, sus calles angostas, su torre del reloj con chapitel, era tan pintoresca y atemporal como la imagen de una postal.

En el aire limpio y fresco se oían ruidos apagados de la vida aldeana: la cháchara de las amas de casa, voces de niños que jugaban, las notas resonantes del martillo de un herrero. Del extremo más alejado del valle llegaban el distante estruendo de cencerros y los suaves balidos quejumbrosos de ovejas ocultas a la vista.

En la línea del horizonte se alzaban las altísimas cumbres de los Alpes, cristalinas y esplendorosas, de un azul plateado, indiferentes. Aunque el hermano Damián llevaba más de veinte años allí, en el monasterio de Sankt-Fiacre, en ocasiones todavía le costaba creer que ese inmenso anillo de montañas fuera real. Con la luz primaveral, como ahora, parecían planas y semitransparentes, como si las hubieran pintado en el cielo con aguadas de acuarelas.

Qué extraño, pensó, y no por primera vez, que un lugar que había contemplado tantos hechos históricos, que había visto tantos ejércitos cruzar su paisaje rocoso, recordara hasta tal punto el dibujo idealizado de una caja de bombones.

Todo en el valle evocaba viejos tiempos, viejas costumbres. Los hombres del pueblo llevaban chaquetas con galones, pantalones hasta la rodilla y bastones de montaña, mientras que las muchachas lucían vestidos con falda acampanada y delantal, y se recogían el cabello, trigueño o negro como la tinta —aquí coincidían el norte rubio y el sur de ojos oscuros—, en largas trenzas lustrosas que enroscaban en rollos planos y sujetaban con horquillas sobre las orejas como pastelillos grandes en forma de espiral.

A menudo, rodeado por los altos Dolomitas, el fraile se sorprendía anhelando la suave lluvia gris y los purpúreos mares embravecidos del extremo occidental de Irlanda, el lugar donde nació, su tierra perdida, el hogar que había abandonado cuando, siendo un joven estudiante, había decidido entregar su vida a Dios.

El hombre que subía por el camino polvoriento tenía que detenerse con frecuencia a secarse la frente con un pañuelo azul. Entonces descansaba un rato y bajaba la vista hacia el pueblo o la levantaba hacia las cumbres nevadas.

Llevaba una chaqueta de loden verde descolorido, pantalones de sarga, botas fuertes y un maltrecho sombrero negro con una pluma amarilla en la cinta. El bastón que empuñaba era un cayado de pastor. En la espalda cargaba una pequeña mochila de lona. También el hombre parecía demasiado convincente para ser real. Bien podría ser un personaje salido de un cuento de los hermanos Grimm, o bien un viajero solitario de un relato de Stifter o de E. T. A. Hoffmann.

Pero el hermano Damián sabía quién era. Esperaba al hombre, que debería haber llegado hacía tres días. El retraso había sido angustioso. ¿Lo habrían detenido en la frontera? ¿Habrían reparado en él y lo habrían identificado y quizá seguido mientras realizaba su peligroso trayecto hacia el sur y subía hasta ese paraje elevado?

El hombre llegó a lo alto de la pista.

Se encontraron bajo el arco de piedra de la entrada al patio, en torno a cuyos cuatro lados se alzaba el monasterio. En su origen había sido un lugar de paso para los cruzados que se dirigían hacia los puertos italianos a fin de embarcar rumbo a Tierra Santa. La orden franciscana se había hecho cargo de él en el siglo xiv, bajo el vasallaje de uno de los papas de Aviñón, y lo ocupaba desde entonces. Era una institución autosuficiente, con sus rebaños de vacas y ovejas, sus aves de corral, su porqueriza, su panadería y su cervecería, su lechería, sus huertos y sus vastos viñedos.

El hermano Damián era ministro provincial desde hacía diez años. Las obligaciones le pesaban. En el fondo consideraba que no estaba hecho para ejercer un cargo de autoridad. Sin embargo, Dios había querido que lo encumbraran, ¿y quién era él para oponerse a la voluntad del Creador o quejarse?

La cara del hombre tenía forma de cuña: iba estrechándose desde una frente ancha y tersa hasta una boca de labios finos y un mentón pequeño y afilado. Llamaban la atención los ojos, los iris de un tono gris pálido y traslúcido, los párpados finos como las arrugas del papel crepé. No estaban nunca quietos. El hombre no cesaba de lanzar miradas veloces a diestra y siniestra, como si se sintiera cercado por enemigos ocultos. Se le veía agotado y su respiración era superficial y rápida, como si hubiera estado mucho tiempo huyendo a la carrera, corriendo con todas sus fuerzas. Y en cierto sentido así era.

—Aquí el aire es poco denso —dijo jadeando, y por un segundo clavó su mirada angustiada en la gruesa cruz de hierro que el fraile llevaba en una cadena colgada al cuello—. Me da vueltas la cabeza.

—Pronto se acostumbrará.

Hablaban en inglés. El hombre se expresaba con soltura en esa lengua, con apenas un rastro de acento. Había vivido algunos años en Londres, recordó el fraile.

Echaron a andar. El hombre tuvo que detenerse de nuevo en mitad del patio y aguardar un momento hasta recuperar el aliento, con una mano aferrada al brazo del fraile y la otra apretada contra el pecho agitado.

—Discúlpeme —dijo—. Ha sido un viaje largo.

—¿Lo pararon?

—¿Pararme?

—En la frontera.

El hombre retiró la mano del brazo del fraile y se pasó el dorso por los labios, casi incoloros. Negó con la cabeza.

—No, no. Nadie me ha parado, pero tuve que dejar dos veces el camino y buscar refugio. Ha sido todo muy difícil, muy peligroso. Hay soldados por todas partes. Se han arrancado las insignias y las han tirado, pero todavía van armados. Peor aún son las bandas de muchachos, niños y niñas por igual, famélicos y extraviados. Son como lobos; vagan por el campo y las calles de las ciudades en ruinas buscando comida. —Apartó la vista hacia un lado y asintió—. El mundo se ha vuelto loco.

—Sí —convino el hermano Damián—, está loco desde hace tiempo.

Siguieron caminando y traspasaron una puerta tachonada para entrar en el refectorio, una sala alargada de techo alto, con una enorme mesa de roble larga como la estancia.

—Tengo hambre —dijo el recién llegado con un tono de leve sorpresa, como si acabara de identificar lo que había estado incordiándole desde hacía rato—. Los víveres se me acabaron enseguida. Robé dos crepes en uno de los pueblos que crucé. Y ayer una niñita me dio la mitad de la manzana que se estaba comiendo.

—¿Qué le apetece? —le preguntó el fraile—. ¿Pan y un tazón de café? Nuestro pan es muy bueno, lo hacemos cada día. Y a lo mejor queda un poco de sopa de anoche. Iré a ver. Siéntese. No tardaré.

El hombre asintió con aire alicaído. De pronto se había vuelto como un niño. La mención de la comida parecía haberle privado de la virilidad.

Se sentó con cuidado en una de las banquetas alineadas a ambos lados de la mesa. Dejó el cayado a sus pies y se quitó la mochila. Miró a su alrededor casi con timidez. El silencio le zumbaba en los oídos. El aire era tan ligero e insustancial que casi no parecía aire, sino un medio mucho menos denso, sin apenas consistencia.

—Tiene suerte —dijo el hermano Damián al regresar—. Sobró caldo de verduras y seguramente hoy estará aún mejor.

En ese momento entró otro fraile, un hombrecito menudo y apergaminado, con el rostro tan tostado que había adquirido un color marrón coriáceo por los incontables años de exposición al sol alpino. Tenía las manos sarmentosas y en forma de garras debido a la artritis. En una bandeja de madera portaba un cuenco de sopa grisácea con temblonas grageas de grasa flotando, una fuente con panecillos, mantequilla en un platito, una cafetera y una escudilla de barro. La dejó en la mesa, delante del hombre, al tiempo que murmuraba unas palabras ininteligibles y sonreía. Tenía los incisivos casi totalmente desgastados, reducidos a unas afiladas puntas amarillentas.

—Gracias, hermano Anselmo —dijo el ministro provincial.

—*Ja ja, danke schön, heiliger Bruder* —se sumó enseguida el hombre. Habló como un niño que recuerda sus buenos modales demasiado tarde.

El fraile anciano se retiró caminando de espaldas, con la cabeza inclinada, sin dejar de susurrar y mostrar su sonrisa mellada.

El hermano Damián sirvió la sopa en la escudilla con un cucharón.

—Coma —le dijo al hombre, y con el mismo tono despreocupado con que habría hablado del tiempo añadió—: Dios es bueno.

El hombre comió con una contención deliberada, obligándose a no devorar los alimentos. Debía de hacer mucho que no tomaba una comida decente, pensó el fraile observando cómo desmigaba un panecillo con dedos temblorosos. Las cosas que debía de haber visto, los horrores que debía de haber presenciado. El país del que procedía había quedado devastado, lo habían bombardeado hasta hacerlo retroceder a la Edad Media. Una destrucción enorme, una venganza despiadada. Habían dicho a sus ciudadanos que ellos mismos se habían buscado su desdicha. Quizá lo hubiesen hecho, pero sin querer. Sin embargo, Dios es bueno.

—Su familia —dijo el fraile—, su esposa, su hijo, ¿están a salvo?

—Sí. Al menos lo estaban cuando me despedí de ellos. Están en el campo, con una familia. La granja queda lejos de la ciudad; nadie va allí.

—¿Se ha ocupado de los preparativos para...?

El hombre comía la sopa a cucharadas encorvado sobre la escudilla, negándose al parecer a desperdiciar siquiera el vapor que desprendía. Asintió.

—Sí. Hay un plan para sacarlos a través de Holanda. Un barco recalará en Róterdam dentro de tres semanas. El capitán es un amigo de otros tiempos y, además —emitió un ruidito estridente que el fraile tardó un instante en reconocer como una carcajada—, ha recibido un buen soborno. Mi mujer logró vender un broche de diamantes a un traficante de Múnich.

—¿Y el muchacho?

—Tiene diecisiete años. Es casi un hombre.

—¿Cómo se llama?

—Franz. —El hombre miró al frente, con la cuchara suspendida sobre la escudilla—. Es un buen chico, valiente, pero no muy fuerte, sin mucho nervio. Aun así, cuidará bien de su madre.

Cuando acabó de comer, apartó la escudilla vacía y la fuente de pan, cruzó los brazos sobre la mesa, apoyó la frente sobre ellos y cerró los ojos.

—Un momento —musitó—. Necesito descansar solo un momento.

El hermano Damián esperó. Sentado con las manos sobre las rodillas, contempló la luz del sol en la hilera de ventanucos con barrotes que se abrían en lo alto, bajo las vigas del techo.

La marea de la guerra no había llegado al valle. En ese refugio de las alturas se habían librado. Resultaba extraño pensar en lo tranquilos que habían sido los últimos cinco años mientras, no muy lejos, en el norte, habían tenido lugar terribles batallas, con el avance primero de oleadas de tropas hacia el oeste, seguidas de otros ejércitos que se habían dirigido hacia el este, y luego, después de que los combates cambiaran de curso y se convirtieran en inundación, la espantosa convergencia en el centro, el centro menguante, mientras se conquistaban y arrasaban las tierras alemanas.

Dios, en su bondad, había querido que así fuera. En ocasiones, cuando el sueño de justicia y destino morían hundidos en un mar de sangre, costaba mantener la fe en la condición humana.

El fraile salió de nuevo, esta vez para ir a un pequeño cuarto contiguo a las cocinas, y regresó enseguida con dos vasitos y una botella revestida de paja. El hombre levantó la cabeza con esfuerzo. Tenía los ojos enrojecidos.

—Tome un poco de moscatel —le dijo el hermano Damián—. Lo hacemos aquí, en el monasterio.

Sirvió una buena cantidad del espeso vino rojizo en los vasos, empujó uno sobre la mesa en dirección al hombre y levantó el suyo para brindar.

—Por los caídos.

Bebieron y chasquearon los labios.

—Es bueno, ¿eh? —dijo el hermano Damián—. Las uvas se dejan en las vides hasta las primeras heladas para aumentar la concentración de azúcar.

Bebieron en silencio. El hombre parpadeaba muy deprisa. El sabor del vino parecía apesadumbrarlo —quizá le despertara recuerdos de otros tiempos, más felices—, pero siguió bebiendo hasta apurar la última gota. El fraile le rellenó el vaso. Volvieron a beber, ambos mirando al frente sin decir nada, cada uno reflexionando a su modo sobre el sueño que había fracasado tan estrepitosamente.

—Venga conmigo —dijo el hermano Damián—. Querrá descansar como es debido.

Caminaron por pasillos enlosados. El hombre parecía más cansado que antes de comer. Era como si los alimentos no hubieran sido un sustento, sino otra carga impuesta.

El fraile le llevaba el cayado y la mochila, que era ligera y parecía vacía, con excepción de un objeto pesado en el fondo. ¿Un arma? El hombre lo había perdido todo, salvo a su esposa, mujer de recursos, y a su hijo, bueno y valiente, y una pistola con la que protegerse o —Dios no lo quisiera— poner fin a sus penalidades.

Sin embargo, tal vez el sueño no hubiera muerto del todo. ¿Quién sabía qué podría resurgir de las cenizas de la guerra?

—Esta es su habitación —le dijo al hombre, y esbozó una sonrisa irónica—. O quizá debiera decir «su celda». Aquí llevamos una vida sencilla.

Era un cuartito de piedra con una cama estrecha, una silla de enea y un palanganero con una jofaina y un aguamanil esmaltados.

El hombre miró alrededor con suma atención, como si tomara nota de todo, como si lo memorizara todo.

—Igual que la habitación de Vincent —murmuró.

—¿Qué Vincent?

—El pintor. El holandés.

—Ah. Sí. La cama, la silla. Ya veo.

—Cuando me quite las botas y las deje ahí, el cuadro estará completo.

El hermano Damián soltó la mochila sobre la cama y apoyó el cayado contra la pared, detrás de la silla.

—No le molestaré hasta la hora de la cena. ¿Puedo hacer algo más por usted ahora?

—No, no, gracias. Ha sido muy amable. Todo esto... —Miró alrededor e hizo un gesto con la mano derecha—. No tengo palabras. —Parecía a punto de echarse a llorar.

—Bueno, ya tendrá oportunidad de pagarse su manutención —repuso el fraile con una sonrisa de oreja a oreja—. Le haremos trabajar durante su estancia.

Siguió un silencio breve y tenso. La ligereza del tono del hermano Damián había producido una nota discordante.

—Ha sufrido mucho —añadió en son de disculpa—. Pero el trabajo —prosiguió más animado— aliviará su carga. El trabajo le hará libre.

El hombre se quedó mirándolo con sus ojos grises entornados.

—He oído antes esas palabras —dijo.

La gran cara cuadrada irlandesa del fraile enrojeció hasta la línea del nacimiento del cabello, rubio y ralo.

—Perdóneme —repuso—. Siempre me pasa lo mismo; ¡en cuanto abro la maldita bocaza, meto hasta el fondo la maldita pata!

—*Entschuldigen Sie*. No pretendía reprenderlo. Dios sabe...

El hombre volvió a hacer con la mano aquel gesto que expresaba gratitud, pero también futilidad. Pese al verdor del valle de montaña, pese a la pureza de su aire poco denso y frío, el mundo de ambos era un mundo agotado.

—Ahora le dejaré descansar —dijo el fraile. Se volvió hacia la puerta, pero se detuvo—. Llegado el momento, se dirigirá hacia el sur, hasta Roma, luego irá por mar a Gibraltar y cruzará España y Francia en dirección al canal de la Mancha. Encontrará casas francas a lo largo del camino. Siempre hay un monasterio, un convento. Tenemos nuestras rutas desde los tiempos de Fiacre, el monje celta que

21

da nombre a nuestro monasterio. ¿Sabía que Fiacre es el santo patrón de los jardineros y horticultores?

—¿De eso trabajaré mientras esté aquí, de horticultor?

—El obrero de la viña, sí.

El hombre asintió.

—«Los últimos serán los primeros, y los primeros, los últimos» —citó.

—Ah, conoce su Biblia.

—¿Cómo no iba a conocerla?

Así empezó su estancia en el monasterio de la ladera de la montaña.

Pasaron los días y las semanas, y cada día el sol se elevaba un poco más en el cielo y brillaba un poco más. El hombre trabajó entre las viñas y en los manzanales. Se le atezaron las manos y el rostro enflaquecido, pero, en contra de lo que había dicho el fraile, sus tribulaciones no desaparecieron.

Se preocupaba sin cesar por su esposa y su hijo. Se preocupaba por sí mismo. Había participado en actos horribles, ¿y por qué iba a suponer que ya habían acabado solo porque hubiera acabado la guerra? Sabía que la guerra nunca termina, que simplemente los ejércitos se retiran de la contienda de vez en cuando para atender a los heridos y afilar y sacar brillo a las armas embotadas y cubiertas de sangre.

No, pensaba obligándose a alimentar la esperanza, la lucha no había concluido. El ave fénix resurgiría con todo su esplendor.

Por fin llegó el día en que su esposa y su hijo debían embarcar en el SS Meermin en Róterdam, pero seguía sin tener noticias de ellos.

El capitán del barco era De Grote, Karl de Grote. El hombre lo había tratado en los campos de concentración, primero en Theresienstadt y luego en Dachau. De Grote era uno de los pocos que habían escapado. Precisamente de Dachau había partido el hombre hacia el sur hacía seis semanas. ¡Seis semanas! Parecían seis meses, seis años, toda una vida.

¿Se podía confiar en De Grote? Le debía todo; le debía su supervivencia. Pero el hombre conocía el mundo, conocía a quienes lo habitaban y sabía de lo que eran capaces, incluso los mejores, incluso los que parecían más sensatos, más dignos de confianza.

Tal vez Hilde y el chico no hubieran llegado a Róterdam. Tal vez alguien los hubiera traicionado, tal vez los hubieran capturado en su escondrijo. Tal vez los hubiera delatado uno de los jornaleros o quizá el propio granjero se hubiera hartado de darles cobijo o se hubiera asustado al pensar que podrían descubrirlos y hacerle a él responsable. Esos temores y preocupaciones desvelaban al hombre por la noche, le hacían removerse y dar vueltas en la estrecha cama bañado en el sudor de la incertidumbre y el terror.

Y, por fin, al parecer milagrosamente, llegó una carta.

Era del granjero, Ullmann, y llevaba fecha de la semana anterior. En media docena de renglones se le informaba de que su esposa y su hijo habían partido hacia Holanda, de que estaban bien y con buen ánimo cuando se marcharon, y llenos de confianza en que saldrían adelante y se pondrían a salvo. La gente de Roma se había ocupado de todo: madre e hijo se alojarían en un convento hasta que el hombre se reuniera con ellos.

Releyó la carta dos veces, más despacio cada una. Tenía un alijo de oro escondido, buscaría un lugar para los tres y empezarían una nueva vida.

Sentado en el borde de la cama, paralizado por el alivio, sonrió por el cómico bajo alemán con que se expresaba Ullmann. Luego se le nubló la vista y se frotó los ojos con el pulpejo de la mano. Tardó unos instantes en darse cuenta de que estaba llorando. ¿Cuándo había sido la última vez que había llorado? En el mundo en el que había vivido, no había lugar para las lágrimas.

Pero ¿cómo había llegado la carta?

La había llevado un joven del valle en moto, le explicó el hermano Damián.

¿Qué joven?

—Lo ignoro —respondió el fraile, y se encogió de hombros—. Me dio la carta, me pidió que se la entregara en mano, giró la moto y se alejó. No sé nada más de él.

Al oírlo, el hombre se angustió una vez más. ¿Podía tener la certeza de que era Ullmann quien la había escrito? Quizá la hubieran falsificado para despistarlo e inducirle a bajar la guardia.

—Tenga fe —le exhortó el hermano Damián—. Ya ha sufrido bastante. Dios no es tan cruel como para tratar de engañarlo de esa forma.

El hombre no dijo nada. Si el fraile volvía a mencionar a Dios, le asestaría un puñetazo en ese pedazo de cara sonrosada, pecosa y risueña. ¿Aún no se había enterado? Dios no existe, nunca ha existido. Solo existe esta esfera absurda que gira en la oscuridad infinita entre otras incontables esferas. Lo que ese papanatas cree que son los inescrutables designios de una deidad siempre vigilante no es más que *das Schicksal*, el destino, el ciego destino, y nosotros somos sus víctimas.

Por fin llegó el día en que debía dejar el monasterio para emprender el largo periplo hacia la seguridad y la libertad. Sí, una nueva vida.

El hermano Damián cambió el hábito de lana marrón por un traje oscuro de seglar y bajó con él por la larga pista hasta el pueblo. Entraron en la posada, Im Zeichen der Ziege, y se sentaron a una mesa de madera llena de arañazos, en el comedor.

El local estaba desierto; ni siquiera apareció el posadero. Era algo acordado: nadie vería al hombre, no fuera a ser que lo reconocieran, que lo delataran. Él sabía que otros habían seguido ese mismo camino, habían tomado esa ruta. Y no todos habían sobrevivido.

Esperaron.

No se oían más que el chirrido de las botas del fraile cuando movía los pies y los suspiros de una corriente de aire en la rendija de una puerta o ventana. El hombre sentía una clase extraña de melancolía. Extraña, pero aun así la reconoció. Incluso en la infancia había vivido cada partida como una premonición de la muerte, un sorbito de las aguas del negro río del olvido.

Por fin apareció un hombre, un campesino de aspecto rudo, barba poblada y maneras hoscas. Guiaba un carro de madera tirado por un jamelgo medio muerto de hambre. Como único asiento tenía una paca cuadrada de paja colocada en la parte delantera, muy cerca de las ancas del caballo. En ese armatoste realizó el hombre la siguiente etapa de su largo viaje hasta una isla lluviosa situada en el límite de lo que él consideraba el mundo conocido, su mundo, que estaba a punto de abandonar para siempre.

En la puerta de la posada, el fraile agitó la mano de un lado al otro en lo que pareció una despedida mecánica.

—*Auf Wiedersehen* —exclamó el hombre.

Pintado en un rótulo de madera que colgaba sobre la cabeza del fraile, un chivo con enormes cuernos curvos levantado sobre las patas traseras sonreía con aire lascivo.

DUBLÍN

Doce años después

2

A Strafford siempre le asombraba observar que la gente tendía a ponerse nerviosa, mostrarse agresiva o ambas cosas al saber que era policía. Desde luego, no se debía a que todos tuvieran motivos para sentirse culpables o fueran anarquistas y se opusieran por principio a la policía. La causa era más sutil.

Los ingleses habían colonizado el país durante ocho siglos más o menos —las primeras hordas de barones anglonormandos saqueadores habían llegado a esas costas en el siglo XII—, y el Estado irlandés liberado, ahora hundido en el estancamiento de la década de 1950, no tenía muchos más años que el propio Strafford. El pueblo tenía buena memoria y el resentimiento contra sus antiguos opresores era corrosivo. Con solo oírle hablar sabían que era protestante y, por tanto, inevitablemente, que no era uno de los suyos.

¿Qué pintaba él en la Garda?, debían de preguntarse, en su Garda. Y, más aún, ¿cómo había llegado a ser inspector?

En cierto sentido, les parecía escandaloso.

Tras la independencia, los que eran como él, los de su clase, los del llamado «dominio protestante», se habían lavado las manos, con unas cuantas excepciones, respecto a la nueva Irlanda autónoma y se habían retirado a sus heredades y al solaz de sus tradicionales y refinadas actividades.

Irlanda, o los veintiséis condados que constituían la República, nacida de la rebelión, de la posterior lucha encarnizada por la libertad y de la inevitable guerra civil que se había desatado a continuación, tal vez fuera un lugar más tosco, con hombres más toscos al mando, pero era la tierra de los irlandeses, libre e independiente, si no se contaba el poder controlador de la Iglesia católica, aceptado por la mayoría como correcto y apropiado. Roma era la capital ultramontana de la República, su segunda capital. O la primera, a decir de algunos.

El inspector St. John Strafford era una anomalía, como él bien sabía, y, si por casualidad lo olvidaba siquiera un instante, no faltaban los deseosos de recordarle, con una mirada gélida o una palabra irónica, quién y qué era exactamente.

Pero, para su alivio, Perry Otway no era uno de ellos.

Perry y Strafford pertenecían a la misma tribu selecta. Perry era, según él mismo decía con apesadumbrado regodeo, hijo de un pastor presbiteriano escocés. Su padre, rector de una parroquia rural remota, lo había enviado al otro lado del mar para que estudiara en el Winchester College, uno de los internados más distinguidos de Inglaterra, quizá no tanto como Eton o Harrow, pero más distinguido que la mayoría. Por una de las muchas peculiaridades de la nomenclatura inglesa, eso convertía a Perry en un *wykehamist*.*

También eso le resultaba un tanto cómico.

Perry era un hombre corpulento y rubio, con la cara oronda e inmaculada de un bebé y ojos cándidos de un azul aciano muy pálido. Vestía un mono impregnado de aceite cuyo color, y a esas alturas probablemente también la consistencia, recordaba al de la masilla húmeda, y tenía las uñas rotas y negras por los muchos años que llevaba hurgando en las entrañas de motores achacosos y díscolos.

Regentaba un diminuto taller con gasolinera en unas antiguas caballerizas situadas en un callejón de Mount Street Crescent.

El local era un cubo oscuro y carente de ventanas con muchos estantes en las paredes y un agujero rectangular en

---

* Los alumnos y exalumnos del Winchester College reciben el apelativo de *wykehamist* en honor del fundador del colegio, Guillermo de Wykehan. *(N. de la T.)*.

forma de tumba abierto en el suelo para revisar y reparar los chasis. En la parte delantera se alzaba, tieso y con aspecto de juguete, un surtidor de gasolina pintado de color escarlata, con cabeza de robot y cara de vidrio. Todo en el taller estaba pulido y ordenado —las herramientas, las piezas de repuesto, los neumáticos apilados—, pero mugriento hasta decir basta y embadurnado de aceite y grasa de motor.

Al detenerse junto al surtidor de gasolina los dos hombres se habían evaluado mutuamente y al instante habían reconocido en el otro a uno de los suyos. En la estructura social de la Irlanda de la época, caracterizada por una sutil gradación, Peregrine Otway, el pringoso mecánico de coches, era tan anómalo como St. John Strafford, el inspector de la Garda.

—Espantoso —dijo Perry, y negó lentamente con su gran cabeza redonda al tiempo que miraba hacia el callejón—. Una joven como esa.

Era un día de finales de septiembre. El aire tenía un brillo húmedo y plateado y unas ráfagas de viento intermitentes alborotaban las copas ya grisáceas de los árboles raquíticos que crecían detrás de la iglesia del Pimentero, en la cuña enrejada de terreno yermo.

Strafford deslizó las manos en los bolsillos de la gabardina y contempló la puntera de sus zapatos, a los que, observó, les hacía falta un lustrado. Últimamente había descuidado las cosas y pensó de pasada, no por primera vez, que de verdad debía hacer un esfuerzo y volver a poner orden en su vida. Los zapatos podían ser viejos, desde luego, y de hecho daban lo mejor de sí con los años, pero había que llevarlos bien brillantes. Eso dictaba la norma; no escrita, por supuesto, pero norma al fin y al cabo.

—¿Dónde la encontró? —preguntó.

—Venga, se lo enseñaré.

Perry lo condujo por el callejón hasta una de las numerosas cocheras que poseía en la zona.

Era un garaje que alquilaba por periodos cortos a automovilistas de las afueras que necesitaban un lugar seguro cerca del centro de la ciudad para dejar el coche. Se trataba de otra caballeriza rehabilitada, mucho más pequeña que aquella donde tenía el taller. Abrió las puertas dobles y las empujó hacia atrás contra las paredes de ambos lados.

Dejó a la vista un espacio vacío que, al igual que el taller, olía a grasa, aceite de coche y neumáticos. Ese día se percibía además un fuerte tufo a gases de escape.

—No creo que quede mucho por examinar —comentó Perry—. Sus colegas de la policía científica lo han registrado a fondo.

Strafford entró en el garaje, se detuvo en el centro del suelo manchado de aceite y miró alrededor. Suspiró. ¿Era su morbosa imaginación, o la muerte, sobre todo cuando era triste y un desperdicio como esa, dejaba una impronta en el entorno en que se había producido?

Y menudo sitio donde morir, un agujero desnudo y renegrido en la pared de una sórdida callejuela.

Se quitó el sombrero y lo sostuvo junto al costado. Nunca sabía qué hacer con los objetos que no llevaba sujetos al cuerpo, los sombreros, los paraguas, las bufandas, los pañuelos y demás. En el último mes había extraviado o perdido al menos tres estilográficas.

—Me llamó la atención el olor de los gases —explicó Perry—. Si no, es posible que no hubiera entrado a mirar. Es curioso: siempre me recuerda al del café molido.

Strafford frunció el ceño.

—¿El qué?

—El olor de los gases del tubo de escape. Cada vez que paso por delante de Bewley's y el enorme tostador del escaparate está en funcionamiento y las nubes de humo que desprenden los granos de café salen a la calle, es como si estuviera en el circuito de Brands Hatch.

Strafford no dijo nada, pues no tenía nada que decir. En su opinión, Grafton Street, estrecha y congestionada por el tráfico de la noche a la mañana, con o sin humo de café, siempre olía como una pista de carreras de automovilismo. Él no conducía. Era otra anomalía.

—Un cochecito muy mono —añadió Perry apenado—. Un Austin A40 Sports, descapotable. No se ven muchos de ese modelo por aquí.

—¿Dónde está ahora?

—Ah, se lo llevó la grúa.

Perry cerró las puertas dobles y se encaminaron juntos hacia el taller.

—¿Qué era la joven? —preguntó—. Es decir, ¿a qué se dedicaba? ¿Estaba casada?

—No, estaba soltera. Era universitaria. Estudiaba Historia, creo. Sí, Historia.

—¿El University College o...?

—El Trinity.

—Ajá.

La distinción era importante. Los católicos iban al University College, mientras que el Trinity era para los protestantes y quienes profesaban otras fes minoritarias.

—Con un nombre bonito, además —dijo Perry—. Rosa Jacobs.

Repitió el apellido en voz baja y se quedó pensativo. Guardaron silencio. En ese país había muchas cosas que no hacía falta decir. Ambos sabían que una persona apellidada Jacobs tenía que ser de una fe más minoritaria aún que la suya.

Strafford volvió a calarse el sombrero en el estrecho cráneo con su poco pelo rubio y fino, del que solía caerle un mechón lacio sobre la frente. No se sentía cómodo llevando sombrero, pero todos los demás se cubrían la cabeza y había que elegir entre un sombrero o una gorra, y la gorra quedaba descartada.

Perry había cogido una llave inglesa y la limpiaba meditabundo con un trapo grasiento.

—¿Ha visto al doctor Quirke últimamente? —preguntó.

Contempló ceñudo la brillante cabeza de la llave. La herramienta recordaba a un animal a la espera de apresar algo entre sus fieras quijadas dentadas.

—Sí —respondió Strafford—. De hecho, estaba con él en España cuando... —Dejó que su voz se apagara.

Perry asintió.

—Ah, sí. Lo leí en los periódicos. Menudo mazazo.

—Sí.

—Perder a la mujer, y de un modo tan espantoso..., en fin.

Esta vez ambos se miraron la puntera de los zapatos. Perry calzaba zuecos holandeses con gruesas suelas de madera.

Strafford había estado presente cuando mataron de un tiro a la esposa de Quirke. Él había disparado a su vez y había matado al asesino. Empezó a decir algo, pero Perry lo interrumpió.

—De hecho, hace años tuvo un coche en este garaje durante un tiempo.

—¿Quién?

—El doctor Quirke.

—¿En el mismo garaje...? —Strafford señaló con un gesto hacia el callejón.

Perry asintió.

—Una coincidencia, claro. Era un Alvin, y seguro que de esos no se ven muchos. Un vehículo formidable. Iba de maravilla, como una seda. —El mecánico soltó una risita—. Un desperdicio en manos del doctor Quirke, desde luego. Nunca aprendió a conducirlo como es debido. Un coche así necesita que lo quieran. Me parece que el doctor Quirke le tenía un poco de miedo.

Strafford no estaba escuchándole.

—Hábleme otra vez de cuando encontró a la joven.

—Estaba a punto de cerrar el taller y dar por terminada la jornada cuando olí el humo del tubo de escape que flotaba en el callejón y fui a echar un vistazo. El candado

34

no estaba en su sitio; recuerdo que me fijé en eso. Cuando abrí las puertas, los gases casi me tumban.

—¿Seguía el motor en marcha?

—No, no. Se había quedado sin combustible.

—Y la chica, ¿dónde estaba?, ¿en el asiento delantero o...?

—Sí, estaba sentada detrás del volante, reclinada contra el respaldo, con la cabeza hacia atrás y las manos en el regazo. Nunca olvidaré su cuello, estirado de aquella manera, con la piel de un precioso rosa pálido. También era rosada la carne bajo las uñas, pero de un tono más oscuro. No parecía muerta, aunque supe que lo estaba.

—¿Estaba el coche cerrado? O sea, ¿estaba cerrado por dentro?

Perry reflexionó un instante.

—No, no, ninguna portezuela tenía el seguro puesto. Pero la capota estaba echada, claro, y las ventanillas, cerradas, salvo la de su lado. Son muy herméticos esos modelos, aunque, con ese techo de lona, nadie lo diría.

—Y la chica, ¿cómo había...?

—Oh, fue muy concienzuda. Envolvió un extremo de una manguera de goma en un trapo impregnado de aceite y lo introdujo en el tubo de escape, y metió el otro extremo por la ventanilla de su lado, con más trapos para cerrar bien el hueco.

—No escatimó esfuerzos.

—Eso demuestra determinación. —Perry negó con la cabeza—. ¿Qué le pasaría para que hiciera algo así?

Strafford se encogió de hombros.

—Es lo que intentamos averiguar. ¿No había ninguna nota ni nada por el estilo?

—No. Ninguna nota. Solo estaba ella, con la cabeza echada de esa forma sobre el respaldo y las manos unidas en el regazo. Era guapa, incluso muerta, con una piel clara preciosa y una larga melena negra.

—Usted debía de conocerla. Habría hablado con ella.

—No, no. Ni siquiera podía estar seguro de que fuera ella, aunque no sé quién podría ser si no.

—Entonces ¿cómo acordaron que aparcara el coche aquí?

—Me llamó para preguntar si el garaje seguía en alquiler, porque había visto el anuncio. Me pidió que dejara las puertas abiertas y el candado y la llave en algún sitio donde pudiera encontrarlos.

—¿Cuánto tiempo pensaba tener el coche aquí?

—Quedó en volver a llamarme para cerrar los detalles. Parecía tener mucha prisa.

—¿Sí? ¿Por qué? ¿Le pareció alterada?

Perry reflexionó.

—No, tan solo apurada, y hablaba con una voz... rara.

—¿Qué quiere decir con «rara»?

—Era apagada, pero también chillona. Como si tuviera laringitis o le pasara algo en la boca. O quizá se tratara solo de un problema en la línea telefónica. Hablaba muy rápido y me dio la impresión de que estaba preparándose para ir a alguna parte. —Perry hizo una pausa y se mordisqueó su infantil labio inferior—. Supongo que estaría trastornada, si ya había decidido lo que iba a hacer.

Strafford no dijo nada.

—¿Cuántos años tenía? —le preguntó Perry.

—Veintisiete.

Perry frunció los labios como si fuera a soltar un silbido y volvió a negar con la cabeza.

—Qué desperdicio.

—Sí —dijo Strafford, y antes de que pudiera contenerse añadió—: Como el Alvis del doctor Quirke.

Sus palabras provocaron otro silencio incómodo. Costaba saber cuál de los dos estaba más azorado. Strafford se aclaró la garganta. No pretendía decir lo que había dicho.

—Bueno —murmuró—, tengo que dejarle. —Ya estaba alejándose—. Si se le ocurre algo, es decir, si recuerda algo, lo que sea, dígamelo, por favor. Tiene mi número de teléfono. O póngase en contacto con cualquiera de la comisaría de la Garda de Pearse Street.

En el callejón sopló una ráfaga de viento que olía a otoño, al polvo de las aceras, a la lluvia que se avecinaba. Esa era la estación preferida de Strafford. Le resultaba mucho más fascinante que la primavera, fascinante pero melancólica, o fascinante por ser melancólica.

—Me pregunto por qué decidió hacerlo aquí —comentó Perry.

Strafford se detuvo y se giró.

—¿Por qué?

—No lo sé. Simplemente me parece raro.

—¿Dónde publica el anuncio del garaje?

—En el *Evening Mail*, una vez a la semana.

Así pues, no en el *Irish Times*. En su periódico. El de los protestantes.

—Así que ella lo vio y le llamó aunque tenía prisa.

—Sí. Ya le digo que es raro. —Perry se apartó hacia un lado y miró al cielo con los ojos entornados—. Supongo que tendré que venderla. La cochera. Vería a la chica cada vez que abriera las puertas. —Asintió despacio con la cabeza—. Una pena.

Strafford no estaba seguro de qué lamentaba Perry, si la muerte de la joven o el sacrificio indeseado del garaje.

3

Strafford había cerrado el hogar familiar —o la casa, como suponía que debía decir, pues nunca había sido un hogar— y vivía en una habitación alquilada en una de las hermosas villas de Mespil Road.

La habitación estaba en la primera planta y era poco espaciosa porque correspondía a la mitad de una pieza más grande que se había dividido en dos mediante un tabique. A Strafford le fastidiaba que la moldura ornamental de yeso recorriera solo tres lados. Aunque procuraba no mirar la desnuda cuarta pared, los ojos siempre se le iban hacia arriba.

Pero en general el lugar le gustaba bastante. No necesitaba demasiado espacio y la única ventana, una refinada ventana victoriana alta de vidrios grandes y elegantemente proporcionados, dejaba entrar mucha luz y ofrecía una vista bonita del jardín delantero y, al otro lado de la calzada, de un tramo cubierto de juncos del Gran Canal.

Los propietarios de la casa, una familia inglesa llamada Claridge, ocupaban la planta baja y tres dormitorios del piso de arriba. El señor y la señora Claridge, ambos rollizos, tenían dos hijas adolescentes, cuyos nombres Strafford ignoraba y con toda probabilidad nunca llegaría a conocer, pues consideraba que ya era demasiado tarde para preguntar. Ambas tenían un aire enfurruñado, de insatisfacción. Resultaba difícil determinar si se debía a que estaban mimadas o duramente oprimidas.

Una tenía el pelo rubio, lacio y estropajoso, mientras que la otra, la que él suponía que era la mayor, lucía una masa de lustrosos rizos negros que habría resultado atractiva si la actitud general de la muchacha hubiera sido menos desagradable.

Tenían edad suficiente para haber acabado los estudios de secundaria, pero Strafford dudaba que asistieran a la universidad. Tal vez estuvieran preparándose para ser taquimecanógrafas, o quizá ya trabajaran en una oficina, pues a menudo llevaban bajo el brazo lo que parecían libros de contabilidad o fajos de documentos. Ambas eran muy reservadas y tenían una mirada inquietantemente calculadora.

Había percibido desde el principio la aversión que le tenían, aunque, hasta donde él sabía, no había hecho nada para merecerla. Cuando se cruzaba con alguna de las dos, por ejemplo en la puerta principal o en el vestíbulo, ellas bajaban la vista, se ponían de lado y pasaban turbadas junto a él, como si temieran que fuera a agarrarlas o a importunarlas de alguna otra manera.

En cuanto al señor Claridge, Strafford tampoco sabía cómo se ganaba o se había ganado la vida y, de nuevo, era demasiado tarde para preguntarlo. Debía de estar jubilado. Estaba siempre en casa, a menudo en mangas de camisa y a menudo con una herramienta en la mano, un destornillador, un martillo o algo así, y una vez, digna de recordar, con un soplete que tenía la boquilla ennegrecida por el uso.

Su esposa era de carácter indolente y Strafford solo había llegado a vislumbrarla en contadas ocasiones. De vez en cuando la mujer entreabría la puerta de la vivienda de la familia y se quedaba en el umbral, indecisa, contemplando el vestíbulo, y, cuando aparecía alguien que no era su marido o sus hijas, se apresuraba a retroceder y cerraba la puerta sin hacer ruido.

La habitación contigua a la de Strafford, la otra mitad de la estancia original, la ocupaba un muchacho llamado Singh, indio o paquistaní (Strafford no sabía qué diferencia había). Pese a su juventud, el señor Singh era casi tan rollizo como el señor y la señora Claridge, y se las arreglaba para aparentar casi la misma edad que tenían ellos. Se movía con aire regio, sacando su orondo pecho y echando hacia atrás los hombros y la cabeza. Estudiaba en el Colegio de Cirugía.

Strafford y él compartían baño. El señor Singh siempre dejaba un penetrante olor acre y cálido en aquel cuartito estrecho. Aunque quizá fuera excesivamente directo e íntimo, no resultaba desagradable. En cualquier caso, a Strafford no se lo parecía, pese a que poseía un sentido del olfato tal vez demasiado agudo.

Posiblemente el origen de esos efluvios fuera una loción para después del afeitado o cualquier otra loción corporal. Sin embargo, Strafford prefería pensar que eran del propio señor Singh, su olor personal, unos efluvios especiales entre los que se movía, un regusto de las comidas especiadas con que se había alimentado desde la infancia y que, tal como atestiguaban unos aromas reveladores, en ocasiones todavía cocinaba al atardecer en la clandestinidad de su habitación.

Strafford y el señor Singh no se dirigían la palabra. No existía animadversión entre ellos, pero desde el principio habían reducido su comunicación a breves inclinaciones de la cabeza y sonrisas serias. A ambos les parecía bien continuar de ese modo, pues Strafford era retraído por naturaleza y —estaba claro— el señor Singh también.

Un día la esposa de Strafford había ido a visitar a su madre y desde entonces no había vuelto. Y al parecer no pensaba regresar, dado el mucho tiempo que llevaba fuera. No había habido ninguna pelea o discusión entre ellos, ninguna desavenencia, o al menos ninguna de la que él hubiera sido consciente.

Marguerite era rara a veces y sus estados de ánimo siempre habían sido difíciles de interpretar. En ocasiones Strafford se preguntaba con una vaga desazón si quizá hubiera existido un motivo de discordia del que él no se hubiera percatado. Quizá la hubiese ahuyentado con una palabra o un acto desconsiderados. Pero, en tal caso, ignoraba con qué acto o qué palabra.

Hablaban por teléfono una vez a la semana. Esas llamadas no eran fáciles y dejaban a Strafford una sensación de descontento y de culpa oscura, de ser responsable de algo de algún modo.

El único teléfono de la casa, el único que él y el señor Singh podían utilizar, era un gran aparato negro y rectangular que funcionaba con monedas y estaba atornillado a la pared junto a la puerta principal. El vestíbulo era de techo alto y cualquier ruido resonaba en él, por lo que, cuando uno estaba al teléfono, era casi imposible que no lo oyera el resto de quienes estuvieran en el edificio, incluso el señor Singh, en su media habitación de la planta de arriba, pese a que siempre tenía la puerta cerrada.

De todos modos, poco importaba, ya que en esas conversaciones, tal como eran, Strafford se limitaba principalmente a emitir monosílabos, y Marguerite, aunque en persona tendía a la estridencia, por teléfono jamás alzaba la voz por encima de un nivel acorde con los dictados de la clase y educación que ambos compartían.

Él habría podido llamarla desde los teléfonos del cuartel de Pearse Street, donde estaba destinado, pero, por la razón que fuera, no lo hacía, y ella tampoco le pedía que lo hiciera. No convenía mezclar lo personal y lo profesional, aunque Strafford dudaba que quedara algo personal en su unión, si es que seguían unidos, lo que se antojaba más improbable con cada día que pasaba sin que Marguerite hubiera vuelto.

No mencionaban nada de eso en sus forzadas conversaciones telefónicas semanales. ¿Cuál de los dos se habría atrevido a sacarlo a colación y qué habrían dicho él o ella? En cambio, charlaban sin ganas de esto y lo de más allá.

El tiempo era un tema fiable y seguro y hablaban mucho de él. Por otro lado, Marguerite aludía con frecuencia al estado de salud de los animales —tres caballos de edad avanzada, dos perros aún más viejos y un gato decrépito— que su madre tenía en la hacienda familiar, en las afueras de Abbeyleix. En realidad, no era una hacienda, sino más bien una granja, pero la familia de Marguerite tenía ínfulas.

A veces la pareja charlaba de amigos, o de conocidos, mejor dicho, pues a Strafford no le interesaba demasiado la amistad y las personas con las que se relacionaba Marguerite formaban un grupo indefinido cuyos miembros se nombraban solo por sus motes. Había un Tinker,* un Gofres y una Trudy-Bell.

A uno de ellos, el más misterioso, se le conocía como Barbillas. Strafford no sabía si Barbillas era un hombre o una mujer, o lo había olvidado y ahora, al igual que las preguntas sobre el nombre de las muchachas Claridge y si el señor Claridge estaba jubilado, era demasiado tarde para sacarlo a colación. De todos modos, le traía sin cuidado. No le importaba lo más mínimo si Barbillas era un hombre, una mujer o ni lo uno ni lo otro. Bien podía ser un caballo, pues la hija había heredado las querencias equinas de su madre.

Lo cierto era que con Marguerite uno nunca podía estar seguro de nada.

¿Había llegado el matrimonio a su fin? En tal caso, Strafford no sentía que tuviera la culpa, lo que, naturalmente, le hacía sentirse culpable. Sin embargo, el acuerdo actual, o la ausencia de un acuerdo, le parecía bien, mejor de lo que se atrevía a reconocer incluso para sí mismo. Siempre había sido un alma solitaria y le complacía serlo. La soledad, como él os diría, no es lo mismo que sentirse solo, y desde luego no lo era en su caso.

Así pues, en general se sentía satisfecho.

---

* *Tinker* («hojalatero, chatarrero») es el nombre despectivo que reciben los llamados «nómadas irlandeses», un grupo étnico con una cultura y lengua propias. (*N. de la T.*).

La habitación, lo bastante grande para él, con buena ventilación y vistas al canal, era curiosamente del gusto de Strafford —o de su curioso gusto, como habría dicho Marguerite esbozando su lánguida sonrisita—, con un sofá tapizado en cretona y un cómodo sillón desvencijado, una descolorida moqueta de Axminster y un par de mesas de pedestal larguirucho que flanqueaban la puerta pintada de blanco, ambas con idénticos tapetes redondos de encaje festoneado.

A Strafford le gustaba sobre todo su entorno al atardecer, cuando el tráfico se calmaba y la luz gris verdosa que reflejaba el canal llenaba el hondo hueco de la ventana con su suave resplandor.

Hacía poco, tras muchas dudas y con bastantes reparos, había echado mano de los ahorros para comprarse un gramófono.

Fabricado por La Voz de su Amo, era el ultimísimo modelo. Estaba incrustado en una gran caja cuadrada de madera, o estuche, recubierta de piel de zapa de color bermellón y forrada de un material sintético similar al terciopelo duro, también de un rojo vivo, cuya textura velluda y erizada le producía un leve escalofrío de placer cada vez que lo recorría con la yema de los dedos.

Después de que se lo entregaran y lo instalaran sobre una de las mesitas situadas junto a la puerta y se quedara solo con él, no pudo por menos de asombrarse de su propia audacia al haber adquirido un juguete tan estrambótico.

Esa máquina elegante y complicada le había intimidado al principio con sus olores impetuosos e insistentes a madera, cuero y aceites de joyería. A lo que más apestaba, desde luego, era a nuevo. Quizá ese fuera el verdadero escándalo. En el mundo en el que se había criado, solo eran aceptables los objetos bruñidos por el tiempo, mientras que lo nuevo se juzgaba vulgar y había que despreciarlo como tal.

Además, no sabía qué hacer con el tapete. Había tenido que quitarlo de la mesita para que colocaran el gramófono. No estaba seguro de por qué le resultaba tan perturbador ese pedazo de encaje sobrante. Quizá tuviera que ver con el hecho de que lo había separado de su gemelo de la otra mesa, con lo que se había roto la simetría. Strafford siempre había sido un hombre de mente ordenada.

En la tienda donde había comprado el gramófono le habían regalado un elepé de marchas de John Philip Sousa que mostraría de manera extraordinaria la potencia y el alcance del altavoz incorporado. Cuando puso el disco en el plato y lo hizo girar, el volumen estaba demasiado alto y el estruendo —a duras penas podía considerarse música— le sobresaltó y le hizo retroceder asustado.

Desde entonces había reunido una colección pequeña pero escogida de relucientes discos negros, en cuyas etiquetas de color escarlata y negro aparecía estampada la imagen de un perrito desconcertado que él sabía que se llamaba Nipper..., porque, en cierto modo por superstición, se mantenía fiel a La Voz de su Amo.

Quizá fuera el perro de la etiqueta lo que lo inducía a contemplar el aparato mismo como una especie de animal doméstico, una mascota que le hacía compañía en las largas noches, aquellas noches en que, antes de la llegada de La Voz de su Amo, se cansaba de leer o de mirar por la ventana y acababa nervioso y fuera de sí. Ahora únicamente tenía que poner un disco y acomodarse en el abrazo familiar y solo un poco maloliente del sillón, cerrar los ojos, estirar las piernas y dejarse transportar en las sentimentales sonoridades de Brahms, Mahler o Richard Strauss.

Esa tarde estaba escuchando el trío sublime del final de *El caballero de la rosa* —las sopranos eran Lotte Lehmann, Elisabeth Schumann y Maria Olszewska, de nombre casi impronunciable, las tres a pleno pulmón— cuando sonó el timbre de la puerta. El sonido le sobresaltó y el susto se vio intensificado por los tensos entrelazamientos acrobáticos de las esforzadas divas.

¿Quién querría visitarlo en el crepúsculo de una tranquila tarde de martes?

Era, reflexionó con el desasosiego de un mal presentimiento, la primera vez que alguien iba a verlo desde que se había instalado allí. Por tanto, era también la primera vez que oía sonar el timbre. Ni siquiera se había fijado en el aparato, sujeto a la pared encima de la puerta. Vio que era como una copa de metal negro apenas profunda y coronada por un pezón de acero brillante. Le sorprendió un tanto ser tan poco observador. Pero ¿por qué había de reparar en eso? Ni siquiera el cartero había llamado todavía, ni una sola vez.

Se acercó a la ventana y miró con cautela hacia abajo desde detrás de la cortina. Sin embargo, el ángulo de visión no era lo bastante oblicuo para permitirle ver quién estaba en el escalón, ni aunque pegara la nariz al cristal.

El timbre volvió a sonar y Strafford cruzó de puntillas la habitación y retiró la aguja del disco. El silencio que se hizo fue como el que reina en los segundos posteriores a un accidente de tráfico o al estallido de una bomba.

¿Había estado la música tan alta como para que se oyera en la calle? De ser así, también se habría percibido su abrupta interrupción. En tal caso, difícilmente podría abstenerse de bajar a abrir la puerta, pues el visitante sabría que estaba en casa.

Tal vez quienquiera que fuese se había equivocado de timbre. Pero no, su nombre estaba impreso claramente en un pedazo de cartulina pegado bajo el botón y, además, el señor Singh era el otro único huésped de la casa.

Se quedó muy quieto, sujetando el disco en alto con el dedo corazón metido en el agujero del centro y el pulgar apoyado en el borde. Apenas se atrevía a respirar. Era ridículo. Parecía que él fuera el importuno y no el importunado.

Los surcos del disco eran muy finos; ¿cómo era posible que contuvieran semejantes tormentas de sonido?

Salió al rellano y se detuvo. Ese atardecer el señor Singh estaba cocinando un curri especialmente picante.

El timbre volvió a sonar en la habitación, con mayor insistencia esta vez, o eso le pareció a Strafford.

Quirke también se había mudado de la que había sido su casa y vivía de forma temporal en el piso de su hija, en Lower Mount Street. No era una situación del todo práctica o distendida, aunque ambos se esforzaban por adaptarse a las costumbres y estados de ánimo del otro.

Quirke quería a su hija, a su manera, y creía que ella le quería a él, a su manera, pese a las injusticias que le había infligido cuando era pequeña y adolescente. Durante los primeros diecinueve años de la vida de la muchacha, había mantenido la ficción de que no era su padre, sino su tío. Con todo, si a Phoebe le molestaba su presencia o si esta y él mismo le resultaban irritantes, lo disimulaba de forma convincente.

A duras penas podría haberse negado a darle cobijo tras lo acaecido en España la primavera anterior, unos hechos que lo habían dejado viudo por segunda vez. Desde su regreso, Quirke no había hablado de la muerte de su esposa con Phoebe ni con nadie más. Era, según daba a entender a todos, un tema prohibido. Ella ni siquiera se atrevía a pronunciar el nombre de su madrastra. Algún día, quizá, hablarían de la tragedia, pero aún no.

Phoebe no llevaba mucho tiempo viviendo en Mount Street. El hecho de que el lugar fuera casi tan nuevo para ella como para Quirke hizo que a él le resultara más fácil mudarse sin sentir que su presencia era una carga excesiva para su hija.

De todos modos, era una vivienda grande, sin duda demasiado grande para una sola persona. Tenía tres habitaciones principales luminosas y bien ventiladas, o tan luminosas y bien ventiladas como lo permitían el estado decadente de la casa georgiana y los caprichos del clima irlandés. Phoebe había empleado parte del dinero heredado de su abuelo en un contrato de arrendamiento con opción de compra.

Sin embargo, en cierto modo ella misma se sorprendía de haber dado ese paso. ¿Significaba que estaba pensando en asentarse? Esperaba que no. Sería demasiado fácil convertirse en una vieja y triste solterona como las que veía en las calles por las mañanas, con sus gorros de lana y sus botines de fieltro negro con cremallera, aferradas a sus paraguas y sus bolsos informes. Le daban lástima, pero le horrorizaba pensar que algún día tal vez se convirtiera en una de ellas.

Todavía era joven, o más bien joven al menos, y, pese a haber sufrido bastantes iniquidades e infortunios, le parecía que había conseguido un nuevo equilibrio, aunque no estaba segura de por qué medios. Se compadecía de su desconsolado padre y lloraba con él la desaparición de la esposa de Quirke, a la que ella también había querido en cierto modo. Pero en el fondo estaba convencida, sin ninguna buena razón, de que se avecinaba un cambio, de que no tardaría en llegar y de que sería para mejor.

Como psiquiatra que había sido, Evelyn, la difunta esposa de Quirke, le habría asegurado que lo que sentía no era un presentimiento feliz, sino la determinación inconsciente de cambiar las cosas por sí misma, para sí misma. La joven suponía que Evelyn estaría en lo cierto, aunque se mostraba escéptica respecto a esas fórmulas tan claras. Con todo, se decía a sí misma: «Soy dueña de mi vida», si bien no estaba segura de cuál sería el resultado de esa audaz apropiación. Se contentaba con esperar a que amaneciera el nuevo gran día que se avecinaba.

Si llegaba. No se hacía muchas ilusiones. La vida siempre se guardaba en la manga una bromita desagradable con ganas de ser gastada.

El hecho de que Quirke pasara muy poco tiempo en el piso contribuía a mantener la armonía entre padre e hija. La mayor parte de la semana solo dormía allí. Se levantaba temprano, desayunaba a toda prisa y salía, y alguna que otra noche no regresaba hasta que ella ya estaba dormida. Procuraba no hacer ruido, pero a menudo se las arreglaba para despertarla con su mismísimo sigilo: a lo largo de los años, Phoebe había adquirido un agudo sentido del oído para el peligro.

La joven se preguntaba en qué ocupaba su padre las muchas horas del día que pasaba fuera, en el no tan ancho mundo de Dublín. Quirke tenía su trabajo, claro, en el laboratorio de Patología del Hospital de la Sagrada Familia. Probablemente se quedara sentado a su escritorio, fumando como un carretero y cavilando sobre la pérdida que había sufrido, mucho después de que todos los demás se hubieran ido a casa.

Ella le había animado a pedir un permiso en el trabajo cuando regresaron de España. Dadas las circunstancias, sin duda estaba justificado que incluso a un hombre tan acostumbrado como él a tratar con los muertos se le concediera salir del inframundo en libertad condicional, aunque solo fuera unas semanas. Pero ella conocía a su padre. Había algo en él que siempre tendía hacia la tierra de los muertos.

Hacía poco se había incorporado al Stephen's Green Club. Dick FitzMaurice, un ministro, había solicitado su ingreso. Quirke cenaba allí muchas noches, por lo general en solitario, aunque de vez en cuando Dick se quedaba en la ciudad y lo acompañaba en el inesperado esplendor del comedor de los socios.

Phoebe sabía que no pasaba las horas en los pubs, pues la mayoría de las noches todavía estaba levantada cuando él llegaba. Se quedaban un rato sentados a la mesa de la cocina, tomando té y hablando de cómo les había ido el día o de lo que habían leído en los periódicos u oído en la radio. No obstante, en unas cuantas ocasiones lo había sorprendido entrando a hurtadillas pasada la medianoche con una mirada vidriosa y un tanto desesperada que revelaba que había empinado el codo. Pero por norma estaba sereno, o casi tan sereno como cabía esperar de un hombre que en el pasado se había emborrachado a menudo y a conciencia. En cualquier caso, con él resultaba difícil saberlo, pues tenía la habilidad, propia de los bebedores habituales, de ocultar su estado tras una palabra a media voz, un encogimiento de hombros y una lenta sonrisa indolente.

De hecho, su nueva abstinencia era un motivo de sorpresa para él tanto como para ella.

Aquel día ceniciento en que había regresado de España con el ataúd de Evelyn en la bodega del avión, Quirke había pensado que a buen seguro se hundiría en la bebida y se hundiría para siempre. Correría hacia la botella como hacia el pecho de una madre indulgente y bebería sin parar revolcándose en sus penas.

Pero descubrió que el alcohol no atenuaba el dolor por la pérdida, sino que solo lo diseminaba de una forma curiosa. Después de tres o cuatro vasos de whisky, sentía un vago malestar en todas partes, en la piel y bajo la carne y en lo más hondo de su pobre corazón apaleado. Pensó con tristeza que al fin entendía el significado de la palabra que tantas veces había encontrado en Shakespeare: *ague*, «fiebre».

Lo malo de la aflicción era que uno podía oprimir sus puntos más afilados y embotarlos, pero solo conseguía que el embotamiento se extendiera por todo el sistema hasta que este dolía como un enorme moretón.

Caminaba sin cesar e iba a parar a zonas de la ciudad que jamás había pisado; cuanto más sórdidas, mejor. Esas deprimentes excursiones le proporcionaban poco placer. Más que paseos eran marchas forzadas. Se movía, como suele decirse, por un impulso. Eso era él: un hombre impulsivo.

Aun así, nunca se dejaba llevar por la prisa. Era imperativo mantener un paso parejo y constante, poner un pie delante del otro siguiendo el tictac de un metrónomo interior. Ese ritmo lento y constante de zancadas largas, una vez adoptado, tenía una especie de efecto balsámico. Apaciguaba su mente, le nublaba los pensamientos y mantenía a raya, o casi, los monstruos del recuerdo.

Recordaba el grabado enmarcado que su predecesor en el laboratorio de Patología, el doctor Jeavons, el viejo Billy Jeavons, había colgado enfrente del escritorio. Mostraba a un caballero de edad avanzada, pero a todas luces aún vigoroso, con la armadura puesta, la visera levantada, a lomos de un caballo de venas gruesas como cuerdas y musculatura exagerada, con la espada en un costado y la lanza sobre el hombro, indiferente tanto a una Muerte grotesca que, montada en un poni maltrecho, aparecía a su lado con un reloj de arena en la mano como a la espantosa figura de un Diablo bizco que iba detrás, con hocico y cuernos y empuñando un hacha de mango largo.

Así tendría que ser Quirke en adelante, el caballero que, tras participar en las guerras y sobrevivir a ellas, cabalga en su caballo y lo guía tranquilamente por un mundo invernal, con el castillo saqueado atrás, a lo lejos, y los grotescos agolpándose a su alrededor. Pero ¿podría serlo? ¿Estaba hecho para ser un héroe arrugado con casco?

Se preguntaba qué habría sido del grabado. ¿Quién lo había descolgado y por qué?

En ocasiones, ya entrada la noche, a la hora de cierre de los locales, se detenía en la calle ante un pub atestado de bebedores bulliciosos y camareros implorantes —«Vamos, chicos, vamos, ¿es que no tenéis casa a la que ir?»— y se quedaba allí unos minutos escuchando el alboroto medio ebrio del interior y aspirando hondo el hedor agrio del alcohol y del sudor y del humo de tabaco que salía por la puerta y entre las rejillas poco profundas que se abrían en la parte superior de las ventanas pintadas.

Lo que anhelaba no era la afabilidad falsa de las palmadas en la espalda y los perdigones de saliva. Él era como un buscador de oro deseoso de dar con la inencontrable pepita del tamaño de su puño que lo librara de sus trabajos y lo enviara a casa convertido en un hombre rico. No, él iba tras el olor del alcohol, o no tras el olor del alcohol, sino tras la imposible gota de ámbar brillante y pura que es su esencia.

El tiempo le sonreía. El verano había sido cálido y excepcionalmente seco —durante unas semanas se habló de restricciones de agua— y septiembre parecía no comprender que debía ser plomizo y neblinoso y apestar a tristeza y humo, en vez de gloriarse radiante como si fuera junio en plena mocedad.

Aquel atardecer era especialmente agradable, con el aire en calma y el sol refulgiendo brumoso en un cielo bajo. Había caminado a lo largo del canal desde el puente de Mount Street y en Mespil Road había cruzado al otro lado y había regresado a Mount Street, donde había cruzado de nuevo para volver sobre sus pasos.

¿Por qué dudaba tanto? ¿Qué lo frenaba? A fin de cuentas, solo iba a ver a Strafford.

Recordó el día, ya lejano, en que había ido a Belfast a comprar condones. En aquel entonces todavía era un estudiante de Medicina. La noche anterior había conocido a una mujer en una fiesta, en un piso de Adelaide Road que ella compartía con otras dos enfermeras. La fiesta estaba aún en todo su apogeo cuando la mujer lo llevó a un dormitorio a oscuras donde se tumbaron juntos en una cama con un montón de abrigos y bufandas apilados, y ella lo besó y se dejó acariciar.

En Belfast había caminado arriba y abajo en la lluvia durante veinte minutos ante una farmacia de Glengall Street intentando reunir el valor para entrar. Al final se había obligado a abrir la puerta y el timbre había sonado con tal fuerza que a punto estuvo de dar media vuelta y huir. Compró lo que había ido a buscar y se dirigió presuroso a la estación de ferrocarril con tres paquetes de Durex ardiendo en la mano y el rostro encendido.

Después de todo eso resultó que el viaje había sido en balde, naturalmente. En la fiesta la enfermera había parecido bastante bien dispuesta, pero era un mal momento del mes y no quería llegar hasta el final sin protección. Al regresar de Belfast él la abordó en un pasillo del Hospital de la Sagrada Familia —delante de la sala de neonatos, qué casualidad— y le informó de dónde había estado y de lo que había ido a buscar.

Stella, así se llamaba. Stella Partridge. Qué raro que lo recordara después de tantos años. Era protestante, y por eso él se había hecho ilusiones. Pero, ¡ay!, con qué rapidez se desmoronaron esas ilusiones cuando en el pasillo del hospital, entre los olores a éter y a bebés, ella lo miró de arriba abajo, negó con la cabeza, se echó a reír y se alejó meneando con sorna el trasero.

—Anoche estaba borracha —dijo volviendo la cabeza hacia atrás—, pero hoy estoy sobria.

Y ahora ahí estaba él, ante la puerta principal de la casa donde se hospedaba St. John Strafford, casi con tantos reparos como había tenido aquel día bajo la llovizna gris de Glengall Street.

4

Todo resultó muy embarazoso y difícil. Para empezar, Strafford no tenía ni idea de qué ofrecerle de beber a Quirke. Tras el trágico episodio de España todos habían supuesto que se embarcaría en una farra autodestructiva de la que nunca lograría salir con buen rumbo. Que no lo hubiera hecho, y que por lo visto no fuera a hacerlo, más que aliviarlos, los ponía nerviosos. Caminaban a su alrededor como de puntillas, temerosos de que una palabra equivocada, o incluso una apropiada, lo impulsara a recordar de pronto su terrible situación y a zambullirse en el pub más cercano.

Pese a la carga trágica de su presencia, en cierto modo Quirke se había... desvaído; esa fue la palabra que le vino a la cabeza a Strafford. Sí, desvaído. Había perdido sustancia. Parecía no estar ahí del todo, ni para los demás ni para sí mismo. Estaba absorto, ausente, siempre distraído. Se comportaba como un hombre que se palpara los bolsillos sin cesar en busca de algo que había perdido, o extraviado, o que tan solo había imaginado que llevaba consigo.

Strafford bajó a abrirle la puerta y lo condujo por la escalera hasta su habitación, donde Quirke se quedó mirando en derredor con el ceño fruncido de perplejidad. Era como si pensara que debía conocer la estancia, pero no la reconociera. Esa era la impresión que ahora daba siempre.

Es ajeno al mundo, pensó Strafford, o el mundo es ajeno a él, o ambas cosas. Strafford había estado escuchando a Mahler.

¿Podía proponerle un té? El té era neutro, sin duda. Era inocente. Pero eso era lo malo: ofrecerle té a Quirke resultaría tan ridículo como ofrecerle un vaso de licor de frambuesa a un vampiro. Entonces ¿café? En lo que el señor Claridge había descrito lacónicamente como una cocinita alargada, pero que en realidad no era más que un hueco oculto tras una cortina fina colgada de una barra de latón, tenía una cafetera italiana que ponía a hervir en un hornillo. El café que salía de ese cacharro siempre sabía a quemado y le dejaba la lengua hinchada y la garganta reseca. Así que tampoco café.

Quirke debió de barruntar el dilema de su anfitrión, pues le puso solución al cabo de unos instantes diciendo que tomaría un vaso de whisky. Una sensación de pavor invadió de inmediato a Strafford. ¿Por qué había acudido Quirke?, ¿para emborracharse en un terreno que no fuera suyo ni de su hija?

Strafford casi nunca probaba el alcohol, pero tenía a mano una botella de Jameson a la que recurrir en caso de emergencia, y sin duda ahora se le presentaba una.

De un estante bajó un par de vasos baratos y demasiado grandes, los limpió con un paño de cocina y sirvió el whisky. Al advertir la mirada fría que Quirke dirigía a las pequeñas cantidades escanciadas, añadió a uno de los vasos lo que a buen seguro hasta Quirke consideraría una dosis generosa. Quirke cogió el suyo sin despegar los labios y se pimpló la mitad de un trago. Hizo una mueca y movió la cabeza de un lado a otro como un caballo, de tal modo que los mofletes se bambolearon.

Se quedaron plantados en medio de la habitación.

—En los viejos tiempos tenía un profesor —dijo Quirke— que, lo crea o no, se llamaba Shrewsbury.* Ni que decir tiene que era inglés. Le caí en gracia, Dios sabrá por qué. Una mañana, después de su clase (sobre la coagulación de la sangre, según recuerdo), me llevó a Kirwan's y

---

* Shrewsbury es una ciudad inglesa y *shrews bury* puede significar «las musarañas entierran» o «las arpías entierran». *(N. de la T.)*

pidió un par de whiskies dobles. Aún no era mediodía. «Lo siento, profesor», le dije, «pero no me gusta beber por la mañana». Se me quedó mirando desde debajo de sus cejas, famosas por ser muy pobladas, y me soltó: «Por el amor de Dios, ¿qué estás diciendo, muchacho? A nadie le gusta». Y se atizó el whisky doble y pidió otro. —Hizo una pausa y esbozó una sonrisa sombría—. Así empezó un largo y tormentoso idilio entre la botella y yo.

Strafford asintió con la cabeza. No se le ocurría nada que decir.

Quirke se dirigió hacia la ventana y contempló el canal. La luz del día declinaba.

—Antes me encantaba esta hora —dijo—. Hasta la palabra sonaba preciosa: crepúsculo. Ahora me produce escalofríos.

Strafford pensó que debería tratar de que su visitante comiera algo. Podía prepararle un sándwich, por ejemplo. Sí, pero ¿qué ponía dentro? Su despensa era un lugar espartano. ¿Y si le ofrecía una porción del pastel que se le había antojado comprarse en la panadería Kylemore la semana anterior y que no se decidía a desenvolver ni a tirar a la basura? Pero costaba creer que Quirke fuera a zamparse un pastel de pasas rancio, aunque se ayudara a tragarlo con el whisky.

Pese al efecto de vaciado, Quirke parecía haberse expandido desde la última vez que Strafford lo había visto en abril, en España. No había engordado, pero en cierto modo se había agrandado. Sí, el duelo lo había ensanchado al tiempo que lo vaciaba. Estaba inflado de dolor y de una especie de hirviente rabia contenida contra el mundo en general y su entorno inmediato en particular. Su presencia hacía que la habitación pareciera pequeña, pequeña y limitada.

Era como si un animal herido hubiera entrado a trompicones en la casa, desconcertado, perdido y en busca de cobijo, y quizá también de una presa.

Strafford recordó el oso polar que de niño había visto un día en el zoo de Phoenix Park. Sus padres lo habían llevado en tren a Dublín —¿era su cumpleaños?— y la visita al zoológico era el plato fuerte de la jornada.

No le había gustado el lugar, no le había gustado lo más mínimo. Olía a carne cruda y a excrementos, y los animales parecían desdichados y medio locos. Según recordaba, había mirado desde lo alto el recinto del oso polar; sus padres y él debían de caminar por una terraza situada más arriba. Había un estanque con agua de aspecto asqueroso y, al pie de una alta pared de piedra, un camino de cemento por el que el oso se paseaba arriba y abajo, con las patas delanteras muy juntas y los fofos cuartos traseros bamboleantes y trémulos.

El pobre animal debía de haber enloquecido tras años de cautiverio. La sangre seca le había teñido de color herrumbre el pelo de un lado del cuello, allí donde se había restregado contra algo, un pedazo de metal afilado o un borde de la pared rocosa.

Qué extraño que guardara un recuerdo tan vivo después de tanto tiempo, treinta y cinco años o más. Aquel día, le había dicho a su padre que, si pudiera, abriría las jaulas, dejaría salir a los animales y haría volar el lugar con una bomba. Su padre se había enfadado y le había tildado de mocoso bruto e ingrato, lo que le hizo llorar.

Quirke acababa de decir algo —había formulado una pregunta, ¿no?—, pero Strafford estaba perdido en el pasado y no le había escuchado.

De todos modos, ¿por qué había ido Quirke? Aún no lo había dicho. Era inquietante.

Esos dos no se tenían ningún aprecio. Strafford sabía que Quirke le guardaba rencor por sus antepasados terratenientes, mientras que Quirke se preguntaba si ese individuo lánguido con chaleco, leontina y un mechón que le caía en la cara podía ser la misma persona a quien no hacía ni medio año había visto matar de un tiro a un asesino en el suelo de un restaurante de España sin que al parecer se le moviera un solo pelo de ese mechón caído.

Si hubiera disparado solo unos segundos antes, tal vez ahora Evelyn estaría viva. Quirke sabía que Strafford no tenía la culpa, pero lo culpaba de todos modos.

Se apartó de la ventana y echó un vistazo en derredor frunciendo un poco el ceño.

—¿No está aquí su esposa? —preguntó.

—Ha ido a visitar a su madre —respondió Strafford con tono monocorde.

Quirke arqueó una ceja.

—Entonces está usted de rodríguez.

—Sí. Como ve, no vivo en casa.

—¿Y eso?

—Es temporal.

—Claro, sí —repuso Quirke, que ya había perdido el interés. Miró el interior de su vaso e hizo girar el whisky—. Aquella joven que murió, ¿cómo se llamaba? Aquella a la que Perry Otway encontró asfixiada en el garaje.

—Jacobs. Rosa Jacobs.

—Eso es. Rosa Jacobs.

Quirke continuaba mirando con aire ausente el interior del vaso de whisky.

El tiempo pasó.

Strafford levantó una mano y con un golpe rápido de cuatro dedos tiesos se apartó de la frente las hebras de pelo. Deseaba que ese hombretón desconsolado e inquietante se fuera y le dejara volver a *El caballero de la rosa*, donde los asuntos del amor y la pérdida, por más complejos y turbulentos que fueran, resultaban mucho más simples que en la vida real. Quirke levantó la cabeza.

—Le he echado un vistazo —dijo.

—¿A Rosa Jacobs? ¿Le ha practicado la autopsia?

Quirke se encogió de hombros.

—Sí, le he echado un vistazo. Está claro. La causa de la muerte es la intoxicación por monóxido de carbono, como ya imaginará. —Quirke se volvió hacia la ventana removiendo todavía los dos dedos de whisky en el vaso de cristal tallado comprado en los almacenes Woolworths—. Tiene usted una vista bonita —comentó—. El agua, los árboles. Muy apacible.

—¿Ha dicho que está claro? —apuntó Strafford.

Quirke asintió despacio con la cabeza. Se había distraído otra vez. Strafford pensó que quizá el duelo fuera como el tiempo atmosférico, siempre cambiante, pero siempre presente.

—Sí —contestó Quirke—, monóxido de carbono. Un caso de libro, con todas las señales. El rosa intenso de la piel, el rojo vivo de los labios, las uñas. Verá, el carbono se une a la hemoglobina y eso es lo que causa la pigmentación.

—Otway lo mencionó. El tipo del garaje. Lo rosa que estaba la mujer.

Quirke no le escuchaba.

—El caso es que... —Se interrumpió.

Se acercó a la ventana y contempló algo que le había llamado la atención en la calle. Strafford sintió el impulso de ir a ver qué estaba mirando, pero se refrenó.

Cielo santo, ¿es que no pensaba irse nunca ese hombre?

A Strafford le parecía que el hecho de que aquel día en España hubiera matado de un tiro —hubiera ejecutado, podría decirse— al renacuajo que, unos segundos antes, había disparado y herido de muerte a la esposa de Quirke había creado entre él y el doliente una terrible e indeseada intimidad de calidez carnal. Se preguntó si Quirke también lo percibía. Era indecente en cierto modo, en cierto modo vergonzoso y extrañamente desconcertante.

Quirke murmuraba para sí.

—El caso es que no creo que se quitara la vida —dijo. Se había arrimado tanto a la ventana que casi tocaba el cristal con la nariz—. Hay un hombre apaleando a un perro ahí abajo —agregó—. Debería ir a leerle la cartilla. No, espere, ha parado. —Tomó un sorbo de whisky haciendo un ruidito de succión—. Parte el corazón ver cómo se encogen de miedo los perros. La gente no debería tener mascotas. Si el animalillo no tuviera el alma quebrada, se habría lanzado al cuello de ese cabrón en un abrir y cerrar de ojos.

Strafford movió la cabeza como si quisiera ahuyentar a una criatura voladora diminuta pero insistente. Tenía la profunda sensación de que algo malo iba a suceder.

—¿Dice que no cree que fuera un suicidio? ¿Cree que...?

—No lo sé —respondió Quirke como si le irritara la pregunta, y se apartó de la ventana con tal brusquedad que Strafford se sobresaltó—. Tenía marcas alrededor de la boca. ¿No se dio cuenta?

—Yo no la vi. El inspector Hackett fue el primero en llegar al escenario de los hechos. Perry Otway llamó a Pearse Street y...

—Bueno, pues las tenía —continuó Quirke—, tenía marcas. Supongo que la amordazaron o le metieron algo en la boca y luego lo sacaron. Presentaba algunos cardenales y pequeñas contusiones.

—¿Está diciendo que no se quitó la vida? ¿Está diciendo que la asesinaron?

Strafford, que hasta entonces no había tocado el whisky, tomó un trago. Le desagradaban su sabor y su amarga quemazón. ¿Cómo podía la gente, por ejemplo Quirke, atizarse un vaso tras otro, hora tras hora, hasta estar demasiado borrachos para seguir bebiendo y medio inconscientes, de modo que tenían que llevarlos a casa y meterlos en la cama? Cómo debía de arderles la boca, cómo debían de encogérseles las entrañas. Pese a ser un brebaje repugnante, tenía un aspecto seductor, con ese color de oro viejo y las luces puntiagudas que parpadeaban en las profundidades del vaso. Supuso que tenía algo de romántico, una especie de magia. Y además reconfortaba, no cabía duda. La hermandad del alambique de cobre.

Quirke se había apartado de la ventana y ahora estaban los dos sentados a la mesa, en las incómodas sillas disparejas de respaldo recto que la señora Claridge debía de haber comprado en un mercadillo.

—Creo que estaba emparentada con los de las galletas —dijo Quirke.

Strafford frunció el ceño, pues no le había entendido. Quirke esbozó su sonrisa torcida, que no transmitía calidez ni era en realidad una sonrisa.

—Jacob's Cream Crackers. Vamos, no me diga que no se ha comido nunca una. ¿Ni una galleta Kimberley? ¿Ni una galletita de crema de coco? Seguro que mamá le ponía una bandeja de pastitas variadas a la hora del almuerzo, ¿no?

Ahí estaba: la animosidad larvada bajo el disfraz del humor. No era la primera vez que Quirke atacaba a Strafford aludiendo a sus privilegiados orígenes, que suponía, o fingía suponer, espléndidamente magníficos. Strafford no se molestaba en corregirle. Y, en cualquier caso, con toda probabilidad el desharrapado ambiente refinado en que se había criado él rebosaba elegancia y gracia en comparación con los primeros años de Quirke, un expósito que había pasado buena parte, o mala parte, de su infancia en un orfanato.

—Las marías eran mis favoritas —dijo Strafford con una sonrisa afable—. Aunque me temo que eran bastante secas.

La no sonrisa de Quirke se había extinguido de golpe. Nunca se sabía cuándo sus burlas podían dar paso a algo más desagradable, lo lejos que podía llegar, aunque la firmeza de su mandíbula y el destello de sus ojos indicaban que podría llegar muy lejos. Era médico, patólogo, conocía íntimamente el cuerpo, debía de saber en qué punto era más vulnerable la carne, dónde los nervios se hallaban más cerca de la superficie y eran, por tanto, más sensibles.

Strafford lo observó, contempló la frente arrugada, la mandíbula saliente, las manos toscas y de venas gruesas en torno al vaso de whisky. Había sido víctima de la violencia. Aún cojeaba un poco a consecuencia de la paliza que le habían propinado un par de matones una noche oscura; una advertencia para que dejara de inmiscuirse en los asuntos de los poderosos. Ahora, años después, todavía llevaba dentro algo de aquella noche, un duro nudo de ira, dolor y resentimiento ciego. Y ahora su aflicción apretaba aún más el nudo.

—Permítame asegurarme de que le entiendo —dijo Strafford—. ¿Está seguro de que la asesinaron?

Quirke se encogió de hombros al tiempo que ladeaba la cabeza.

—No puedo estar seguro, desde luego que no, pero tengo la fundada sospecha, más que sospecha, de que no fue ella quien preparó la manguera, la encajó en la ventanilla del coche y puso en marcha el motor.

—Entonces ¿qué cree que sucedió?

—Creo que la amordazaron y echaron un anestésico en la mordaza para dejarla inconsciente. Éter tal vez, cloroformo o uno de los más nuevos, que son más potentes. El cloroformo no duerme durante mucho rato, salvo en las películas de gánsteres. Supongo que después la metieron en el vehículo con el motor ya en marcha, le quitaron la mordaza, cerraron la portezuela y la dejaron morir. Aunque hubiera recuperado el conocimiento, habría estado demasiado aturdida y desorientada para salvarse. Si el motor funcionaba a su máxima capacidad y las ventanillas estaban cerradas herméticamente, debió de morir en cuestión de minutos.

Strafford reflexionó. Su expresión era dubitativa.

—Parece un método muy complicado para deshacerse de ella —dijo—. ¿Por qué no falsificar una nota de suicidio y tirar a la joven por un precipicio?

—Dígamelo usted —replicó Quirke—. Usted es el policía.

A Strafford no le pasó inadvertido el desprecio que destilaban las palabras.

—En cualquier caso —prosiguió Quirke—, antes de abordar el quién, ¿no debería tratar de averiguarse el porqué?

—¿Estaba embarazada?

—No.

—¿Era virgen?

—No.

Strafford miró hacia la ventana al tiempo que se mordisqueaba la carne de un lado del pulgar izquierdo. El mal presentimiento había dado paso a algo semejante al miedo. No temía por sí mismo ni por nada en particular. Era un pavor general. El mundo encontraba la manera de abrir la mano y mostrar con disimulo el funesto as de picas, presagio de la muerte.

La expresión de Quirke se había tornado amarga, como si algo con un sabor repugnante le hubiera subido a la garganta. La ira lo asaltaba a ráfagas, observó Strafford. Se desataba de repente y lo azotaba como el viento a un trigal, luego remitía, pero continuaba allí, preparada para arremeter de nuevo ante la siguiente provocación, imaginaria o no. La aflicción, otra vez, siempre mudable.

—O sea: no estaba embarazada y no era virgen. —Quirke había adoptado un tono de áspero sarcasmo—. Se acabaron todos los posibles motivos, ¿eh? Liquidada por un novio celoso o por ese mismo tipo u otro porque se quedó preñada en un momento inoportuno.

—Tome otra copa —dijo Strafford.

Quirke dejó el vaso vacío en la mesa y lo empujó con la punta del índice.

—No, gracias, ya es suficiente.

Tras echar un vistazo a la habitación con aire distraído, sacó una cajetilla de Senior Service, encendió un cigarrillo y lanzó hacia arriba un cono de humo inclinado. Strafford no fumaba y por eso no tenía ningún cenicero. Fue al hueco de la cocina a buscar un platillo y lo dejó sobre la mesa delante de Quirke, quien lo miró y soltó una risita.

—Dígame, Strafford, ¿tiene algún vicio?

—A veces me muerdo las uñas.

Quirke inclinó la cabeza y lo observó en silencio, y sus iris parecieron contraerse. Strafford se asustó. Ay, santo cielo, ¿no iría ese hombre a empezar una pelea? La mera presencia de Quirke en la habitación tenía un efecto incendiario. Era como el fósforo, que arde al contacto con el aire. Pero el momento pasó y Quirke se echó hacia atrás y frunció el ceño.

—¿Le he hablado alguna vez de la primera autopsia que realicé? Entonces era médico residente de primer año, no sabía casi nada y me asustaba mi propia sombra. Me pusieron a trabajar a las órdenes de un especialista que era un malnacido. Se llamaba Rossiter. Pediatra, un profesional respetado, la gente confiaba en él a ciegas. Yo sabía que el tipo era un inútil. Un día lo acompañé en su ronda, en el hospital infantil de Temple Street. Había un niño de cuatro años con un tumor cerebral. Se le había hinchado la cabeza hasta duplicar su tamaño. No cabía duda de que iba a morir, hasta sus padres se habían resignado. Estaban juntos al lado de la cama, sin tocarse, sin pronunciar palabra, mirando tan solo al chiquillo, incapaces de hacerse a la idea de lo que estaba pasándoles. La pobre criaturita sufría. Rossiter me mandó ponerle una inyección. Lo hice. Entonces, no sé por qué, me senté en el borde de la cama, levanté al niño y lo cogí en brazos. No pesaba casi nada. Agarró la manga de mi bata blanca y se aferró a mí. Me recordó una cría de mono que había visto en una película sobre el mundo animal, un animalillo envuelto en los brazos de su madre y asido a ella con una mano diminuta. El pequeño estaba muy caliente, abrasaba. Murió enseguida; exhaló una larga y trémula bocanada de aire y se fue. —Hizo una pausa, con la mirada, fija e inexpresiva, perdida en el pasado—. Creo que tomaré esa copa —añadió.

Strafford cogió el vaso vacío, fue de nuevo al hueco detrás de la cortina y sirvió un poco de whisky. Llenó otro con agua del grifo para sí. Cuando regresó a la mesa, Quirke estaba encendiendo otro cigarrillo con la colilla del primero.

—Luego, naturalmente, a Rossiter le entraron las prisas. «Hay que hacer una autopsia», va y dice con esa voz engolada que ponía. «Hay que hacerla ahora mismo, ¡ahora mismo!». No tengo ni idea de qué temía, pero estaba muy nervioso. Dios sabe qué le habría hecho a la pobre criaturita, o qué no le habría hecho. Los padres estaban paralizados. Bajé el niño al laboratorio, lo tendí, cogí el escalpelo y efectué una incisión alrededor de la cabeza, tal como me habían enseñado.

Hizo una pausa. Luego prosiguió.

—Se empieza por aquí —indicó pasándose un dedo por la frente justo por encima de las cejas—, se introducen las uñas por debajo de la abertura de la piel y se retira hacia atrás hasta la nuca. Así lo hice. Fue como arrancar un esparadrapo grande y resistente. A continuación corté el cráneo; el líquido salió a borbotones. El niño todavía estaba caliente y el cerebro desprendía vapor. Lo extraje, todo entero, una bola de masa gris, y en el centro estaba el tumor, del tamaño de una pelota de golf. «Muy bien», dijo Rossiter, «muy bien», y me palmeó un hombro. Me entraron ganas de darle un puñetazo en la cara. Vi que se sentía aliviado. Estoy seguro de que había cometido alguna negligencia y temía que yo lo descubriera. Por eso me dejó el trabajo a mí, para que mi nombre figurara en el informe de la autopsia. Los especialistas siempre hacían eso, pasarles los marrones a los médicos residentes.

Se interrumpió y permaneció en silencio, fumando.

—Lo siento —dijo Strafford.

Quirke lo miró.

—¿El qué?

—No lo sé.

De la colilla, no apagada del todo, que Quirke había dejado en el platillo se elevaba, rápido y tembloroso, un hilo de humo gris azulado. Quirke sostuvo el vaso contra la luz de la ventana y miró a través del cristal con los ojos entornados.

—¿Cuál fue su primera muerte? —preguntó.

—Maté a un miembro del IRA —respondió Strafford—. Durante la guerra. Me estaba apuntando al estómago con una metralleta. Me habría partido en dos si no hubiera disparado yo antes.

En el silencio flotaron palabras no pronunciadas. «¿Por qué no hiciste lo mismo con el cabrón que mató a mi mujer?».

—¿Sueña con él, con el miembro del IRA? —preguntó Quirke.

—No. Y usted, ¿sueña con el niño?

—Me acuerdo de él, eso es todo. De él y de los aspavientos de Rossiter y de los padres junto a la cama, con aire de sentirse desvalidos y..., no sé, casi avergonzados, como si pensaran que estaban molestando. De todo eso y del vaho que salía del cerebro del chiquillo.

En la calle, bajo la ventana, alguien profirió un alarido desapacible y ululante, como un grito de guerra. En ese tranquilo tramo del canal era insólito oír a alguien alzar la voz en público. Los borrachos rara vez se aventuraban más allá del puente de Baggot Street y, de todas formas, no salían antes de la hora de cierre de los locales.

—Esa muchacha, la tal Rosa Jacobs... —Quirke se pasó una mano por la cara, por delante de los ojos—. ¿Le hablará a Hackett de ella?

—Sí. Sí, por supuesto. Le transmitiré lo que me ha dicho.

—Él no se lo agradecerá. Últimamente prefiere la vida tranquila.

Strafford cogió el vaso y bebió un trago de agua. Sabía a hierro y a alguna sustancia química. El agua del grifo iba de mal en peor en la ciudad.

Quirke se acabó el whisky y aplastó el cigarrillo en el borde del plato. Este tampoco se apagó del todo y lanzó otra fina espiral de humo. Luego apoyó el puño en la mesa y se levantó con dificultad. De repente parecía agotado. Strafford le entregó el abrigo y el sombrero.

—Gracias —musitó Quirke—. No hace falta que me acompañe hasta la puerta.

Al pasar junto al gramófono se detuvo un instante a mirarlo y soltó una fría risita burlona antes de seguir adelante.

Cuando se fue, Strafford se acercó a la ventana y miró hacia la calle. Oyó el ruido de la puerta principal al cerrarse y al cabo de unos segundos apareció Quirke, una figura corpulenta en escorzo. Cruzó la calle hacia el canal y giró a la derecha en dirección a Leeson Street. Lo vio alejarse, observó la silueta oscura y con sombrero que caminaba como acurrucada y parecía tirar de sí misma, apretujada en su propio abrazo dolido.

5

Quirke estaba en lo cierto, naturalmente. Hackett no se alegró en absoluto de oír lo que Strafford tenía que contarle la mañana siguiente a la visita de Quirke. Aunque no lo reconoció, el inspector jefe no se sorprendió del todo. Había intuido que en la muerte de la joven había algo que no cuadraba, pero no había tratado de corroborar esa intuición. Era de esperar que Quirke reparara en los detalles que no encajaban y empezara a formular preguntas.

El padre de Rosa Jacobs había llegado de Cork esa mañana en el primer tren para identificar el cuerpo y llevárselo a fin de enterrarlo en el cementerio judío de su ciudad.

Era un hombre entrado en carnes y con cara de pan, papada grisácea y ojos castaños de mirada afable y párpados caídos. Hablaba con voz queda, tan bajito que a veces parecía que, más que hablar, musitara. Regentaba una floreciente tienda de telas en el centro de Cork, en Patrick Street. La vida le había ido bien, pero en los últimos tiempos su suerte había cambiado. Su esposa se moría de cáncer en un asilo de ancianos y ahora el hombre perdía a su hija. Desprendía tristeza como si fuera un olor.

El inspector jefe Hackett no había sabido qué decirle ni qué hacer con él. Se lo habría llevado al pub, pero no estaba seguro de que la fe judía permitiera el consumo de alcohol. En cualquier caso, dadas las circunstancias, difícilmente podría haberle propuesto que fueran paseando hasta el pub de Mooney para tomarse un par de pintas de cerveza negra y charlar sobre la actuación del Cork en la final de fútbol gaélico del campeonato All-Ireland.

—¿Tiene más hijos? —le había preguntado.

Estaban en el despacho de Hackett, en la última planta de la comisaría de la Garda de Pearse Street. Alfred Jacobs le había dirigido su mirada afligida y húmeda y el policía había fruncido el ceño, bajado la vista y removido los papeles del escritorio.

—Lo siento —había murmurado Hackett—, solo pretendía... —Dejó que su voz se apagara.

—Tengo otra hija —dijo Jacobs—. Es la mayor.

—¿También vive en Cork?

—No, en Londres. Vendrá mañana, para el entierro.

—Será... —Hackett buscó una palabra apropiada—, será un consuelo.

Al oír eso, el hombre afligido había soltado una carcajada breve y triste y no había pronunciado ni una palabra más.

—¿Cómo —preguntó ahora Hackett a Strafford—, cómo, por el amor de Dios, voy a darle la noticia, con todo lo que ya tiene encima?

Estaban en el atestado despacho de Hackett, en el último piso. En la calle soplaba el primer vendaval del otoño; se oía cómo las caperuzas de las chimeneas se balanceaban con el viento.

—Como si el pobre desdichado no tuviera suficiente. Primero le dicen que su hija se ha quitado la vida y ahora tiene que oír que al parecer fue un asesinato.

Hackett había engordado y el pelo le griseaba en las sienes. Los dientes le habían dado problemas durante años y al final había decidido sacárselos todos y usar dentadura postiza. Sin embargo, algo había fallado, de modo que la mandíbula le había quedado torcida y caída. Recordaba más que nunca a una rana pálida y perspicaz de cabeza plana.

—¿Van a entregarle el cuerpo? —le preguntó Strafford.

—Le he dicho que mañana. —Hackett se frotó con brío las manos, que produjeron un sonido áspero. Era una

70

costumbre que había adquirido después del desastre dental y el dolor persistente que le había dejado—. Supongo que ahora Quirke me dirá que todavía no podemos entregarla.

—No veo por qué. Ya no lo necesitamos. No puede aportarnos mucha más información.

Hackett frunció el ceño al oír «lo».

—El padre tampoco paraba de hablar del coche, quería saber cuándo podría tenerlo. Lo preguntó una y otra vez, como si fuera lo más importante de este triste asunto. —Giró en la silla para contemplar el día agitado por el temporal—. Dios mío, menudo ventarrón.

—Supongo que era una forma de no pensar en otras cosas —apuntó Strafford.

Hackett se dio la vuelta y se lo quedó mirando.

—¿Qué?

—Que el hombre hablaba del coche para no pensar en su hija.

—Ah, ya. Sí, claro, supongo que era eso. —Hackett hizo una pausa y, pasándose una mano por la cara desde la frente hasta el mentón, chafó las gomosas facciones y dejó que volvieran a su sitio—. ¿Dice que él cree que la durmieron?

—¿Quirke?

—Sí, Quirke, ¡quién si no, hombre!

Strafford deslizó la punta de los dedos de la mano derecha por el borde del escritorio. Los arranques de mal humor del viejo se habían vuelto más frecuentes en los últimos tiempos. La mayoría de las veces Strafford no se los tenía en cuenta. Los años que se había visto obligado a pasar con su anciano padre quizá no le hubieran enseñado a ser tolerante, pero al menos sí a tener paciencia.

—La durmieron, sí, eso opina él, y luego la subieron al coche con la manguera encajada en la ventanilla y el motor en marcha.

—Santo Dios.

El traje azul de Hackett le hacía tantas bolsas como siempre y tenía los mismos brillos en los codos, las rodillas y, sobre todo, los fondillos. Era objeto de continuas conjeturas entre sus compañeros de Pearse Street. ¿Acaso era posible que llevara el mismo traje desde tiempos inmemoriales? Por supuesto que no, por supuesto que a esas alturas estaría hecho jirones; sin embargo, nadie recordaba haberle visto con uno nuevo.

—¿Está muy seguro de eso? —preguntó—. Es decir, ¿no podría estar equivocado?

—Por lo general Quirke no comete esa clase de errores —respondió Strafford.

Hackett asintió abatido. Aunque sabía que no debía, no podía por menos que desear que en esa ocasión Quirke hubiera realizado su trabajo con menos meticulosidad que de costumbre.

Se perpetraban asesinatos discretos más a menudo de lo que en general se creía. Se empujaba a cónyuges ancianos para que cayeran de escaleras de mano o se precipitaran por un tramo de peldaños. Estufas eléctricas caían en bañeras y electrocutaban a un tío rico o a una tía inoportuna. Algunos recién nacidos morían de forma misteriosa, asfixiados en la cuna. Siempre había sospechas, pero nadie hacía nada al respecto y Hackett opinaba que en algunos casos era mejor así.

—¿Y qué hay del coche? —preguntó Strafford—. ¿Se ha encontrado algo?

—¿Por ejemplo la huella del pulgar de un marino indio o la colilla de un cigarrillo turco?

Strafford no sonrió.

—¿Y qué hay de la manguera y de los trapos con que estaba envuelta?

—Los señores de nuestro departamento de la policía científica, en su sabiduría, me informan de que, en palabras de su jefe, «no encontramos un carajo». Algo que poco nos sorprende a usted y a mí, ¿verdad, inspector?

Que Rosa Jacobs hubiera sido asesinada no solo causaría más dolor a su padre, sino que además echaría una carga de trabajo adicional sobre los ya fatigados hombros de Hackett. Era consciente de que no debería pensar así, pero ya no le faltaba mucho para la jubilación. Le vendrían bien unos cuantos años tranquilos antes de recibir el reloj de oro y un apretón de manos del jefe de la Garda.

—Hice una llamada al Trinity —dijo Strafford—. Hablé con el jefe del departamento de la joven.

—¿Cómo reaccionó?

—No se lo dije.

Hackett se lo quedó mirando.

—¿Y qué le dijo usted?

—Tan solo que queríamos hablar con él sobre una colega suya.

—¿Le dijo cuál?

—Sí.

Hackett asintió con la cabeza.

—Bien. Vaya a hablar con él.

Strafford se quedó mirándolo.

—¿Yo?

—Sí, usted. Es un hombre del Trinity, ¿no? Conocerá sus entresijos.

Y Hackett mostró su torcida sonrisa de rana, con su destellante dentadura postiza.

Strafford cruzó el arco de piedra, recorrió el pórtico abovedado y atravesó la plaza delantera. El viento seguía soplando con fuerza y las hojas muertas producían un sonido rasposo al deslizarse por los adoquines. Eran de color rojo fuego, dorado oscuro y ocre. Strafford sintió una punzada de nostalgia agridulce por una época de su vida de la que no había disfrutado especialmente.

Había estudiado Derecho durante tres trimestres en el Trinity College, pero se había desmoralizado y había dejado la carrera para incorporarse a la Garda. Ahora, al cabo de casi un cuarto de siglo, aún le sorprendía que hubiera decidido hacerse policía. No era algo que hubiera deseado en su juventud. Sencillamente se había dejado llevar, como en otros muchos aspectos, incluido el matrimonio. Era como las hojas otoñales, a merced de cualquier viento suave que soplara.

De todos modos, ¿qué otra cosa podría haber hecho? Era evidente que no tenía madera de abogado. Se habría conformado con ser un terrateniente si su padre no hubiese malvendido la tierra poco a poco a lo largo de los años. Ya solo quedaban las contadas hectáreas que la casa y los jardines ocupaban. Era un misterio en qué se había gastado su padre el dinero. Desde luego, no en mujeres. Tal vez jugaba en secreto.

El profesor Armitage lo esperaba en los escalones del edificio de Historia. Era un hombre alto y flaco, de cara fina y cabello negro y engominado, peinado hacia atrás, lo cual le daba un aire de sorpresa moderada pero permanente. Tenía los ojos demasiado juntos y la boca demasiado delgada y ancha. Además, lucía un bigote nada favorecedor, pequeño e hirsuto. Vestía un terno de tweed y una corbata azul oscuro con rayas blancas. Tendió una mano como si hubiera preferido no hacerlo. La mano era flácida y estaba fría y seca.

Era inglés y hablaba con un acento refinado, arrastrando las vocales.

—¿Cómo dijo que se llamaba? Stafford, ¿no?

—Strafford. Con una erre.

—Ah. Conocí a un Strafford cuando estuve en el ejército. ¿Tiene parientes en tierra firme?

Strafford reprimió una sonrisa. En la República de Irlanda, solo un inglés se referiría a Inglaterra como tierra firme.

—No que yo sepa. Creo que el primero de los nuestros llegó con los anglonormandos.

—¿De veras? —El hombre lo observó con aire pensativo—. Espero que no le moleste que le diga que no es usted como habría imaginado a un policía irlandés.

74

—Me lo dicen a menudo —repuso Strafford con tono afable.

Salvó los tres escalones hasta llegar al nivel de Armitage. No le gustaba que nadie lo mirara desde arriba, y por descontado no ese hombre.

Entraron en el edificio y subieron un tramo de escaleras de madera desnuda que torcían a mitad de camino hacia un rellano enmoquetado. Se percibía un fuerte olor a col hervida.

—Por aquí —indicó Armitage, que condujo a Strafford al interior de un comedor comunitario—. Podría proponerle que almorzara, pero no se lo recomiendo. De todos modos, aún es temprano. ¿Quizá una copa de jerez?

Se dirigió hacia una mesa de un rincón junto a un ventanal que daba a una masa de árboles cuyas hojas otoñales llenaban los cristales de un fulgor dorado. Aún no era mediodía, pero ya había varias mesas ocupadas y el murmullo de las conversaciones se mezclaba con el sonido metálico de los cubiertos y el tintineo de los vasos. En el pasado el Trinity había sido famoso por su buena comida. Sin embargo, el hedor de la col reforzaba la advertencia de Armitage. Los tiempos habían cambiado, no cabía duda.

—Quería hablarme de la señorita Jacobs —dijo Armitage toqueteándose la pajarita—. No me diga que otra vez se ha metido en un lío.

—¿Otra vez?

—Ay, es una alborotadora. Organiza protestas, recoge firmas, ese tipo de cosas. En el departamento tenemos manga ancha con ella, aunque quizá no deberíamos. Con toda su rebeldía, es muy brillante.

—¿A qué se dedica?

—Podría decirse que es mi ayudante, una de mis ayudantes, mientras realiza el doctorado.

—¿Un doctorado sobre qué, si me permite la pregunta?

Armitage sonrió y arqueó una ceja.

—La diáspora judía en Irlanda, ¿qué le parece? Una materia bastante limitada, como le digo a ella, pero está sacándole mucho partido. Tengo grandes esperanzas en la señorita Jacobs. Para una mujer no es fácil abrirse camino en el mundo académico, sobre todo para una mujer como ella..., bueno, con sus orígenes.

—¿Se refiere a que es judía?

La respuesta de Armitage consistió en arquear otra vez una ceja y esbozar una sonrisita fruncida.

Les sirvieron el jerez en copas en forma de tulipán. Era marrón oscuro y de consistencia oleaginosa. Strafford levantó la suya y olfateó el vino, pero no lo probó. Supuso que sería bueno, pese a que le pareció que olía a melaza.

—Tengo malas noticias —anunció. Dejó la copa en la mesa y la hizo girar despacio sobre su base.

—¿Sí?

La expresión de Armitage se había vuelto recelosa. Aquellos ojos juntos y el nervioso bigotito evocaron a Strafford un animal de historieta, aunque no sabía cuál. Eso intensificó el aire furtivo que tenía el hombre.

El profesor sacó una pitillera metálica, la abrió y la tendió hacia el otro lado de la mesa.

—No, gracias —dijo Strafford.

—¿Le importa si...?

—No, por favor, adelante.

Armitage eligió un cigarrillo, golpeó con elegancia un extremo y luego el otro en la tapa de la pitillera y lo encendió con un delgado mechero de oro. Observó con atención al policía a través de una nube de humo. Strafford pensó que tal vez Rosa Jacobs hubiera sido algo más que la ayudante académica del catedrático.

—Profesor, tengo que informarle de que la señorita Jacobs está..., bueno, de que ha muerto.

Armitage parpadeó y ladeó la cabeza, como si creyera que no le había oído bien.

—¿Muerta? Pero si estaba... La vi...

—La encontraron ayer por la tarde en un coche, en su coche, en un garaje de Herbert Lane, a la altura de Upper Mount Street. Llevaba un tiempo muerta, es decir, varias horas. Murió por la inhalación de monóxido de carbono.

Armitage negaba con la cabeza.

—No, no —dijo—, no, no lo entiendo. ¿Me está diciendo...? ¿Qué me está diciendo?

—Al parecer fue un suicidio. —Strafford tocó el vaso de jerez—. Lo siento.

Armitage permaneció muy quieto unos instantes, con el cigarrillo consumiéndose en sus dedos. De repente levantó la copa de jerez y la vació de un trago. Strafford lo observó. ¡Ratita! Eso era: Ratita, de *El viento en los sauces*. Cuando era pequeño le habían regalado por Navidad una edición ilustrada del libro, que había sido su favorito durante años. Se preguntó qué habría sido de él, de aquel ejemplar. Tal vez continuara en el estante de su antigua habitación, en casa.

Casa. La palabra cayó con un ruido sordo.

El profesor aplastó la colilla en un cenicero y se apretó las mejillas con la palma de las manos de tal modo que se le abrió la boca. Por un segundo pareció la figura del puente de *El grito*.

—Santo cielo —dijo con voz queda y áspera—, cómo odio este país dejado de la mano de Dios.

—¿Qué?

—¿Acaso usted no?

—No, la verdad. Soy irlandés. Nací en Irlanda. ¿Cuánto tiempo lleva aquí?

—Un par de siglos, o eso parece, maldita sea —musitó Armitage con ferocidad. Levantó la copa vacía y buscó con la vista al camarero—. Necesito otro trago.

—Tenga, bébase la mía —le dijo Strafford empujándola sobre la mesa—. No me sienta bien el alcohol a mediodía.

«¡A nadie le gusta!», dijo una voz en su cabeza.

Armitage alzó la copa, se tomó la mitad del contenido y la dejó en la mesa. No se le ocurrió dar las gracias.

—¿Tiene familia? —le preguntó Strafford.

—¿Qué?

—¿Está casado?

Armitage soltó un resoplido.

—¿Que si estoy casado? Digamos que sí. Sin hijos, gracias a Dios. O por lo menos de momento. A veces creo percibir una chispa en los ojos de la señora Armitage. —Clavó una mirada ciega en el otro extremo del comedor—. No puede ser cierto —añadió en un susurro, pero con una fuerza casi feroz—. Rosa no se quitaría la vida.

El engolamiento de la voz se había rebajado un poco, advirtió Strafford. El tono del catedrático ya no sonaba tanto a Oxford y a Tom Quad* como a los alrededores de Mánchester o Birmingham.

—¿Por qué sigue aquí si lo odia tanto? —le preguntó Strafford.

—Me iría mañana mismo si pudiera. A la señora A. le gusta vivir aquí, o eso dice, por razones que el señor A. ignora. —Armitage tomó un traguito e hizo una mueca—. El jerez es un brebaje repugnante; no sé por qué lo tomo. —Parpadeó—. ¿Qué estaba diciendo?

—Decía que se iría de Irlanda mañana mismo.

—Sí, sí. —Armitage echó un vistazo al comedor con expresión atormentada—. Me presenté por un trabajo en el Peterhouse College, en Cambridge, ya casi lo tenía, y de pronto, ¡puf! Eso fue en el 45. Acababa de salir del ejército. Del cuerpo de transmisiones. Había aprendido un par de idiomas, el francés y el alemán. Tenía un doctorado, sobre Metternich y el Congreso de Viena. Era un tío brillante, ¿cómo iban a rechazarme? Bueno, pues me rechazaron. Ni Eton ni Oxford, sino un instituto de secundaria y un cen-

---

* Así se conoce popularmente el Gran Cuadrángulo, el mayor de los patios de la Universidad de Oxford. *(N. de la T.)*

78

tro de formación profesional construido en ladrillo rojo, en el norte. —Puso la voz del principio, pero esta vez con ánimo burlón—. «No es de los nuestros, ¿no te parece, Fotheringay-Williams?». —Apoyó los codos en la mesa, encorvó los hombros y suspiró—. ¿Y usted?

—¿Y yo qué?

—¿Cómo terminó en la policía de pega de los *paddies*? Strafford sonrió.

—Bueno, como le he dicho, para empezar soy *paddy*.

—Bueno, pues deje que le diga que no habla como un *paddy*. Ah, espere... Supongo que pertenece al acosado cinco por ciento.

—Si quiere decir que soy protestante, entonces sí.

—Pensaba que después del 22 los suyos habían arrojado la toalla y dejado que se las apañaran ellos solitos. ¿Qué fue lo que escribió el viejo Yeats? *Ratas que pelean en su agujero.*

—Muchos consideramos que debíamos irnos. Tal vez fuera la falta de voluntad lo que impidió a los Strafford marcharse.

—Ellos les quemaron un buen número de sus bonitas mansiones.

—Sí. De todos modos, algunos quisimos aportar nuestro granito de arena después de no hacer casi nada durante años.

—Una actitud muy noble, no lo dudo —afirmó Armitage con una especie de sonrisa torcida. Levantó una mano y llamó la atención de un camarero que pasaba—. Haga el favor de traerme un Bushmills.

—Faltaría más, señor —respondió el camarero con un levísimo asomo de desaprobación: los caballeros no solían pasarse del jerez al whisky a mediodía.

Era un anciano encorvado de cabeza calva y picada de viruelas, con profundas arrugas labradas a ambos lados de una boca cansada. Se volvió hacia Strafford.

—¿Y usted, señor?

—Nada, gracias —respondió Strafford.

Recordaba al camarero de su época estudiantil. El hombre daba la impresión de no haber envejecido un ápice. ¿Cómo se llamaba? Tenía un apellido raro. ¿Giddings? No. Gatling, como la ametralladora. Qué curioso, pensó, la forma en que detalles de tan escasa importancia se quedan prendidos a la memoria.

—Dígame, ¿estaban muy unidos usted y la señorita Jacobs? —preguntó.

Armitage hizo una mueca de pesar.

—Depende de lo que entienda por «unidos». Ella es..., era una chica estupenda. Dura de pelar, eso sí, a pesar de tener una cara preciosa y una actitud tímida y retraída.

Se reclinó en la silla y movió los hombros como si le dolieran. Su boca era pequeña y se fruncía de manera espontánea. Era idéntica a la de Ratita.

—Estaba a partir un piñón con una familia de teutones.

Strafford arqueó las cejas.

—¿De alemanes?

—Sí. No se lo esperaba, ¿eh?, siendo ella judía.

—¿Qué clase de alemanes? ¿Aquí, en la universidad?

—No, no. Una gran mansión en Wicklow, caballos, fiestas, cacerías los fines de semana. No entiendo cómo logró encajar en ese mundo. El viejo, herr no sé qué, dirige en la patria una fábrica que produce artilugios.

—¿Cómo se llama?

—Ahora mismo no lo recuerdo. Horst Wessel, algo por el estilo.

El camarero calvo se acercó con el vaso de whisky.

—¿Pagará, señor, o firmará un vale?

Armitage firmó un vale. Se echó a reír.

—Así parece que te sale gratis —le dijo a Strafford, y guiñó un ojo.

El anciano se alejó arrastrando los pies al tiempo que doblaba el papel y se lo guardaba en el bolsillo del chaleco.

Armitage dio un sorbo al whisky. Sus labios mojados tenían un brillo violáceo.

—Seguro que no —dijo Strafford.

—¿Seguro que no qué?

—Que no se llama así. Horst Wessel es el título de la canción que cantaban los nazis.

Armitage se encogió de hombros.

—Entonces será otro nombre. —Se llevó una mano a la frente mientras se esforzaba por recordar—. Kessler —dijo al cabo de un instante bajando la mano—. Wolfgang Kessler. Lo llaman Wolf, con una uve doble suave como en inglés. Es conde, creo, o lo era. Graf von Kessler. Por la razón que fuera perdió el título y el «von». Tiene un hijo, Franz, aunque lo llaman Frank. —Soltó una carcajada amarga—. Era ese al que Rosa estaba «muy unida», si es que estaba unida a alguien.

—¿Salían juntos?

—Si quiere decirlo así... —Armitage hinchó los carrillos y expulsó una bocanada de aire—. Siempre que lo mencionaba, esbozaba una sonrisita furtiva. Nuestra Rosa, una joven liberada.

Volvió a abrir la pitillera y sacó el encendedor de oro. Arrojó el humo hacia el techo. Fingía hastío, pero el fingimiento saltaba a la vista. Tras él se ocultaban la amargura y los celos de un amante desdeñado.

—¿Dónde está la casa de los Kessler? —preguntó Strafford.

—En las montañas, a este lado de..., ¿cómo se llama?, de Roundwood. Cerca del embalse. Una gran casa antigua rodeada de pastizales. He olvidado su nombre. Todo eso te lleva a preguntarte quién ganó en realidad la guerra. —Dio una calada furiosa—. Indague en el pueblo, alguien se lo dirá, aunque probablemente necesite un intérprete. No los salude de mi parte.

—¿A los del pueblo?

—A ellos tampoco, pero me refería a los Kessler.

—Entonces ¿los conoce?

—De oídas. Vi una vez al hijo, Frank. Estaba con Rosa. Un chico tranquilo. Uno de los alemanes «buenos», entre comillas.

Strafford se puso en pie y cogió su abrigo, que había dejado sobre el respaldo de la silla. Su sombrero tenía una abolladura en la copa. Con el canto de la mano logró que el fieltro gris recuperara la forma.

—Lo siento —dijo—. Lo de Rosa.

—Sí —contestó Armitage poniendo los labios, brillantes y húmedos, como si emitiera un gruñido—, yo también. —Parecía menos triste que enfadado. Parecía un hombre al que hubieran decepcionado—. Una chica estupenda, como le he dicho —añadió con amargura.

Strafford aguardó un instante, preguntándose cuánto debía revelar.

—Debe saber —dijo despacio— que existe la posibilidad de que no se trate de un suicidio.

Armitage lo miró de hito en hito, con la frente arrugada.

—¿Un accidente?

—No, no fue un accidente.

—¿Quiere decir que...? ¿Quiere decir que alguien se la cargó?

—Eso parece.

Armitage se recostó desmadejado sobre el respaldo de la silla, con el labio inferior caído y flácido.

—¿Quién querría matar a Rosa Jacobs? —dijo en un tono de estupefacción e incredulidad.

Sí, quién.

Mientras cruzaba de nuevo la plaza azotada por el viento, Strafford daba vueltas a diversas preguntas, la principal de las cuales era por qué Armitage había puesto especial empeño en mencionar a los Kessler.

6

A Quirke antes le gustaba el olor a vainilla, o al menos no le desagradaba. Le recordaba la primera vez que había probado un helado. Debía de tener, ¿cuántos años?, ¿ocho, nueve? Un domingo por la tarde, a él y a otros chicos de su edad del orfanato los habían llevado a Sligo, a ver un partido de hurling. La salida había sido un premio sin precedentes. No se repitió, de modo que debió de haber alguna razón especial.

El hermano Barry estaba a cargo de ellos. Era joven y no tan cruel como los otros o, en cualquier caso, no en aquel entonces. Se detuvo en una confitería de la ciudad y compró cucuruchos para todos, incluido él mismo. Quirke sabía lo que eran los helados, claro, pero hasta ese día no los había probado. Le encantaron la textura fría y opulenta y el sabor cremoso. Se lo comió demasiado deprisa, se lo zampó, y empezó a sentir un dolor agudo en un punto concreto de la frente, justo encima del caballete de la nariz.

Asustado, palideció y se echó a llorar. Los otros se rieron de él y lo llamaron «blandengue». Jamás olvidaría ese día, por el helado y por el dolor en la frente y por las risas burlonas, pero también porque el hermano Barry, aun sin decir palabra, le había puesto una mano sobre el hombro y se lo había apretado mientras los demás se mofaban de él.

Ahora el aroma de esa sustancia lo asaltaba a diario, por la mañana antes de que saliera de casa y a última hora de la tarde, a su regreso, y Quirke había llegado a aborrecerlo. Intenso y empalagoso, salía en grandes vaharadas cálidas de la pastelería que había debajo del piso de Phoebe. Se imponía a las nubes de humo de cigarrillos con que él se envolvía e incluso a las de los apestosos puritos negros que había empezado a fumar en vez de los pitillos y de los que Phoebe se había quejado tan vivamente que él había tenido que dejarlos y volver a los cigarrillos.

Phoebe tachaba de ridícula su actitud respecto al olor de la vainilla. Le decía que ella se había acostumbrado y ya no lo notaba y que lo mismo le ocurriría a él si dejaba de hablar del tema, algo que solo contribuía a empeorarlo.

—Estás obsesionado. Lo hueles incluso cuando no está.

Tenía razón. Muchas veces Quirke se despertaba en plena noche y se convencía de que lo captaba, pese a que la pastelería llevaba cerrada desde las seis de la tarde. Y, de todos modos, era imposible que un aroma tan delicado llegara tan lejos, hasta el dormitorio del fondo donde él yacía de espaldas con los ojos muy abiertos y los puños apretados sobre el pecho.

Sus noches ya eran bastante malas, y algunas peor que malas.

El piso ocupaba la primera y segunda plantas de una casa situada en el extremo de la calle cercano a la maternidad de Holles Street, en una hilera larga de viviendas georgianas de ladrillo rojo. De hecho, los ladrillos no eran rojos, sino de un cálido marrón oscuro, con pinceladas de amarillo y gris y motas de una sustancia negra que, cuando llovía, centelleaba como el carbón.

Era propiedad de un inglés que vivía en el exilio, y en un descrédito indeterminado, en el sur de Francia. Tenía cinco dormitorios, o seis contando el trastero de detrás de la cocina, aunque estaba cerrado y el hombre de la turbia inmobiliaria que cobraba el alquiler le había dicho a Phoebe que la llave se había perdido y no había habido forma de encontrarla.

La Habitación Cerrada era motivo de muchas cábalas entre padre e hija. Quirke decía que probablemente contuviera un cuerpo momificado, los restos de un dueño anterior que se había quedado encerrado por error y había muerto de hambre. O tal vez el inglés hubiera asesinado a su esposa y la hubiese escondido allí bajo llave antes de huir a Menton. Phoebe seguía la broma lo mejor que podía. Aunque no lo decía, le resultaba extraño, e incluso un poco escandaloso, que a Quirke le pareciera divertido hablar con tanta frivolidad de muerte y cadáveres cuando su esposa no llevaba ni seis meses en la tumba. En el sentido del humor de Quirke había siempre una punta salvaje.

Vivía en el piso desde abril, cuando habían regresado del fatídico viaje a España. En un principio la idea era quedarse en Mount Street solo un par de semanas, o un mes a lo sumo, mientras se reponía de la conmoción inicial de la terrible muerte violenta de su esposa. Sin embargo, el tiempo había transcurrido y, de alguna manera, el plan de que se fuera había dejado de plantearse.

Su habitación daba a un jardín desatendido y cubierto de maleza que se extendía hasta la parte posterior de las casas de Verschoyle Place. Siempre le había gustado ver el otro lado de las cosas, sobre todo de los bloques de viviendas. Le fascinaban en particular los tubos de desagüe, con su fealdad delirante y cómica. ¿Cómo era que a nadie se le había ocurrido nunca enderezarlos o, ya puestos, empotrarlos en las paredes mientras se construían los edificios?

Vivía del contenido de una maleta, la misma que había hecho para el viaje a España. La tenía bajo la cama. En ella guardaba ropa interior y calcetines, media docena de camisas dobladas, una chaqueta de lino, un par de pantalones viejos que ya no se ponía pero que no quería tirar, junto con un surtido de otros artículos.

Cuando necesitaba algo de la casa donde Evelyn y él habían vivido el breve periodo que habían pasado juntos, en unas antiguas caballerizas rehabilitadas de un callejón, detrás de Northumberland Road, pedía a Phoebe que fuera a buscarlo. No se sentía con ánimos de entrar en la casa, ni siquiera soportaba verla desde fuera.

Había sido el hogar de Evelyn, que había vivido en ella varios años antes de que se casaran. Quirke sabía que cada uno de sus rincones guardaba lóbregos recuerdos de su mujer. ¿Volvería a vivir alguna vez allí? De momento, al menos, era imposible.

Eran las cosas normales y corrientes las que le traspasaban de la forma más dolorosa. Una cuchara diminuta de plata que Evelyn llevaba siempre consigo, aunque él nunca supo con qué propósito. La novela policiaca barata que ella estaba leyendo en sus últimos días, con una hebra de lana verde a modo de punto de libro. Una lista de la compra que había encontrado en el monedero de Evelyn:

Pan
Naranjas
Un bote de tinta
Notizpapier

Evelyn había subrayado la última palabra para indicar que era alemana. Pero ¿en provecho de quién?

Quizá, pensaba Quirke, debería llevar sus pertenencias y las de Evelyn a un guardamuebles y vender la casa. Nunca la perdería del todo. Una parte de él, una parte de ella y de él, un resto dolido de lo que habían sido juntos, permanecería siempre allí, aunque unos desconocidos se instalaran en la vivienda e imprimieran su propia marca.

Pensar en esas cosas le proporcionaba un pequeño consuelo, pero, aun así, no podía cruzar aquel umbral. Si lo hacía, tal vez no pudiera retroceder. Recordaba haber leído que alguien había encontrado una trampa de acero con la pata ensangrentada de un zorro; el animal debía de haberla roído hasta partirla a fin de soltarse.

Aquel día Quirke tenía planeado cenar en el Stephen's Green Club, pero Phoebe había insistido en que se quedara y cenaran juntos.

—Nunca estás aquí —le dijo—, nunca te veo.

Él cedió y trató de disimular sus pocas ganas. Phoebe poseía muchas cualidades maravillosas y entrañables, pero no era buena cocinera. Aun así, a Quirke le complació que deseara su compañía.

Phoebe le dejó la tarea de poner las copas de vino y abrir una botella de beaujolais mientras ella servía la comida. Había frito dos chuletas de cordero y preparado una ensalada de lechuga con rodajas de tomate y chalotas picadas.

Los tomates eran holandeses y no sabían a nada, y las chuletas estaban demasiado hechas y muy chamuscadas por un lado.

Phoebe se disculpó haciendo una mueca de payaso, con las cejas arqueadas y las comisuras de la boca hacia abajo. Quirke le dijo que no importaba, que la comida estaba bien, que todo estaba bien. Y de verdad lo pensaba. Phoebe era buena con él y para él. Quirke habría deseado manifestarle cuánto apreciaba sus cuidados y su actitud protectora, pero siempre se sentía cohibido ante ella y siempre se sentiría así. El pensamiento de los años en que había mantenido la farsa de ser su tío se interponía entre ellos, no verbalizado pero tan insoslayable como el tronco de un árbol caído atravesado en un sendero.

Comieron en silencio. Un rayo de sol oblicuo retrocedía en la ventana a medida que caía el atardecer de septiembre. Phoebe encendió una lámpara de pie que había junto a la chimenea y el resplandor pálido bañó la moqueta descolorida y las patas de las sillas. En el fondo de las copas de vino pendieron, idénticas, sendas chispas rojas minúsculas de las que salían puntas de luz en todas las direcciones.

Cuando acabaron de cenar, Quirke miró hacia la ventana al tiempo que sacaba los cigarrillos.

—¿Sabes algo de David Sinclair? —preguntó intentando hablar con naturalidad.

Phoebe clavó la vista en el plato. David Sinclair había sido ayudante de Quirke en el departamento de Patología del Hospital de la Sagrada Familia. Phoebe había salido con él unos meses, hasta que David decidió marcharse a Israel y trabajar de cirujano en un hospital de alguna ciudad grande... ¿Haifa quizá? No lo recordaba. No se había planteado siquiera la posibilidad de que ella lo acompañase, de modo que no habría podido hacerlo ni aunque lo hubiera deseado.

—No —respondió sin levantar la cabeza—. Me escribió un par de veces. No le respondí.

—¿Por qué no?

—Me pareció que no valía la pena. Solo hablaba de la idea de Israel, del futuro del país, de los retos a que se enfrenta, todo eso..., de lo que amenaza su misma existencia. Se expresaba como si fuera una persona distinta de la que yo conocía; de la que creía conocer. —Phoebe alzó la mirada—. ¿Por qué lo preguntas?

Quirke titubeó antes de responder. Debía ir con cuidado. Podía disgustarla de muchas formas, invocar sin querer muchos de sus demonios del pasado.

—¿Has leído el periódico esta mañana? —le preguntó—. ¿La noticia de la niña, de la joven, que murió en el garaje de Perry Otway?

—¿Qué le pasó? No he leído la noticia.

—La encontraron en su coche. Inhalación de monóxido de carbono.

—¿Un suicidio?

—Eso parecía.

—Pobrecita. ¿Es el mismo garaje donde guardabas el Alvis?

—Sí.

—Vaya.

Quirke sirvió más vino en ambas copas. La luz de la lámpara se volvía más intensa a medida que en la ventana se desvanecía lo que quedaba del día y se imponía la oscuridad de la noche inminente. Reinaba una sensación general de suspensión, de que todo se acomodaba en silencio, como de hojas que cayeran balanceándose en el aire penumbroso.

—Pensé que tal vez Sinclair la conociera, o a su familia. Era de Cork, nacida allí, igual que él.

La punta del cigarrillo refulgió un momento en el crepúsculo y luego se volvió de nuevo gris.

—Nunca le oí nombrar a nadie de Cork —respondió Phoebe, y se echó a reír—. No guardaba muy buenos recuerdos de la ciudad.

Tomó un sorbo de vino. Era flojo y un tanto amargo. Ella no entendía de vinos. Tendría que haber dejado que lo eligiera él. Algunas noches, de camino a casa, Quirke compraba una botella en Mitchell's. Los años que llevaba bebiendo licores no le habían estropeado del todo el paladar.

—¿Por qué lo hizo? ¿Lo sabes?

—Bueno, esa es la cuestión —contestó Quirke—. No creo que lo hiciera ella. De hecho, estoy seguro de que no lo hizo.

—¿Entonces...?

—La amordazaron y la dejaron inconsciente.

—¿Cómo la dejaron inconsciente? ¿La golpearon?

—No. Le administraron una sustancia. Cloroformo o algo por el estilo.

—O sea, ¿la durmieron y la metieron en su coche y lo cerraron con llave en el garaje, con el motor en marcha?

—Sí. Para que pareciera que se había quitado la vida.

Phoebe lo miró fijamente.

—¿Sabes quién lo hizo?

—No tengo ni idea. No sé nada de ella, salvo que nació en Cork, que era judía y que estaba haciendo un doctorado sobre los judíos en Irlanda.

—¿Y por eso pensaste que a lo mejor David la conocía?

—La comunidad judía de Cork no puede ser muy grande.

—Quizá la conociera. No debió de haber ningún motivo para que me la mencionara.

—Claro que no —se apresuró a decir Quirke—. Claro que no. —Había percibido una nota dura y aguda en la voz de Phoebe. ¿No pensaría ella que estaba insinuando que la difunta había tenido una relación sentimental con Sinclair y que este se lo había ocultado?—. No, era solo una idea —añadió—. La conexión con Cork y... demás.

Phoebe se bebió la copa de vino y no dijo nada.

—Lo siento —agregó él.

—¿El qué?

Ella lo miró fijamente. Había intentado que su voz no delatara su enfado. No quería que nadie la compadeciera. Hacía mucho que no pensaba en David Sinclair y Quirke no tenía que disculparse solo por haberlo nombrado. Dobló la servilleta y la dejó a un lado.

—Por cierto, ¿cómo se llamaba la joven? —preguntó.

—Jacobs —respondió Quirke, y se aclaró la garganta—. Rosa Jacobs.

Phoebe se recostó en la silla.

—¿Rosa Jacobs, del Trinity?

—Sí —contestó Quirke—. Estaba en el departamento de Historia. ¿La conocías?

Con el ceño fruncido, Phoebe miró primero a la derecha, luego a la izquierda y por último a Quirke.

—Sí. Sí, la conocía. Rosa Jacobs. Dios mío.

7

El avión llevaba sobrevolando en círculos el aeropuerto lo que a ella le parecían veinte minutos muy largos. El comandante había informado por megafonía de que no podían aterrizar debido a la mala visibilidad y de que era posible que los desviaran a Shannon, o quizá a Liverpool, aunque esperaba que no. Desde entonces no había dicho nada más. Antes había atravesado la cabina sonriendo y murmurando palabras amables al tiempo que se agarraba a la parte superior de los respaldos, ora a uno de la izquierda, ora a uno de la derecha, de modo que había dado la impresión de que trepaba por una pendiente sin esfuerzo alguno. Con la gorra y el uniforme negro adornados con galones, parecía un dictador sudamericano; solo le faltaban unas cuantas hileras de medallas y una funda de pistola reluciente en la cadera.

Estaba sentada al lado de la ventanilla y al mirar abajo solo veía una extensión lisa y gris que semejaba un enorme copo de algodón sucio. No eran nubes, sino niebla. Las nubes no tenían ese aspecto.

Se recostó en el asiento y cerró los ojos. Entrelazó las manos con fuerza sobre el regazo y afirmó los pies juntos sobre el suelo vibrante. Siempre los ponía de ese modo cuando iba en avión, para afianzarse, pues de lo contrario se mareaba, y el mareo daba paso a las náuseas. Tenía un miedo cerval a volar. Ya de pequeña tenía vértigo. Eso era lo que la asustaba de verdad, estar allí arriba, muy por encima del suelo, surcando a gran velocidad el aire desierto. Si los aviones se desplazaran a la altura de la copa de los árboles, probablemente no lo pasaría ni la mitad de mal.

Abrió los ojos, apoyó la frente en el cristal curvo y volvió a mirar la niebla. Sabía que no debería hacerlo, pero aquella aterradora grisura monótona e impenetrable que se extendía hasta el horizonte le resultaba irresistible. Supuso que habría otros aviones en..., ¿cómo lo llamaban?, en circuito de espera, todos volando en círculo, en fila, dando vueltas y más vueltas. Solo un pequeño error de cálculo y... ¡cataplum! Cerró los ojos de nuevo.

Adrian se habría reído de ella y la habría llamado tonta de remate de esa manera inglesa, altiva y lánguida, que tenía de mostrarle lo superior que era. El hecho de que tuviera razón, de que ella supiera que sus temores eran tontos —no pasaba miedo en los coches, que, según todo el mundo decía, eran mucho más peligrosos que los aviones— solo volvía más irritantes las burlas.

En general no era asustadiza. Le daban miedo muy pocas cosas. Esa, estar en el cielo, era su mayor temor, insoslayable. Sabía que era irracional, todos se lo decían, pero ¿y qué? Que fuera irracional no mitigaba el pánico, algo que Adrian no acababa de entender. Él le decía a menudo que creía firmemente en la fuerza de la razón para superar los retos de la vida. Sí, vale.

Se había empeñado en llevarla al aeropuerto, aunque ella habría querido tomar el autobús en la terminal de Cromwell Road. Prefería estar a solas con su pavor.

Cerró los ojos aún con más fuerza. No le apetecía pensar en Adrian en ese momento. Tendría bastante con lo que lidiar ese día y los siguientes. ¿Cómo iba a mirar a su padre, con qué palabras podría dirigirse a él?

Levantó una mano y llamó la atención de una de las dos azafatas, una rubia desabrida con los labios pintados de escarlata y una espalda larga y recta. Pidió un brandy, y el hombre sentado junto a ella en la butaca de pasillo, gordo, calvo y vestido con un traje de angora con brillos, le dedicó lo que parecía una mirada reprobatoria. Aún era solo media mañana.

La azafata no sonrió, indicó la señal del cinturón de seguridad y dijo que el bar estaba cerrado. Se había maquillado en exceso y en la punta de los minúsculos pelillos incoloros de encima del labio superior le habían quedado motas de polvos faciales.

De pronto el sistema de megafonía crepitó y la azafata dio un brinco. El copiloto, o el segundo piloto, o comoquiera que se llamara, anunció que aterrizarían al cabo de diez minutos. Se oyó un murmullo general de alivio.

Ella volvió a mirar por la ventanilla. A sus ojos, la niebla continuaba igual de densa. ¿Habría decidido el comandante arriesgarse a aterrizar de todos modos? Desentrelazó las manos, que tenía sudadas, y las cerró para convertirlas en puños, con las uñas clavándose en las palmas. El ruido de los vibrantes propulsores cambió.

Si el chisme se estrellaba, su padre habría perdido dos hijas en la misma semana.

Pero no se estrelló. El avión bajó el morro y se zambulló en el banco de niebla, y durante unos minutos dio la impresión de estar suspendido en un inquietante vacío levemente luminoso. Y de golpe apareció la tierra, con edificios, pistas de aeropuerto y el tráfico que avanzaba a paso de tortuga por una carretera un tanto apartada, hacia la derecha. En la luz grisácea todo presentaba un aspecto sucio, como si estuviera sumergido en agua de fregar los platos.

¿Dónde estaba el mar? Ya debía de haber niebla cuando cruzaron la costa. Relajó las manos. El miedo empezó a remitir. Los aterrizajes no le asustaban, incluso los agradecía, pese a que imaginaba que era entonces cuando el peligro de un desastre era mayor. Como si acabara de soltarse de una trampa de acero, su mente, su mente racional, se estiró y reafirmó su autoridad. Adrian estaría impresionado. Y habría tenido a bien decírselo.

Naturalmente, de inmediato empezó a pensar otra vez en su hermana.

En la sala de recogida de equipaje, mientras esperaba a que le entregaran su maleta, el gordo del traje con brillos se acercó y se quedó a su lado. De pronto le habló.

—También a mí me habría venido de perilla un brandy ahí arriba, en esa brumazón de los demonios —dijo con pesar, con un marcado acento de Yorkshire.

Así pues, la mirada que le había dirigido no había sido de desaprobación, sino de empatía. La embargó un sentimiento de culpa por haber pensado mal de él.

Ya con la maleta, cruzó el vestíbulo de llegadas y se detuvo en la oficina de cambio para cambiar veinte libras esterlinas por moneda irlandesa. Ver los billetes, al mismo tiempo conocidos y extraños, le produjo una punzada de algo, supuso que de morriña, pese a que se hallaba en su tierra, al menos en teoría. Ya no estaba segura de si Irlanda era su tierra natal. Pero, si no lo era, ¿de dónde podría considerarse a sí misma?

Subió al autobús del aeropuerto, de color verde, que aguardaba en la parada. El hombre con acento de Yorkshire sonrió, le cogió la maleta y la colocó en el portaequipajes superior. Ella temió que se sentara a su lado, pero el hombre tomó asiento al otro lado del pasillo, junto a una ventanilla. Otro alivio. No estaba de humor para chácharas.

La luz del sol atravesaba la niebla y proporcionaba al aire un curioso resplandor amarillento.

El autobús se puso en marcha en cuanto estuvo lleno. A lo mejor se averiaba, pensó ella, y así se posponía un poco más el encuentro con su padre.

Solo sentía pena por él, sumido en su tremenda pena. Aun así, no tenía ni idea de qué iba a decirle. Llevaban sin hablar desde la Navidad anterior. Ella le había telefoneado en Nochebuena y apenas habían intercambiado una docena de frases cuando se enzarzaron en una riña.

La causa de la discusión había sido, como siempre, Rosa.

Hacía poco su hermana se había metido en un lío gordo en el Trinity College por repartir octavillas en que se exigía al Estado que creara clínicas abortistas por todo el país. ¡Abortos en Irlanda! Una campaña típica de Rosa, imprudente, inútil y un poco loca. Y, no obstante, también admirable. Rosa tenía sus principios y nadie podía convencerla de que estaba equivocada. Respecto a nada.

No hacía mucho había defendido la introducción de los métodos anticonceptivos pasando insolentemente por alto que, como bien sabía, no existía la menor esperanza de que sucediera algo así.

Su hermana.

Contempló el paisaje espectral que atravesaban y de repente un acceso de aflicción le cortó el aliento.

¿Qué había ocurrido? ¿Qué terrible calamidad había llevado a su hermana a quitarse la vida? Rosa siempre había sido muy nerviosa y en ocasiones se comportaba como una loca, pero ¿matarse a los...?, ¿cuántos tenía, veintisiete?, eso carecía de sentido.

No se lo diría a su padre, no se lo diría a nadie, pero, en su opinión, el elevado concepto que Rosa tenía de sí misma y de su lugar y su valor en el mundo no le habría permitido plantearse siquiera algo tan drástico y definitivo como el suicidio.

¿Habría cometido un error y habría quedado embarazada, tal vez de uno de sus compañeros agitadores? No sería la primera vez que un joven participaba en una campaña radical con la esperanza de tener relaciones sexuales sin trabas.

En Irlanda el embarazo seguía siendo la peor desgracia que podía sucederle a una mujer soltera. Daba igual que Rosa fuera judía. Tener un hijo fuera del matrimonio era una deshonra que una no podría evitar ni enmendar por más que abrazara una causa, repartiera octavillas durante semanas, participara en manifestaciones de protesta y gritara eslóganes en la calle.

El autobús había llegado a las afueras de la ciudad. Observó las calles grises por las que pasaban, igual que había observado la niebla bajo el avión, y se le encogió el alma. Ese era el país del que había huido diez años antes, el país al que regresaba de muy mala gana y con sentimientos de profundo desánimo.

Había construido su vida en Londres. Era donde vivía. Si tenía un hogar, estaba allí. Y sin embargo...

Hogar. Otra vez esa palabra quejumbrosa. Ser mujer, irlandesa y judía no era fácil en Londres, pero en Cork había sido casi imposible. La sensación de desapego se había intensificado con cada día que transcurría sin que nada cambiara. Rosa se había quedado con la intención de luchar, como tantas veces había afirmado, por la autonomía y los derechos de las mujeres, por la libertad para que ella y otras como ella tuvieran una vida lo más plena posible. Y ahora se había suicidado. ¿Qué tormentos la habrían llevado a eso, qué presiones insoportables habrían ido minándola hasta que solo le quedó una salida posible?

Ay, Papli, pensó, ¿qué voy a decirte, a ti, que has perdido a una hija y pronto perderás a tu esposa? ¿Qué voy a decir?

Cuando llegó al hotel Buswells experimentó otro alivio culpable al encontrarse con que su padre estaba acompañado. Aún no tendría que verlo a solas. Su padre estaba en el comedor, sentado a una mesa junto a una ventana que daba a Kildare Street y a las verjas de los edificios gubernamentales. Al verlo envuelto en la luz brumosa, con los hombros abatidos y las manos lánguidas sobre la mesa, la palabra que acudió de manera espontánea a su mente fue «abotargado»: su padre estaba abotargado por el dolor.

Había un toque femenino en su cuerpo, grueso y de aspecto blando. Curiosamente, era algo que a ella siempre le había gustado de él. Le despertaba sentimientos de ternura y de lo que suponía que debía de ser amor. Nunca había estado muy unida a su madre. Papli era para ella una madre y un padre, siempre lo había sido, desde los primeros años. Y luego ella se había marchado a Londres y lo había abandonado.

Resultaba extraño pensar que ese era el viaje que había previsto realizar cuando su madre, enferma terminal, falleciera. Papli no había informado a su mujer de la muerte de Rosa. Había hecho bien. ¿Por qué acumular más tristeza en alguien que apenas vivía ya?

Sentado a la mesa enfrente de Papli había un hombre de aproximadamente su misma edad, con un traje azul ajado bajo una gabardina. Supo al instante, sin necesidad de que se lo dijeran, que era un policía. Ella era periodista. Tenía buen ojo para esas cosas.

Había otro hombre en un rincón del comedor, sentado en una butaca, con un voluminoso abrigo negro. Ella ignoraba quién o qué era. Se fijó en la buena hechura de su traje y en los zapatos caros que calzaba. El hombre tenía la cabeza grande y rasgos atractivos aunque un tanto devastados. Cuando ella entró en la estancia con la maleta en la mano, los tres volvieron la cabeza para mirarla y por un segundo se sintió paralizada al pensar en el horror y la desdicha que la aguardaban los días siguientes.

—Ah, ya has llegado —dijo su padre conforme se ponía en pie.

Salió de detrás de la mesa y estrechó a su hija. Ella percibió su olor familiar, dulzón y un tanto rancio. Al principio se quedó rígida —no se abrazaban a menudo—, pero enseguida soltó la maleta y se aferró a él. La respiración del hombre era superficial y rápida. Como en su trabajo ella había tratado con muchas personas en estado de shock, sabía que así respiraban quienes se hallaban en ese trance, como si hubieran estado corriendo a toda velocidad y se hubiesen detenido solo un instante antes de salir disparados otra vez para huir a la desesperada de sí mismos y de su pérdida.

—Querido Papli —dijo.

Los dos lloraban un poco y sonreían.

—No te preguntaré cómo estás —añadió.

Miró a los otros dos hombres, que estaban detrás de su padre y la observaban con ojos inexpresivos.

—Ven —le dijo su padre. La cogió del codo y la hizo avanzar—. Deja que haga las presentaciones. Este es el señor Hackett, el inspector jefe Hackett, y este, el doctor Quirke.

Hackett se puso en pie con desmaña e inclinó la cabeza. Había dejado el sombrero encima de la mesa. Le pasaba algo en la boca, que le caía de una forma rara hacia un lado.

El hombre llamado Quirke se había levantado de la butaca, pero no se acercó. Él también inclinó la cabeza, con semblante serio.

—Ella es mi hija, Molly —dijo Jacobs.

Hackett apartó una silla para la recién llegada y los tres se sentaron a la mesa. Quirke no hizo ademán de tomar asiento con ellos. Se había aproximado a la ventana y estaba encendiendo un cigarrillo.

—¿Qué tal está mamá? —preguntó ella a su padre con voz queda.

Él se encogió de hombros y alzó las manos, con las palmas hacia arriba.

—Iré a verla más tarde —añadió ella.

—No le he... —empezó a decir su padre. Se interrumpió y volvió a encogerse de hombros—. No se lo he contado, lo de Rosa.

—Sí, ya me lo dijiste por teléfono.

—Y es probable que no se lo diga. —Él no la escuchaba. Hizo un gesto vago—. Verás, está muy mal. A veces, durante las visitas, no me conoce. —Bajó la vista hacia las manos—. Se preguntará por qué has venido.

—Entonces tal vez sea mejor que no vaya a verla. —Molly captó el ansia en su propia voz y se ruborizó.

—Tal vez sí —dijo su padre con amabilidad. Recorría la estancia con la mirada, como si buscara un objeto estable en el que fijar su agitada atención.

Quirke se acercó a la mesa.

—¿Les pido algo? —preguntó—. ¿Té? ¿Café? —Miró a Molly—. ¿Algo más fuerte?

—No, gracias —sonrió ella—. Un café me vendría bien.

Él siguió mirándola y ella apartó la vista, cohibida de repente. Ese hombretón plantado ante ella tenía algo, una quietud, que le provocaba un extraño desasosiego nada desagradable. Se preguntó de nuevo quién era y qué hacía allí.

Quirke fue a pedir el café. En la mesa donde estaban sentados los tres se hizo el silencio. El inspector jefe Hackett se llevó un puño a la boca y tosió con suavidad.

—Es terrible —dijo—. Una tragedia.

Tenía un marcado acento de las Midlands.

—¿Qué ocurrió? —preguntó Molly, que miró al policía, luego a su padre y otra vez a Hackett.

—La encontraron en su coche —contestó el inspector jefe—, en un garaje no lejos de aquí. Había una manguera de goma conectada al tubo de escape, con el otro extremo metido en la ventanilla del conductor y sujeto con trapos. El motor se había parado al acabarse la gasolina, pero su pobre hermana murió mucho antes.

Molly, que tenía el ceño fruncido, movió la cabeza en un pequeño y rápido gesto de negación.

—¿Rosa hizo todo eso? ¿Colocó la manguera y la encajó en la ventanilla y todo lo demás? No parece propio de ella.

De nuevo se hizo el silencio. Quirke regresó. Estaba encendiendo otro cigarrillo.

—Ahora traen el café —dijo. Se volvió hacia Hackett—. He pedido también té.

—Ah, muy bien, muy bien.

Molly miró a ambos. Su padre había dirigido la vista hacia la ventana para mirar la calle brumosa. El sol, ahora más alto, brillaba con mayor intensidad; el día no tardaría en aclarar.

—¿Bien? —dijo ella—. Cuéntenme.

—¿Contarle qué, señorita? —inquirió Hackett.

Esa expresión de insípida candidez que adoptó... Molly no se la creyó ni por un segundo.

—¿Por qué están aquí, con mi padre? ¿Qué está pasando?

Quirke intercambió una mirada con Hackett, se acercó a la ventana y se quedó en el mismo sitio que antes, aunque esta vez de espaldas al comedor. Jacobs se removió y exhaló un suspiro tembloroso.

—El doctor —dijo señalando hacia el hombre de la ventana— cree que es posible que no..., cree que quizá tu hermana no...

Se interrumpió. Estaba observándose las manos otra vez, con perplejidad, como si no las reconociera, como si no estuviera muy seguro de qué eran. Molly se dio la vuelta en la silla para mirar a Quirke.

—¿Es usted médico? —le preguntó.

—Sí —respondió él con aire vacilante al tiempo que le lanzaba una mirada de reojo.

—¿Usted cree que mi hermana quizá no qué?

La voz de Molly se había endurecido, su tono se había tornado perentorio. Como si estuviese en su despacho, dirigiéndose a un chico de los recados de la redacción.

Quirke no se movió. Volvió de nuevo la cara hacia la ventana, como si no la hubiera oído. En la postura de sus hombros, ella percibió una actitud defensiva. ¿Qué estaba ocurriendo? ¿Qué había ocurrido?

—Al parecer es posible, señorita —intervino Hackett—, que haya otra persona implicada en la muerte de su pobre hermana.

Molly lo miró incrédula de hito en hito. Por un momento pareció que iba a echarse a reír.

—¿Quiere decir que no se suicidó?

Quirke se apartó de la ventana y caminó hasta la mesa seguido por una estela de humo. Se quedó inmóvil un instante, con los labios fruncidos.

—Hay indicios de que podrían haberla dormido y metido en el coche...

—¿Que «podrían»? —repitió Molly Jacobs—. ¿Qué quiere decir? ¿Lo hicieron o no?

Quirke inclinó la cabeza hacia un lado y hacia el otro, con las cejas arqueadas.

—Estoy bastante seguro de que fue asesinada —dijo con calma.

Molly volvió a negar con la cabeza.

—«Quizá no». «Bastante seguro». Por favor, ¿no podría alguien decir algo concluyente? Estamos hablando de la muerte de mi hermana.

Su padre levantó la mano de la mesa en un gesto de silencio. Ella lo miró enfadada.

—Su hermana fue asesinada, señorita Jacobs —dijo Quirke—. Lo siento.

En ese instante, como si fuera algo preparado, entró una camarera joven vestida de blanco y negro y tocada con una cofia de encaje. En una bandeja de plata con asas ornamentadas llevaba una cafetera y una taza, un servicio de té, unas vinagreras y una fuente con sándwiches cortados en triangulitos. La dejó sobre la mesa y la vació. Sonrió a Molly y preguntó si querían algo más. Al ver que nadie contestaba, retrocedió de espaldas, indecisa, y luego se retiró a toda prisa.

—¿Quién lo hizo? —preguntó Molly a Hackett—. ¿Lo sabe?

Hackett se mostró avergonzado.

—No, señorita —respondió, y por un momento pareció un colegial díscolo pillado con las manos en la masa.

Molly se volvió hacia su padre.

—¿Papli? ¿Oyes lo que dicen?

—Lo oigo —respondió él sin mirarla—. Ya me lo habían dicho.

Ella se recostó en la silla, con los ojos como platos y la boca entreabierta. Su rostro reflejaba indignación y asombro. Era como si la hubieran llevado allí mediante engaños. De hecho, la habían llevado allí mediante engaños. Su padre alzó de nuevo la mano.

—Molly, por favor, no armes un escándalo.

—¿Un escándalo? ¿Un escándalo, dices? ¡Ostras!

—Molly —susurró su padre—. Molly.

Todos guardaron silencio.

La cafetera y el servicio de té seguían intactos sobre la mesa. De algún modo, parecían más pequeños de lo que eran, y un tanto ridículos, como juguetes que alguien hubiera dejado para que los niños se entretuvieran.

Al final habló Hackett.

—¿Ha tenido noticias de su hermana últimamente? Es decir, ¿mantenían el contacto?

Molly hizo un gesto brusco y displicente.

—La vi en Navidad, cuando estuve aquí. Desde entonces no, no he sabido nada de ella.

Hackett reflexionó. Ignoraba que los judíos celebraran el día de Navidad. Tal vez tuvieran alguna festividad que cayera en la misma fecha. Los primeros cristianos adoptaron muchas tradiciones antiguas de los judíos y también de los paganos. Cuando iba a la escuela se había sorprendido, incluso escandalizado, al enterarse de que en la antigua Roma celebraban a Mitra, su dios del sol, en lo que ahora es el día de Navidad. Tamborileó con los dedos sobre la mesa observando a Molly, que intentaba asimilar lo que Quirke acababa de decirle. Hackett no recordaba haber conocido a ningún judío, al menos ninguno con el que hubiera hablado. Y de pronto se encontraba en medio de una familia judía, y una familia desconsolada, uno de cuyos miembros había sido asesinado. Debería haber enviado a Strafford para que se ocupara de aquello. Strafford sabía llevar los asuntos que se salían de lo común, pues él mismo era poco común.

—¿Sabría decirnos qué amigos tenía su hermana? —preguntó Quirke a Molly—. ¿Qué gente conocía, con qué gente salía?

Molly lo miró fijamente y luego apartó la vista. Ese hombre no era policía. ¿Por qué le formulaba esas preguntas? ¿No era tarea de la policía?

—Yo sabía muy poco de su vida —contestó bajando la vista, con la barbilla hundida en el pecho—. No teníamos... —Levantó los hombros y los dejó caer—. Nunca estuvimos muy unidas.

Su padre volvió la cabeza y posó un momento en Molly sus grandes ojos oscuros. Ella se removió en la silla para eludir su mirada. De repente se levantó.

—Todavía no me he registrado en el hotel —dijo, y miró a su alrededor con aire ausente.

Fue a coger la maleta, pero Quirke se adelantó.

—Permítame —le dijo.

Ella titubeó y miró a su padre. Por un segundo fue una hija indecisa que preguntaba a un progenitor qué debía hacer.

Quirke agarró la maleta y se encaminó hacia la puerta. Molly permaneció inmóvil, mordiéndose el labio inferior. Su padre le dirigió un breve gesto de asentimiento con la cabeza al tiempo que dejaba caer lentamente sus gruesos párpados y volvía a abrirlos.

Quirke aguardaba paciente ante el mostrador de recepción, con la maleta en la mano, detrás de la mujer. Por su postura, con la espalda recta y una mano levantada para tocarse el cabello, dedujo que notaba su mirada sobre ella.

Era alta, casi tanto como él, y su figura, de hombros estrechos y caderas rotundas, evocaba la blanda elasticidad de su padre. Quirke calculó que rondaba los treinta y cinco años. Su rostro sería hermoso si fuera menos interesante. Por fin se apartó del mostrador, con la llave de la habitación en la mano, un tanto aturullada y más bien enfadada. De nuevo fue a coger la maleta, que Quirke tenía agarrada del asa. Él retrocedió un paso.

—Se la llevo.

Subieron por la escalera en un silencio tenso.

La habitación se hallaba en la primera planta, al final de un estrecho pasillo enmoquetado. El aire estaba cargado y se percibían los habituales olores indefinibles de los hoteles, sobre cuyo origen era mejor no hacer conjeturas.

Ella iba delante. Vestía un abrigo largo de lana de color avena sobre lo que a él le pareció un traje de dos piezas de seda azul petróleo impresionantemente caro. No llevaba sombrero y en la mano izquierda sujetaba un par de guantes de ante que no le habrían salido baratos. Hackett le había dicho a Quirke que la mujer era periodista. Debía de ser una profesional de éxito. Se había recogido el pelo en la nuca en un grueso rodete en forma de corazón.

Cuando se aproximaban a la puerta de la habitación, un tablón del suelo cedió bajo la moqueta al pisarlo Quirke. Durante el resto de su vida recordaría ese momento, la leve pero curiosa sensación de vértigo que experimentó cuando el pie se hundió en el hueco pastoso, y luego la agradable liviandad en el instante en que levantó el talón y notó que la tabla volvía a su sitio como si tuviera un muelle debajo.

La habitación era pequeña y tenía un techo tan bajo que resultaba opresivo. Su solitaria ventana cuadrada daba a un patio con cubos de basura y un depósito de gasóleo para la calefacción.

—¿La dejo en la cama? —preguntó Quirke.

La maleta de piel de cerdo era vieja pero buena. Tenía el asa gastada por el uso. La mujer debía de viajar mucho.

Ella arrojó los guantes a una mesita desvencijada encajonada en un rincón junto a la cabecera de la cama. No
llevaba alianza. ¿Por qué se había fijado él en eso? ¿Qué le
importaba? Unos pocos años más y tendría edad suficiente
para ser el padre de esa mujer. Había dejado la puerta
abierta, para tranquilizarla, pero de todos modos ella se
había situado frente a él, al otro lado de la cama. Quirke
se dio la vuelta para marcharse, pero ella lo detuvo.

—Ese hombre, ese policía..., ¿cómo se llama?

—Hackett.

—¿Es...? O sea, ¿es un profesional competente?

—Sí.

—No lo parece.

—Lo siento —dijo Quirke.

Ninguno de los dos sabía por qué se disculpaba.

Molly se inclinó para abrir los cierres de la maleta, colocada sobre el colchón.

—Es todo muy confuso —dijo de mal humor—. No
me hago a la idea.

Él sacó la pitillera y miró a la mujer con gesto inquisitivo.

—Adelante, fume —le indicó ella.

Su actitud era a un tiempo altiva e insegura. Él acercó
la llama a un cigarrillo. En la mesita de noche, al lado de
los guantes, había un cenicero de cristal grande. Quirke
apoyó la rodilla en la cama, se inclinó para cogerlo y se
enderezó.

—¿Así que usted y su hermana no se llevaban bien?
—preguntó, y al instante se arrepintió de haberlo hecho—. Antes ha dicho que..., que no estaban muy unidas.

Ella se había quedado inmóvil y contemplaba con
semblante inexpresivo la maleta abierta. Resultaba un tanto sugerente la forma en que el objeto achaparrado estaba
tendido sobre el colchón, con la tapa abierta de par en par
y colgada de los goznes y las prendas apretujadas en el interior abombándose un poco, como si aspiraran profunda-

mente una muy necesaria bocanada de aire. Él captó un atisbo de seda de color salmón y apartó la vista. Ella se había quitado el abrigo. La luz de la ventana centelleaba a lo largo de un lado de su ceñida falda de seda.

—¿Dice que es usted médico?

—Eso es.

—¿Médico de la policía?

—No.

Ella frunció el ceño. Su labio superior tenía la forma del arco de un arquero griego.

—Disculpe que le pregunte, pero entonces ¿qué hace usted aquí? ¿Por qué ha venido con el policía?

Quirke estaba frente a ella con una mano en el bolsillo de la chaqueta y el cigarrillo en la otra.

—Soy patólogo.

Ella esperó.

—¿Y?

—De vez en cuando echo una mano al inspector Hackett. Es una especie de..., una especie de acuerdo entre nosotros. —Quirke ensayó una sonrisa—. Hace mucho que nos conocemos.

Ella rompió a reír de repente.

—¡Usted es el doctor Watson! —exclamó, y soltó otra carcajada crispada—. He de decir que me cuesta ver al hombre de abajo en el papel de Sherlock Holmes.

—Es más sagaz de lo que parece.

—Eso querría él.

Molly clavó de nuevo la mirada en el contenido de la maleta.

—¿Practicó usted la autopsia a mi hermana? ¿La abrió?

—La examiné, sí, pero no, no... —Quirke había decidido mentir—. No diseccioné el cadáver. La causa de la muerte estaba clara.

—Entiendo. —Ella guardó silencio, pensativa—. ¿Le importaría darme un cigarrillo?

—Por supuesto, perdone, creía que no...

106

—No fumo.

Ella cogió el cigarrillo con una mano temblorosa y lo encajó entre los labios con movimientos inexpertos. Él le acercó la llama del encendedor y ella se agachó y le rozó el dorso de la mano con la punta del dedo corazón. Ambos tuvieron que inclinarse por encima de la cama. Ella no llevaba los labios pintados. El olor de su perfume era delicado y penetrante; imposible no percibirlo. Él supuso que era caro, igual que el traje de seda, la maleta de piel de cerdo y los suaves guantes grises. Ella se volvió hacia la ventana y miró la calle, con el cigarrillo en alto y el codo derecho apoyado en la palma de la mano izquierda.

—Mi hija conocía a su hermana —dijo Quirke a la espalda de la mujer.

—¿Sí? —Ella no se giró, no pareció interesada—. ¿Tiene una hija?

—Sí.

—¿Cómo conoció a Rosa?

Quirke había terminado el cigarrillo. Lo apagó y volvió a inclinarse sobre la cama para dejar el cenicero en la mesilla.

—Fue hace unos años —respondió al tiempo que se enderezaba. Se alisó la pechera abotonada de su americana cruzada—. Formaban parte de un..., un grupo, supongo que podríamos llamarlo así. Mi hija salía con un amigo de su hermana, David Sinclair. ¿Lo conoce?

Ella se había apartado de la ventana. Negó con la cabeza.

—Era mi ayudante en el Hospital de la Sagrada Familia. —Quirke torció el gesto—. Dublín es una ciudad pequeña, como recordará.

—¿Así que él también es médico?

—Sí. Se marchó a Israel.

—Ah —dijo Molly con tono inexpresivo—. Israel.

A Quirke le chocó la frialdad de su voz. Al parecer la mujer no era sionista.

—Consiguió un trabajo allí, en un hospital de no sé dónde, no en Tel Aviv, sino en otra ciudad. El país era algo así como una causa para él. Me sorprendió.

—¿Por qué?

—No parecía de los que se comprometen con algo, y menos con algo tan indefinido como un país.

—Ellos no lo consideran algo indefinido —le corrigió la joven con energía—. Los israelíes.

También ella había terminado el cigarrillo y lo había apagado en el cenicero. De pronto pareció no saber qué hacer con las manos.

—Seguro que tiene razón —dijo él. Se sentía en desventaja—. No sé nada del tema, salvo lo que leo en los periódicos.

—Mentiras en su mayor parte.

Él guardó silencio, pues no sabía qué decir. Tal vez se hubiera equivocado, tal vez, después de todo, fuese una abanderada de la causa. Era un terreno peligroso. Optó por una retirada estratégica.

—Creo que Phoebe, así se llama mi hija, creo que no conocía bien a su hermana. Phoebe no se muestra —sonrió—, no se muestra muy comunicativa al respecto, por lo que sospecho que tal vez hubiera una rivalidad amorosa. David tenía mucho éxito con las chicas, según me han dicho.

—Y Rosa era una devoradora de hombres.

Fue tan categórica que Quirke tardó un par de segundos en comprender plenamente sus palabras. Estaba pasmado. A fin de cuentas, Rosa era la hermana de la mujer, su difunta hermana: su hermana asesinada. Ella lo miró a la cara y sonrió al tiempo que se alisaba con las manos la pechera de la chaqueta, como había hecho él. Tenía, observó Quirke, un poco de tripita, que tensaba la cinturilla de la falda, y el pelo de un color que no había visto hasta entonces, castaño claro en su mayor parte, con mechas aceradas que se tornaban plateadas en las puntas. ¿Era teñido? Había heredado los ojos de su padre, grandes, con un brillo oscuro y párpados que caían levemente en las comisuras externas.

Quirke estaba sacando otro cigarrillo de la pitillera.

—Le he escandalizado —dijo ella.

—No —respondió él.

Otra mentira.

—Sí, le he escandalizado. Lo noto.

—Bueno, un poco, lo reconozco. Las mujeres no suelen decir eso de sus hermanas.

—Ah, ¿no?

—Bueno, no según mi experiencia —repuso él trabándose con las palabras—. Claro que tampoco tengo ninguna experiencia en ese ámbito.

—¿No tiene hermanas?

—No. Y tampoco hermanos.

Ella cruzó los brazos, como si de pronto tuviera frío.

—No debería haberlo dicho —afirmó—. No era una devoradora de hombres. Solo que...

Se interrumpió y se volvió hacia la ventana. Al cabo de un instante él advirtió que empezaban a temblarle los hombros.

—Lo siento —dijo una vez más, y alargó la mano en un gesto inútil, un gesto que ella ni siquiera podía ver—. No pretendía disgustarla.

Al oír eso ella se dio la vuelta, furiosa de repente pese a las lágrimas.

—¿Disgustarme? —gritó—. ¿Quién se cree usted que es? Mi hermana ha muerto; eso sí me disgusta.

Quirke notó que se le enrojecía la frente.

—Mire —dijo—, es la una. Permita que los lleve a usted y a su padre a almorzar.

Ella abrió la boca y de par en par los ojos, que reflejaron incredulidad e indignación. Quirke no quería que volviera a chillarle. Alzó las manos, con las palmas hacia ella.

—Han hecho un viaje muy largo —trató de convencerla—. Tienen que comer. Hay un sitio muy agradable a tiro de piedra.

Ella siguió fulminándole con la mirada y al cabo de un instante relajó los hombros.

—De acuerdo —dijo, y exhaló un suspiro hiposo—. De acuerdo.

Salió de detrás de la cama con paso lento y cansino, agobiada, observó él, por el peso de todo el horror de la mañana.

Los llevó a Jammet's, en Nassau Street. El local estaba animado, pero no lleno. Molly no pareció reparar en su magnificencia, con su suntuosa decoración y clientes a todas luces adinerados. En cambio, era evidente que su padre se sentía intimidado. Cuando los conducían a la mesa, se resistió, se detuvo y negó con la cabeza. Molly le preguntó qué ocurría y él le dirigió una mirada de pánico y dijo que había cambiado de opinión, que no se encontraba bien. Quería regresar al hotel y acostarse un rato.

Quirke captó una fugaz expresión de enfado en el rostro de la mujer. Sin embargo, ella se obligó a sonreír, acarició el hombro de su padre y le dijo que no pasaba nada, que sí, que debía descansar; cenarían temprano juntos. El hombre se disponía a irse, pero de pronto se paró y se volvió hacia Quirke.

—¿Cuándo nos devolverán el coche de Rosa? —preguntó.

Quirke se encogió de hombros en un gesto de disculpa.

—Lo siento, yo... No depende de mí.

Jacobs no le escuchaba. Negó con la cabeza muy deprisa, como si creyera que Quirke no le había entendido.

—Pero debo tenerlo —dijo.

—¿Por qué lo quieres, Papli? —le preguntó Molly.

El hombre le dirigió una mirada de desolación, desconcierto y desamparo. Quirke recordó el cuadro de Goya del perrito semihundido. Lo había visto hacía años en el Prado y se le había quedado grabado en la memoria.

—No lo sé —respondió Alfred Jacobs—. Solo quiero tenerlo. Es el último lugar..., el último lugar donde estuvo.

Sin decir nada más, dio media vuelta y se alejó presuroso, trastabillando entre las mesas, con los hombros encorvados y la cabeza gacha.

—Estoy preocupada por él —le dijo Molly a Quirke mientras los conducían a su mesa—. Tiene el corazón delicado. Nos dio un buen susto hace un par de años. Temimos que se nos fuera.

El camarero, un donjuán ya no muy joven de afilados rasgos mediterráneos y pelo negro cubierto de brillantina, blandió la carta ante Molly, que la rechazó con un gesto.

—Tomaré una tortilla francesa y un vaso de Perrier.

—Para mí lo de costumbre, Anton —dijo Quirke intentando no sonreír al ver la boca fruncida y las fosas nasales dilatadas del indignado camarero.

—¿Y el clarete, como de costumbre, doctor Quirke?

—Sí, el clarete.

Anton asintió, recogió las cartas y volvió a dilatar los orificios de su atezada y aguileña nariz antes de alejarse. Molly inspiró.

—Al parecer le conocen bien aquí —dijo con cierta acritud—. ¿Este es su abrevadero habitual?

—De vez en cuando traigo a mi hija, para darnos un capricho.

—¿Ah, sí? ¿Qué edad tiene?

Quirke dudó. No estaba seguro de la edad de Phoebe.

—Veintisiete —respondió con hosquedad.

Le pareció que no iba errado. De todos modos, Molly ya había perdido interés por el tema.

Una mujer de una mesa situada en el otro extremo del comedor llevaba un rato mirando fijamente a Quirke, que de pronto reparó en ella. Experimentó un leve sobresalto.

La mujer era Isabel Galloway, su amante hacía años.

¿Debería sonreírle? ¿Debería apartar la vista? Aún sentía remordimientos al pensar en Isabel. Se diría que no había cambiado mucho desde la última vez que la había visto, al menos por lo que él apreciaba desde aquella distancia.

Le sonaba un poco el hombre con quien estaba, un individuo musculoso de pelo rojizo. Seguramente del mundo de la farándula. Isabel era actriz.

Quirke no lograba distinguir la expresión de la mujer. ¿Lo observaba enfadada o lo miraba sin más? Desde luego, no sonreía.

Había sido cruel al final de la relación: la había plantado sin darle explicaciones y sin una sola palabra de disculpa.

Al final Isabel apartó la vista, le comentó algo al pelirrojo y los dos rieron. El pelirrojo se giró en la silla y miró a Quirke con indisimulado interés.

El altanero Anton llevó los platos y los deslizó sobre el mantel frente a ellos. Molly miró la chuleta de cordero y la ensalada de Quirke y le preguntó si estaba a dieta.

Qué extraña es la vida, pensó él. El día anterior habían asesinado en un callejón a la hermana de esa mujer y ahora ahí estaban los dos, comiendo y de cháchara en el restaurante más chic de la ciudad, mientras en la otra punta del comedor una exnovia sonreía ufana al que con toda probabilidad era su nuevo amante. Isabel tenía una reputación a ese respecto.

—¿Alguna vez le mencionó su hermana una familia apellidada Kessler? —preguntó Quirke.

—¿Kessler?

—Sí. Son alemanes. Tienen una casa grande en Wicklow. El padre cría caballos. Al parecer Rosa y el hijo, Franz, Frank, eran pareja.

Molly cortó un triangulito estrecho de tortilla.

—Rosie y yo no hablábamos de esas cosas. Como le he dicho, no hablábamos mucho de nada. Ella era el ojito derecho de Papli y yo la oveja negra.

—¿Por qué le llama Papli?

—No lo sé. Siempre le hemos llamado así.

Quirke asintió. Papli. En cierto modo el apelativo le pegaba, pobre hombre, con la espalda encorvada y sus ojos bovinos.

—Resulta raro que su hermana se relacionara con gente así. Con los Kessler.

Molly dejó de masticar un momento y lo miró.

—¿Por qué? ¿Porque son alemanes?

—Bueno, sí.

—No todos los alemanes eran nazis.

—Cierto.

—Además, a ella le gustaba romper tabús —afirmó Molly—. Siempre iba a contracorriente. —De nuevo las lágrimas afloraron y se acumularon temblorosas en los párpados inferiores—. Oh, por el amor de Dios —susurró, y cerró los ojos con fuerza. Cuando los abrió, fijó la vista en el plato y pestañeó deprisa—. ¿Qué coño hago comiendo una tortilla y llorando delante de un desconocido? —Lanzó una mirada suplicante a Quirke—. Distráigame, por favor. Llorar en un restaurante, qué vergüenza. Todos pensarán que está usted cortando conmigo.

Quirke reprimió el impulso de seguir mirando hacia donde estaba Isabel.

—Cuénteme algo —le pidió Molly—. Pregúnteme algo. Lo que sea.

—Es usted reportera, ¿verdad? ¿Para qué periódico trabaja?

—Para el *Express*. Y no soy reportera, sino periodista.

—¿Cuál es la diferencia?

—Yo escribo artículos de fondo, noticias, ese tipo de cosas. Los reporteros son hombrecillos mugrientos con gabardina que pasan en el pub cada minuto libre que tienen y a quienes envían a entrevistar a asesinos y a incordiar a mujeres que acaban de enviudar.

A Quirke se le había quitado el hambre. Supuso que Isabel era la causa. Apartó el plato hacia un lado y encendió un cigarrillo.

—¿Le gusta vivir en Londres? —preguntó.

—No me desagrada. Aunque no siempre es fácil. Se ríen del acento irlandés.

—Usted lo ha perdido.

—No para sus oídos, qué va. Además, están en contra de los judíos.

Quirke se atragantó con el humo y tosió hasta que se le saltaron las lágrimas. Molly lo miró con una media sonrisa sarcástica.

—Por lo que veo, se escandaliza usted enseguida.

Quirke se bebió el vino e indicó por señas a Anton que fuese a rellenarle la copa. Si hubiera hecho ademán de servirse él mismo, el camarero habría corrido a arrebatarle la botella.

—Lo siento —dijo Quirke a Molly.

—No para de decir eso.

—Lo sé.

—Ojalá dejara de decirlo. Todo el mundo lamenta algo hoy.

De repente se mostraron incómodos. Pasaron unos minutos. Molly se acodó en la mesa y echó un vistazo alrededor.

—Esos de allí están hablando de usted —dijo.

Quirke no miró hacia donde ella miraba.

—¿Cómo lo sabe?

—Porque sí. No paran de lanzarle miraditas y hacer comentarios.

—A ella la conozco..., a la mujer. Es actriz.

—Sí, salta a la vista.

—¿Por qué?

—No lo sé. Tiene un aire teatral. La expresión de los ojos.

—¿Cómo puede verlo desde esta distancia?

—Soy periodista.

Él no entendió la lógica de la respuesta, pero no dijo nada.

Anton recogió los platos. ¿Deseaban ver la carta de postres? Molly negó con la cabeza.

—Tomaré café —dijo Quirke—. Y un brandy.

Era consciente de que no debía beber tanto a mediodía —la botella de clarete estaba medio vacía—, pero el vino había empezado a empalagarle y necesitaba algo más fuerte. Sacó otro cigarrillo de la pitillera. ¿Le temblaba la mano? Era ridículo. ¡Cómo se habría reído Evelyn! Tras ese pensamiento algo pareció apretarle el corazón y se acordó una vez más del monito y su madre.

—¿Así que cree que esos teutones la mataron, que mataron a nuestra Rosa? —preguntó Molly como de pasada.

—No tengo ni idea de quién la mató.

Molly, que había pretendido escandalizarlo, apartó la vista.

—Es increíble —murmuró. Luego volvió a mirar a Quirke—. ¿De verdad cree que la asesinaron?

—Sí. Las pruebas apuntan en esa dirección.

Ella le dirigió una mirada burlona.

—¿Está seguro de que no es policía?

—Llevo toda mi vida profesional rodeado de policías. Supongo que algo se pega...

Quirke se interrumpió al sentir una presencia a su lado. Alzó la vista: Isabel, claro. Sabía que no desaprovecharía la oportunidad de ponerlo en evidencia. La actriz llevaba un vestido negro, una capa corta azul oscuro y, en un lado de la cabeza, un sombrerito, como un delicado pajarillo posado allí.

—Hola, Quirke —saludó con tono jovial y estridente, ignorando de forma deliberada a Molly Jacobs—. Hacía tiempo que no te veía.

—Hola, Isabel. —Quirke la miró con una sonrisa de cansancio—. ¿Qué tal estás?

—De fábula, como siempre.

—Me gusta tu sombrero.

—Pues gracias. Lo compré en aquella tienda donde trabajaba Phoebe.

—¿La Maison des Chapeaux?

—Ahí mismo.

Se hizo el silencio.

Molly Jacobs examinaba a Isabel con mirada neutra. Quirke echó un vistazo hacia el otro extremo del comedor, donde el pelirrojo contaba billetes delante de Anton, que aguardaba con una expresión de aburrimiento.

—Veo que tienes un nuevo galán.

Isabel rio.

—No es un galán, qué va. Es Matt Mallon. Quiere convencerme para que trabaje en una obra que va a producir.

—Ah.

Molly se removió.

—Debo irme —dijo.

—Oh, no querría ahuyentarla —repuso Isabel arrastrando las palabras, todavía sin mirarla.

Quirke apagó el cigarrillo y se levantó.

—Encantado de verte, Isabel.

—Muy bien —dijo ella—. Hasta más ver, pues.

Giró sobre sus talones con un susurro de la capa y se alejó contoneando las caderas.

—Deduzco que no fue una separación amistosa —apuntó Molly.

—¿Qué quiere decir?

—Vamos, no se haga el inocente. —Molly observó a Quirke con las cejas levantadas—. Sospecho que es usted un poco canalla.

Quirke se rio.

—Sospecho que tiene razón —repuso, y tras una pausa se oyó a sí mismo añadir—: Mi esposa murió.

—Oh —dijo Molly con tono inexpresivo—. Lo siento.

Él asintió con la cabeza. Había algo un tanto insólito en esa mujer, lo había intuido desde el principio y ahora descubría de qué se trataba: no tenía bolso. Hasta entonces no había conocido a ninguna mujer que no lo usara. Molly solo llevaba un abultado billetero de hombre, con la piel gastada y cerrado con una correa y una hebilla.

Tras tomar un traguito de café cogió la copa de brandy y envolvió con la mano el pequeño fondo rollizo.

—De hecho, fue asesinada —dijo.

—¿Su esposa?

—Sí. Por error.

—¿Por...?

—En España. Contrataron a un hombre, un profesional, para que viajara allí y liquidara a alguien. Y en lugar de a esa persona se cargó a mi mujer.

—Madre de Dios. ¿En serio?

—Luego dispararon al individuo y murió. Fue una carnicería.

Quirke apuró el brandy, dejó la copa en la mesa y clavó la vista en ella. Pasaron los segundos. No oía el barullo de la gente que lo rodeaba. De pronto se removió.

—Voy a pedir la cuenta —dijo.

Pero en ese mismo instante Isabel Galloway regresó y apareció a su lado sin hacer ruido. Siempre había tenido el don de materializarse de improviso. Tal vez fuera una habilidad que los actores debían aprender.

—Olvidé decirte cuánto sentí lo de tu mujer.

No se esforzó por suavizar la estridencia de su voz. Él le había dicho en cierta ocasión que hablaba como una verdulera. Fue hacia el final, durante una de sus peleas cada vez más frecuentes.

—Gracias —dijo Quirke.

—Debió de ser terrible.

—Sí, lo fue.

Isabel vaciló. De pronto resultó evidente que lamentaba haber cruzado de nuevo el comedor y que deseaba irse, pero no sabía cómo hacerlo. Quirke no se compadeció de ella; al contrario, verla en ese brete le causó un pequeño placer sádico. El pelirrojo ya había pagado y se acercaba entre las mesas. Isabel notó su proximidad y, sin darse la vuelta, estiró hacia atrás el brazo izquierdo y alzó la mano en un gesto de detener el tráfico. El hombre se paró y sonrió indeciso.

—Lo siento —dijo Isabel a Quirke—. Claro, tienes razón, tu pérdida no es asunto mío.

Los comensales de las mesas cercanas habían percibido la tensión en el ambiente y algunos se habían vuelto para mirar a Quirke e Isabel Galloway, que era medianamente famosa.

—Te agradezco las condolencias —dijo él sin alzar la vista de la mesa.

—Sí, bueno —repuso Isabel, que frunció el entrecejo y se alejó a zancadas.

Cuando llegó a la altura del pelirrojo, no se detuvo, sino que continuó avanzando y enseguida cruzó la puerta y desapareció. El hombre dirigió una mirada de desprecio a Quirke antes de ir tras ella.

—Eso ha estado muy bien —dijo Molly—. He disfrutado.

Quirke permaneció unos instantes en silencio, con la vista clavada en la mesa. Luego hizo una seña a Anton para pedir la cuenta. Pagó, se puso en pie, todavía sin despegar los labios, y Molly se levantó a su vez. Con la cuenta Anton les había llevado los abrigos y Molly se puso el suyo y guardó el billetero en un bolsillo lateral.

—¿Qué tal estaba la tortilla? —le preguntó Quirke mientras se dirigían hacia la puerta.

—Para chuparse los dedos.

La niebla se había disipado del todo, así que caminaron por Nassau Street en la luz leonada del otoño. El corazón de Quirke estaba sublevado. Ya era bastante malo que una amante desdeñada lo hubiera humillado; ahora tendría que lidiar con esa mujer desbolsada. Tenía el presentimiento —más que el presentimiento, la convicción— de que Molly Jacobs estaba destinada a desempeñar un papel en su futuro. Pensó en Evelyn y por un segundo vio su cara, tan clara y tan cercana que se le cortó la respiración y temió desplomarse.

8

Strafford rara vez cedía a la ira y, cuando lo hacía, procuraba no manifestarla. No se le escapaba que esa ecuanimidad, en el caso de que lo fuera, no obedecía tanto a un carácter tranquilo como a la simple indiferencia. Era otra de las cosas que había heredado. Al igual que su padre, se negaba a comprometerse demasiado con la mayoría de la gente con que se cruzaba en su vida. La diferencia entre los dos Strafford estribaba en que el mayor se mostraba casi apasionado en su desdén, mientras que el hijo era tan solo desapegado. O eso le parecía a él. Suponía que por ese motivo lo había abandonado Marguerite, por esa falta de afecto.

Aquel día, sin embargo, estaba enfadado, y mucho, y le costaba horrores disimularlo. El inspector jefe Hackett le había ordenado que fuera a Wicklow, a la casa de los Kessler, para hablar con Wolfgang Kessler. Debería haber ido el propio Hackett, pero alegó que tenía un problema con los extranjeros.

—Estoy tan ocupado tratando de aclararme con su acento —había comentado— que solo escucho la mitad de lo que dicen.

A Strafford le constaba que esa no era la verdadera razón. Hackett poseía un sentido muy agudo de la posición social y temía que el noble alemán lo mirara por encima del hombro. Kessler era conde, nada menos, aunque hubiera renunciado al título, un hecho que se cuidaba de divulgar lo máximo posible.

Nada de eso le importaba a Strafford. No tenía inconveniente en ir a Wicklow y sentía curiosidad por conocer a un aristócrata, incluso a uno que gustaba de simular que no lo era. El auténtico origen de su enfado era que Hackett se había empeñado en que lo acompañara Quirke.

—Pero Quirke no es policía —había objetado Strafford.

—No, pero de eso se trata —contestó el jefe al tiempo que entrecerraba un ojo y enseñaba su reluciente sonrisa esmaltada—. Es listo como un lince, aunque nadie lo diría al verlo. A menudo se fija en cosas que un profesional tal vez pase por alto.

Strafford había sentido un ardor detrás de las orejas. «¡Está enviando a Quirke a vigilarme!», pensó. Nunca había estado tan cerca de sentirse indignado. No obstante, no añadió nada, pues temía decir algo de lo que más tarde se arrepintiera.

La situación empeoraba a medida que avanzaba el día. Cuanto más veía a Quirke, menos le gustaba. ¿Acaso no era más que un patán con un traje de Savile Row? Ahí estaba, en el asiento trasero del coche de policía, callado, con los dedos entrelazados sobre el regazo y haciendo girar los pulgares mientras con ojos cavilosos veía desfilar el páramo con su desolada belleza. ¿De verdad no le parecía raro tener que acompañar a un policía en una investigación oficial?

El jefe le había consentido durante años al permitirle acudir a escenarios de crímenes y plegarse a sus opiniones y su supuesta perspicacia.

Strafford volvió la cabeza y miró por la ventanilla de su lado. Habían dejado atrás el bosque de Djouce y estaban cruzando los altos páramos llanos bajo la tenue luz otoñal. El brezo conservaba aún un intenso color morado contra las ciénagas de color marrón turba.

El conductor, Dolan, un joven sargento de la Garda engominado y con un aire un poco insolente, iba demasiado deprisa por la estrecha carretera sinuosa, de modo que los neumáticos chirriaban en las numerosas curvas cerradas. Strafford se había visto impulsado hacia el lado en más de una ocasión, casi encima de Quirke, aunque este no parecía haberse percatado.

Está resentido conmigo, y yo con él, pensó Strafford. Cree que la pifié aquel día en España, cuando disparé demasiado tarde al renacuajo de la pistola y dejé que matara a su esposa antes de morir. Pero Strafford había hecho lo que había podido. No estaba acostumbrado a manejar armas. Dios sabía a cuántas personas más habría liquidado el asesino si la bala de Strafford no lo hubiera detenido. La siguiente descarga podría haber abatido al propio Quirke. ¿Acaso no lo tenía en cuenta?

Doblaron una curva y apareció el embalse.

Resultó que el sargento Dolan sabía dónde estaba la finca de Kessler, aunque hasta entonces no se había molestado en decirlo. Redujo la marcha y giró hacia una verja con pilares. A cada lado de la entrada se alzaba un tejo de brillantes y temblorosas hojas verde oscuro. Añadían una nota sombría a la clara luz de la montaña. Strafford se preguntó distraído si habría otra especie de árbol cuyas ramas apuntaran hacia arriba.

Casi nunca pensaba en el hombre al que había matado. ¿Cómo se llamaba? Terry no sé qué..., Terry Tice, sí, eso. Resultó que había estado en el mismo orfanato del oeste de Irlanda donde Quirke había pasado los primeros años de su vida. Debía de ser un lugar singular, reflexionó Strafford, para que salieran de él hombres de la calaña de Quirke y Terry Tice.

El camino de entrada describía una larga curva entre dos verjas de hierro. Al otro lado de la verja de la izquierda se extendía una ancha franja de hierba bordeada por un bosquecillo viejo, con robles y hayas, altos pinos, acebos. Media docena de purasangres pastaba a la sombra de los árboles. Dejaron de comer y levantaron sus largas cabezas para observar el paso del vehículo.

Por encima de los árboles asomó un tejado con muchas chimeneas. Había una veleta con forma de Pegaso rampante.

—¿Cómo se llama este sitio? —preguntó Quirke a la ventanilla.

—St. Fiachra House —respondió Dolan volviendo la cabeza, y por algún motivo soltó una risita—. Le cambiaron el nombre, antes se llamaba de otra forma. Brookwood, creo. Brook no sé qué.

Y allí estaba la casa.

Era una hermosa mansión de piedra con numerosas ventanas alargadas y una amplia entrada principal embutida en un marco de mármol amarillo estriado. Unos escalones bajos y con manchas de musgo descendían en abanico hacia un espacio semicircular cubierto de grava.

La puerta estaba abierta y la oscuridad del vestíbulo al que daba paso enmarcaba a un hombre plantado en el umbral. Era menudo, esbelto, no alto, de constitución recia. Tenía la frente despejada y el cráneo estrecho, medio calvo e inclinado, la piel lustrosa como el cuero. Llevaba una chaqueta de loden verde, pantalones de montar marrones y botas altas del mismo color y tan ceñidas a la pierna que parecían polainas. Camisa de cuadros, chaleco de terciopelo negro y pañuelo de cuello sujeto con una aguja de perla.

Dolan detuvo el coche en paralelo a la casa. Strafford fue el primero en apearse. El hombre se apartó de la entrada y bajó los escalones sonriendo.

Debía de rondar los sesenta años, calculó Strafford. Su cara seguía las líneas del cráneo y era larga, estrecha y de un color tostado bruñido por las muchas horas pasadas al sol. Las mejillas eran cóncavas, la boca poco más que una línea que marcaba el límite superior de una barbilla afilada.

—Bienvenidos a Wicklow —dijo, como si el condado fuera su propiedad privada, y su fina sonrisa fue ensanchándose—. ¿Es usted el inspector jefe Hackett?

Apenas si tenía acento. Adiós a la excusa de Hackett para no acudir, pensó Strafford.

—Lo siento —dijo—, el inspector Hackett tenía asuntos que atender. Me envía a mí en su lugar. Soy Strafford. El inspector Strafford.

—¡Ah, disculpe el error! —exclamó el hombre levantando una mano—. Yo soy Wolfgang Kessler.

Quirke, que había salido del coche y se había detenido a mirar el entorno, la casa, los árboles, la veleta alada, echó a andar.

—Él es el doctor Quirke —se limitó a decir Strafford con calculada desgana.

No hubo apretones de manos, lo que dio lugar a una momentánea sensación de frialdad. No parecía una ocasión propicia para las convenciones sociales. A Strafford se le antojó bastante posible que tarde o temprano se efectuara, como un hecho natural, una detención. Kessler pareció leerle el pensamiento y sus incoloros labios se contrajeron en una sonrisa irónica.

Un pastor alemán apareció por un lado de la casa avanzando al trote sin hacer ruido. Se detuvo junto a su amo y observó con calma a los desconocidos. Tenía el hocico muy largo, las patas traseras cortas y el pelaje áspero, aunque se veía sedoso.

—Pasen, caballeros —dijo Kessler poniéndose de lado al tiempo que retrocedía un paso y extendía una mano hacia la puerta.

Quirke no había pronunciado ni una palabra aún, pues había respondido al saludo de Kessler con solo una inclinación. Siguió a Strafford escaleras arriba, con Kessler pisándole los talones. El inspector había ordenado a Dolan que se quedara en el vehículo y había recibido a cambio una mirada de resentimiento.

El suelo del vestíbulo era de baldosas blancas y negras que formaban un damero. En la pared de la izquierda había una larga mesa antigua muy lustrosa con un espejo alto encima. Más allá, en esa misma pared, en una placa de madera, colgaba la cabeza de un ciervo de magnífica cornamenta, con ojos de cristal negro y expresión de altanero regocijo. En la mesa resplandeciente, un cuenco de cobre con crisantemos descansaba, base con base, sobre su oscuro reflejo invertido. Las flores estaban secas y habían adquirido un tono azul desteñido, mientras que su imagen en la madera pulida era negra como el ébano.

Los tacones de las botas de Kessler repicaron en las baldosas de piedra. Strafford, descendiente de un largo linaje de militares, reconocía un paso marcial en cuanto lo oía.

Kessler se detuvo en mitad del pasillo ante una puerta alta y blanca.

—Entremos aquí —dijo como si ofreciera un premio—. Tiene las mejores vistas de toda la casa.

Lo siguieron al interior de la habitación.

En la estancia había otra mesa de caoba, más larga y redonda, que había sido abrillantada hasta sacarle el mismo lustre que tenía la del vestíbulo. Más allá, frente a la ventana, había un sofá y dos sillones mullidos. La chimenea estaba tallada en el mismo mármol amarillento que la entrada principal. El guardafuegos de latón y los utensilios para la lumbre, de idéntico material, relucían. Strafford imaginó una cuadrilla de criadas que todas las mañanas, con la primera luz del día, se movía por la casa lustrando y sacando brillo. En el hogar ardía un fuego de leña que desprendía un agradable aroma a humo de haya y roble.

En el fondo de la sala, la larga ventana de múltiples cristales pequeños daba a otra franja de césped. A cierta distancia se divisaba un pequeño lago de forma irregular rodeado de sauces. El agua tenía una quietud anormal y un color tan oscuro que era casi negra. La superficie destellaba con una intensidad extraña y amenazadora.

—Siéntense, caballeros, siéntense, por favor —dijo Kessler. De nuevo, la tenue chispa fría de diversión, medio reprimida. Era como si supiera algo sobre sus dos visitantes que estos ignoraban—. Deben disculparme, pero no estoy seguro de cuáles son las normas de etiqueta cuando se presenta la policía. Les ofrecería algo de beber, pero en las películas los agentes siempre rechazan la invitación porque están de servicio.

El perro se acomodó como una esfinge sobre la alfombra que había delante de la chimenea, con la cabeza alzada y las patas extendidas, alerta y vigilante.

—Yo no soy policía —dijo Quirke con un tono casi agresivo.

La sonrisa de Kessler se ensanchó y se tornó inexpresiva.

—Entonces le ofreceré algo al menos a usted.

Se dirigió hacia un aparador profusamente labrado que había bajo la ventana y en el que se alineaba un montón de botellas por orden de altura. De nuevo, las criadas.

—Hay whisky, ginebra, vodka. ¿Jerez? —Volvió la cabeza a medias para mirar a Quirke—. ¿Tal vez un jerez?

—Tomaré un whisky —respondió Quirke.

Cómo no, pensó Strafford. Por lo menos se había acordado de sonreír al pedirlo. Aunque no se sabía qué era mejor, si que Quirke sonriera o que no.

Kessler sirvió el whisky en un vaso ornamentado y lo llevó al otro lado de la sala. Quirke le dio las gracias. El alemán se volvió hacia Strafford.

—¿Y para usted, señor...?

—Strafford. Con una erre.

—Cierto. Ya lo había dicho. Señor..., inspector Strafford. Discúlpeme. ¿Le apetece...?

—No, nada, gracias.

—Siéntense, por favor —repitió Kessler—. A menos —otra brizna de sonrisa— que no puedan por estar de servicio.

Strafford se sentó en el borde de uno de los blandos sillones. Estaba tapizado en una tela gruesa de color blanco con estampado de rosas rojas y hojas verde oscuro. Sostuvo el sombrero entre las rodillas. Quirke tomó asiento en el otro sillón. No se había quitado el abrigo. Strafford tampoco.

Kessler se sirvió un vaso de agua de una jarra de cristal. Se acomodó en el sofá y los observó a los dos con un aire inquisitivo y jovial. Quirke se fijó en sus ojos, los iris de un gris pálido y traslúcido con motas negras, los párpados igualmente pálidos y como de papel.

El momento tenía un toque de los tiempos arcaicos. Era, pensó Strafford, como si un par de zafios siervos de la gleba hubiera acudido a la casa solariega con sus mejores harapos de domingo para solicitar a su gentil señor feudal una ración extra de cereales o una reducción de los tributos.

La inmaculada chaqueta de Kessler, de color verde bosque, tenía tiras de cuero cosidas en los bordes de los puños y coderas del mismo material. Strafford pensó en el Tirol y se preguntó dónde estaba exactamente. ¿Era un país o una región? ¿Y allí cantaban el yodel o solo se hacía en Suiza?

—Caballeros —dijo el alemán—, no me tengan más tiempo en vilo, por favor. ¿Acaso Klara —señaló al perro— ha estado persiguiendo ovejas? ¿O han vuelto a pillar a mi hijo conduciendo por encima del límite de velocidad?

—Su hijo es Franz, ¿no? Frank Kessler, ¿verdad? —preguntó Strafford.

—En efecto. —Kessler levantó las manos en un gesto teatral—. *Ach*, ¿qué ha hecho ahora?

Todavía hablaba con tono divertido. Strafford lo observó en silencio. Por un momento no supo muy bien cómo debía proceder. No había previsto nada de eso. Wolfgang Kessler, en otro tiempo Wolfgang Graf von Kessler, era tan melifluo y dúctil como los parches de cuero de su chaqueta.

—¿Lee la prensa, señor Kessler? —le preguntó Quirke.

El alemán se volvió hacia él con las cejas arqueadas.

—¿Los periódicos? A veces, sí. ¿Por qué?

Strafford intervino.

—Creo que conoce a una joven llamada Jacobs. Rosa Jacobs.

Kessler frunció el ceño.

—Sí, desde luego, conocemos a Rosa. ¿Han venido por algo relacionado con ella?

—Sí. —Strafford hizo una pausa y tosió un poco mientras observaba al hombre que tenía delante—. Era muy amiga de su hijo, ¿no es cierto?

Se hizo el silencio. Los ojos de Kessler fueron de un hombre al otro.

—Por favor, caballeros, díganme lo que hayan venido a decirme. —Habló en voz baja, con un tono que hizo que el perro volviera hacia él su largo hocico y aguzara las orejas—. ¿Ha ocurrido algo? Por cierto, mi hijo no está en casa. ¿Han venido a hablar con él?

—Me temo que tengo malas noticias, señor Kessler —dijo Strafford—. La señorita Jacobs ha muerto. La encontraron en un garaje de la ciudad, en su coche. Murió por la inhalación de monóxido de carbono.

De pronto Kessler estaba tan alerta como el pastor alemán. Strafford reparó en el parecido que guardaban el hombre y el perro. Ambos tenían la cara larga y estrecha y los mismos ojos grises y brillantes.

—¿Se quitó la vida? —preguntó Kessler—. *Ach, nein!*

Quirke contempló por la ventana el lago y su superficie calma y extrañamente radiante. Estaba pensando, como tantas veces en los últimos meses, en lo raro que resultaba estar todavía ahí, con el corazón palpitante y la mente en funcionamiento, mientras Evelyn no estaba en ningún sitio ni era nada. Existía, si podía decirse que existía, solo en los recuerdos que él guardaba de ella y en los de otras cuantas personas. No parecía real que la hubieran borrado del mundo, y, sin embargo, así era. De nuevo la oyó cantar para sí con su voz ronca de Dietrich:

Am Brunnen vor dem Tore
Da steht ein Lindenbaum

Kessler se levantó del sofá y caminó hasta la ventana, donde se quedó con la espalda vuelta hacia la sala, los brazos en los costados, contemplando el follaje iluminado por el sol.

—Un día muy hermoso —murmuró—. Septiembre en Irlanda...

Su voz se apagó. El perro seguía observándolo. Cada vez que su amo hablaba, meneaba la cola y daba con ella tres golpes suaves en la alfombra.

—Dice que su hijo no está en casa —apuntó Strafford—. ¿Dónde está, si me permite preguntarlo?

Kessler dejó escapar un sonoro suspiro, se apartó de la ventana y volvió a sentarse en el sofá. Parecía sentirse exhausto de repente.

—Frank está en Israel —respondió.

Tras intercambiar una mirada con Quirke, Strafford se dirigió de nuevo a Kessler.

—¿En Israel?

Kessler asintió.

—Tenemos intereses comerciales allí. —Hizo una pausa—. Veo que les sorprende. La gente siempre se sorprende. ¿Qué tratos puede tener un alemán en la tierra de los judíos? Ah, sí, lo veo en sus caras.

—¿Qué clase de negocios? —preguntó Quirke.

—Maquinaria. Herramientas. Piezas de repuesto. Tengo una fábrica en el sur de Alemania. —Hizo una pausa y se le nubló el semblante—. Rosa —susurró—. *Das arme Mädchen.* —Miró a Strafford—. ¿Por qué lo hizo? ¿Estaba...?

—¿Embarazada? No.

—Entonces ¿por qué? Era una joven tan..., tan llena de vida.

Strafford guardó silencio. Miró al perro; el perro lo miró a él. Era como si hubiera una cuarta persona en la estancia, una persona que no hablaba, pero que era una observadora incansable.

—¿Cuándo vino usted a Irlanda, señor Kessler? —preguntó Quirke.

Por un instante Kessler no le entendió. Luego se encogió de hombros.

—No mucho después.

Quirke esperó.

—No mucho después ¿de qué? —preguntó al cabo.

—De la guerra —respondió Kessler con voz queda, exhalando las palabras más que pronunciándolas—. ¿Qué si no, doctor?

Ha olvidado mi nombre, pensó Quirke, pero no le preocupa. Kessler tenía el aire de un hombre al que no le preocupaban muchas cosas.

—¿Solo usted y su hijo?

—Mi esposa murió hace tres años.

Kessler se santiguó y se besó el pulgar como si fuera el crucifijo de un rosario.

—Lo siento —dijo Quirke.

Kessler se puso de lado, apoyó un brazo sobre el respaldo del sofá y miró de nuevo hacia la ventana, donde una yegua y su potrillo habían aparecido caminando despacio sobre la hierba. Los oscuros flancos de la yegua relucían con el sol. Las patas del potro eran tan largas y de aspecto tan frágil que parecía un milagro que no se doblaran incluso con un peso tan menudo.

—Eso es lo que me trajo aquí —dijo Kessler—. Los caballos. Irlanda tiene los mejores caballos del mundo y la mejor tierra para apacentarlos. La gente me animaba a instalarme en Kildare, todos me lo aconsejaron, era el lugar donde crecía la mejor hierba, según decían. Pero, en mi opinión, la de Wicklow es mejor. Y el condado es hermoso. Kildare es muy plano para un hombre de las montañas.

—Disculpe, pero ¿es usted alemán o austriaco? —preguntó Quirke.

Kessler apartó la vista de la ventana.

—Tiene el vaso vacío, doctor —observó—. ¿Quiere otro whisky?

A modo de respuesta, Quirke le tendió el vaso. Kessler se levantó y, tras cogerlo, se dirigió al aparador.

—Nací en Múnich —dijo mientras quitaba el tapón de la licorera—, pero mi familia tenía una casa en los Alpes bávaros y pasé mucho tiempo allí. Supongo que era —sonrió— mi hogar espiritual. —Miró hacia atrás por encima del hombro—. ¿Conoce los Alpes?

Quirke negó con la cabeza. Kessler le llevó el vaso y volvió a sentarse en el sofá.

—He dicho una casa, pero era poco más que una *Hütte*, ya sabe, una cabaña.

—Como la del filósofo.

Kessler esbozó su sonrisa apagada y fría.

—Ah, sí, ha oído hablar de Heidegger.

Quirke notó que el hombre cambiaba de opinión respecto a él.

—Heidegger tiene una cabaña —prosiguió Kessler—, eso sí, diseñada por un arquitecto, en Todtnauberg, en la Schwarzwald, la Selva Negra. —Hizo una pausa—. Un caso interesante el de herr profesor.

—Sí —convino Quirke—, no se ha retractado. De hecho, me han comentado que nunca dejó el partido.

—Un hombre de principios, pero, naturalmente, con los principios equivocados. Dijera lo que dijese Platón, los filósofos no deberían meterse en política. ¿No está de acuerdo, doctor?

Quirke no respondió. Strafford se removió en el borde del sillón, su punto de observación. Seguía con el sombrero en las manos.

—¿Cuándo se fue su hijo a Israel? —preguntó.

—Ayer mismo, qué casualidad —dijo Kessler—. Voló a Londres a primera hora de la mañana y luego embarcó en un avión de El Al con destino a Tel Aviv.

Strafford asintió pensativo.

—¿Tenían él y Rosa Jacobs una..., una relación sentimental?

—No sé a qué se refiere, inspector.

Quirke estaba encendiendo un cigarrillo. Era el quinto
que fumaba desde que habían llegado; Strafford llevaba la
cuenta.

—Quiere saber si salían juntos —intervino Quirke—.
¿Estaban enamorados?

Kessler le dirigió una mirada larga al tiempo que fruncía sus incoloros labios.

—Mi hijo y yo somos alemanes. Esos temas no se tra-
tan entre un padre y un hijo.

«Ah, ¿no? —se dijo Quirke—. ¿No preguntaba a su
niño de ojos azules si se acostaba con la hija de un judío?».

Strafford se removió de nuevo e hizo girar el ala del
sombrero entre los dedos.

—Pero ¿diría usted que estaban unidos? —insistió.

El perro emitió un sonido extraño, una especie de gemido bajo. Kessler se recostó en el sofá y estiró los brazos a
ambos lados del respaldo.

—Caballeros, confieso que están poniéndome nervioso con esas preguntas. Por mi parte me pregunto qué hay
tras ellas. ¿Qué desean saber exactamente?

Quirke, que estaba tomando un sorbo de whisky, miró
a Strafford por encima del borde del vaso.

—La cuestión es, señor Kessler —dijo el policía. Se
interrumpió y miró su sombrero. Luego alzó la cabeza—.
La cuestión es que al parecer la señorita Jacobs no se quitó
la vida.

—Ah, ¿no? —Kessler adelantó los brazos, entrelazó los
dedos y alzó, interrogantes, los dos pulgares—. ¿Entonces?

—El doctor Quirke, aquí presente, cree que la asesinaron.

Kessler miró a Quirke con el ceño fruncido.

—¿Usted es...? ¿Qué es usted?

—Soy patólogo.

El alemán se volvió hacia Strafford con una expresión exagerada de perplejidad.

—¿Acaso es costumbre del país que el médico forense acompañe al policía en sus investigaciones? —preguntó.

—No soy médico forense —le corrigió Quirke sin énfasis alguno—. Soy patólogo.

Kessler no apartó la vista de Strafford.

—No, normalmente no —respondió el inspector procurando no mirar en dirección a Quirke—, pero estas circunstancias no son normales. No lo son en absoluto.

En el silencio oyeron los relinchos de un caballo. A Quirke le zumbaba un poco la cabeza: Kessler le había servido una cantidad generosa de whisky. Una vez más miró el lago. Era un charco de oscuridad en el corazón de aquel día turbiamente dorado. Sin embargo, el agua no era del todo oscura, poseía su propio resplandor sombrío, como si en sus profundidades ardiera un destello de luz. Sintió un estremecimiento en la columna vertebral. *Hay un sauce que ha crecido torcido al borde de un arroyo.*

Dio la impresión de que Kessler había estado conteniendo el aliento, pues de pronto lo soltó en una exclamación muda.

—¿Quién segaría la vida de alguien así, una joven tan vital?

El perro gimió otra vez, no de tristeza al parecer, sino quizá a modo de comentario, un eco de lo que su amo acababa de decir. Los animales perciben el ánimo de los lugares, Strafford lo sabía. De niño había tenido un perro pastor. Le había puesto el nombre de Parche. Había sido el canijo de la camada, muy nervioso y sin el menor aguante. No habría sobrevivido si él no lo hubiese rescatado. Su padre se había burlado de lo que consideraba su apego sentimental por el pobre animalillo trémulo. Sin embargo, el muchacho se había mostrado decidido —¿adónde había ido a parar, se preguntaba el Strafford adulto, toda aquella resolución infantil?— y Parche había tenido una vida larga y, por lo que su joven amo sabía, feliz.

A Parche le encantaba correr por la playa de Tramore y nunca quería que el día llegase a su fin. Un domingo por la tarde, cuando Strafford dio media vuelta para regresar a casa, Parche se quedó atrás, en la arena, contemplando la muchedumbre de veraneantes. Una joven con un bañador de faldita y gorro de goma que volvía del agua se había detenido a hablar con un chico. Parche se fijó en la muchacha y la escudriñó, luego fue hacia ella y se detuvo a su lado y miró a Strafford como diciéndole: «Tú puedes irte; yo me quedo con ella».

Al final Strafford había tenido que llevarse a rastras al perro, que lo había mirado con ojos lastimosamente acusadores durante todo el camino a casa.

Kessler se palmeó las rodillas y se levantó.

—Vengan conmigo, caballeros. Quiero enseñarles algo.

Quirke apuró la bebida y dejó el vaso. Strafford observó que estaba un poco colorado. Kessler le había llenado el vaso hasta la mitad las dos veces que le había servido el whisky. De todos modos, a juzgar por su expresión ceñuda, el alcohol no había conseguido animarlo.

Su anfitrión los condujo hacia el vestíbulo, con el elegante perro caminando sigiloso tras él.

Quería enseñarles los caballos, como Strafford había supuesto.

En un lado de la casa se subieron a un vehículo que parecía un coche de golf —quizá fuera un coche de golf, pensó Strafford— y se dirigieron hacia los lejanos establos dando botes por un sendero surcado de baches. Entre las roderas paralelas crecía hierba verde.

Al volante iba el mozo de cuadra de Kessler. Se apellidaba Venables. Era un hombre de Wicklow de corta estatura y nervudo, con orejas rojas de soplillo y un tic en la mandíbula izquierda.

—¿Cuánta tierra tiene aquí? —preguntó Quirke a Kessler, con cortesía.

El alemán reflexionó un momento y se echó a reír.

—¡No lo sé! —Se dirigió al mozo de cuadra—. Jimmy, la finca... ¿sabes qué tamaño tiene?

—Poco más de ciento veinte hectáreas, señor —respondió Venables sin apartar los ojos de la pista que tenía delante—. Y es una tierra buena y fértil, todas y cada una de sus hectáreas.

—Como ven, Jimmy está muy orgulloso del lugar —cuchicheó Kessler sonriendo—. Su padre era el jardinero jefe de la hacienda antes de que viniéramos nosotros, y su abuelo también, hace mucho. Así que se trata de una tradición familiar.

Llegaron a los establos: cobertizos de granito de una sola planta rodeados de un patio enlosado por los cuatro lados. Entraron en la cuadra principal y caminaron a lo largo de la hilera de casillas. Se percibía una mezcla de olores a comida de caballo, excrementos de caballo y polvo. Quirke estornudó, lo que sobresaltó a los demás.

—Lo siento —dijo.

—¿Es alérgico a los caballos? —le preguntó Kessler—. A veces pasa.

—No —contestó Quirke frotándose la nariz—, es el polvo.

Debía de haber una veintena o más de animales. Asomaban la cabeza por encima de la media puerta de la casilla, la balanceaban y resoplaban y ponían en blanco sus redondos y oscuros globos oculares, grandes canicas de cristal en las que el incomprensible mundo se reflejaba convexo.

Strafford los observó con cautela. En la infancia y la adolescencia siempre había tenido caballos cerca, pero jamás se había acostumbrado a ellos. Le parecían bestias prehistóricas o alienígenas de planetas remotos, extraviados aquí. Siempre tenía la impresión de que los purasangres, y todos esos lo eran, estaban aterrorizados, locos o ambas cosas. Además, eran muy altos cuando estaban a cuatro patas. Pensó en los filósofos equinos de Swift..., ¿cómo se llamaban? Houyhnhnms. Todavía no estaba seguro de cómo se pronunciaba.

Observó que Venables sentía cariño por los animales que estaban a su cuidado. De hecho, pese a ser bajito y escuálido, el hombre tenía un toque equino. A Strafford le recordó el burro solitario que con frecuencia se ve pacer plácidamente entre un grupo de caballos.

Kessler se había detenido ante una casilla. El caballo que la ocupaba, más pequeño que los demás, tenía un lustroso pelaje negro y el cuello arqueado.

—Este es Simbad —dijo Kessler—, mi preferido. Árabe puro. Me habla cuando estamos a solas. —Le acarició la quijada, un reborde reluciente—. *Wir erzählen einander unsere Geheimnisse, nicht wahr?*

Geheimnisse... ¿Sus secretos?, pensó Quirke. Se preguntó cuáles serían.

—¿Una taza de café, caballeros? ¿Un poco de aguardiente para calentar la sangre?

Había un teléfono interno para comunicarse con la casa. Kessler dijo unas breves palabras al aparato, tras lo cual invitó a Quirke y Strafford a sentarse con él en una paca de heno. Solícito, se interesó por la sensibilidad de Quirke al polvo. Este encendió un cigarrillo.

—Cuidado con la llama —le advirtió Venables con brusquedad, pero a una mirada de Kessler se apresuró a suavizar el tono—. Es que el lugar está repleto de material combustible.

Otra mirada de su jefe lo despachó. Así pues, se fue tras murmurar algo sobre la inminente llegada de un veterinario y llevarse un dedo a la visera de la gorra en un gesto servil.

Una criada de cierta edad entró con una botella y vasos en una bandeja. Ella y Kessler charlaron en alemán con voz queda y suave. Él se volvió hacia sus invitados.

—¿Tomarán una copita conmigo? Es de una añada excelente... ¿Se habla de añada cuando se trata de bebidas destiladas?

Strafford declinó el ofrecimiento.

—Lo probaré —dijo Quirke con buen ánimo.

Kessler sirvió un par de dedos en cada vasito.

—*Prost!* —exclamó.

Contempló la cabeza, hermosa y recia, de Simbad, que asomaba en la casilla. El caballo observaba con interés a los tres hombres sentados en la paca. «Probablemente le parezco tan alienígena como él a mí», pensó Strafford.

—Tengo dos más de sangre caliente, es decir, árabes: una yegua y un semental como ese amigo de ahí. Los otros dos están ejercitándose. Me propongo experimentar con ellos, cruzarlos con mis purasangres. —Asintió con un gesto mientras seguía observando al caballo, que los observaba a su vez—. Los resultados serán interesantes, ¿no?

—Lo siento —dijo Strafford—, entiendo muy poco de caballos.

Quirke se echó hacia atrás y lo miró con los ojos muy abiertos, fingiendo asombro.

—¿Cómo? ¿Y es usted un protestante a caballo? —exclamó.

Kessler frunció el ceño al tiempo que sonreía.

—¿Un protestante a caballo? ¿Qué es eso?

—Según la definición de Brendan Behan, un angloirlandés es un protestante a caballo. Tenía un poemilla que solía recitar a grito pelado en el pub McDais's cuando ya se había metido una buena cantidad de cerveza negra entre pecho y espalda:

No mentéis a vuestro pastor protestante
ni a su Iglesia sin sentido ni fe,

pues la primera piedra de su templo
el cojonamen de Enrique VIII fue.

»Eso sí, el propio Behan era un capullo de mucho cuidado.

—Tiene gracia, sí, el poema. —Kessler asintió con la cabeza, aunque sin reír.

Intercambió una mirada con Strafford. Después de todo, el whisky que Quirke había bebido en la casa había obrado su biliosa magia, de modo que había dado un brillo incierto a sus ojos. De pronto sonrió de aquella forma que Strafford empezaba a conocer demasiado bien.

—No se preocupe por él —le dijo a Kessler apuntando con un pulgar en dirección a Strafford—. Todavía no ha nacido ningún protestante que no entienda de caballos.

—Vamos —repuso Kessler con tono jovial tras chasquear la lengua—, ¿no irá a comparar a nuestro amigo aquí presente con el gordo rey Enrique?

Quirke no dio muestras de escucharle. Hizo un gesto de corte lateral con la mano izquierda.

—Dominio protestante, vestigio de decoro andante.

—Ah, conque también usted es poeta, ¿eh, doctor? —dijo Kessler—. Hace versos.

Quirke apartó la vista. Debía cerrar el pico, lo sabía, pero Strafford tenía algo que siempre desataba su ira. Y no eran solo su clase social ni su religión, que le importaban un pimiento.

—No soy poeta —murmuró.

¿Quién era él para mofarse de Brendan Behan? Con un estremecimiento de vergüenza recordó que en los viejos tiempos, cuando salía en sus prolongadas juergas etílicas, acallaba a todos recitando a Yeats —*¡Habíamos alimentado el corazón con fantasías!*— por encima de las cabezas de quienes bebían en turbulentos pubs llenos de humo, poniéndose en evidencia y ridiculizando a Yeats. Apoyó una mano contrita en el brazo de Strafford.

137

—Lo siento. Me he pasado de la raya.

Retiró la mano. Había notado cómo Strafford se tensaba con su contacto. Kessler, que percibió la tirantez entre ambos hombres, volvió a llenar el vaso de Quirke, pero no el suyo, y comentó:

—A mi hijo le encanta la poesía. Goethe, Schiller. También Heine.

—¿Cuándo vuelve? —preguntó Strafford.

—¿De Israel? Se quedará allí solo unos días. Estamos construyendo instalaciones para ganarle más terreno al desierto. Es un gran proyecto.

Siguió un silencio. Luego habló Quirke.

—¿Le importa que le pregunte...?

Titubeó. Kessler sonrió.

—¿Quiere saber cómo es posible que los judíos firmaran un contrato como ese con una empresa alemana? Entiendo por qué lo pregunta. —Reflexionó unos instantes mientras recorría con la vista las casillas—. Israel es un..., ¿cómo se dice?, un fenómeno extraño. No es muy distinto de Irlanda, creo yo. Este es también un país joven y su pueblo tiene asimismo una historia de opresión y sufrimiento. He leído sobre el tema. Oliver Cromwell fue su Adolf Hitler, ¿me equivoco?

Sus ojos fueron de un hombre al otro, pero ninguno de los dos despegó los labios. Siguió explicándose con tono amable.

—Diría que los israelíes son una nueva clase de judíos. Son duros aquí arriba —se tocó la frente con un dedo— y siempre siempre..., *ach*, ¿cómo se dice?, pragmáticos. Siempre son pragmáticos. Continúan valorando el conocimiento, el Talmud, el Antiguo Testamento, todo eso, pero no son solo un pueblo del Libro, sino también del mundo, y lo serán cada vez más. Han dejado muy atrás el *shtetl*. —Se interrumpió y se echó a reír—. Ah, estarán pensando: «¿Qué sabrá este alemán del pueblo al que su país intentó aniquilar?». —Asintió—. Lo comprendo. Pero ustedes también deben comprender que, si existe una nueva clase de judío, existe asimismo una nueva clase de alemán. Mi hijo y yo deseamos ofrecer algo a cambio, una pequeña, muy pequeña, reparación por lo que ocurrió en aquellos años terribles.

Calló. Quirke y Strafford evitaban mirarse. Al final fue Quirke quien rompió el silencio.

—¿Cómo crearon ese negocio en Israel usted y su hijo?

—Ah, Franz..., Frank, él no participó en la fundación de Kessler GbmH. —Pronunció las letras al estilo alemán—. Era demasiado joven entonces, cuando la creé. —Hizo una pausa y asintió—. Verán, tengo un amigo en Israel, un viejo amigo y socio, Teddy Katz. Es un empresario de mucho éxito, un gran emprendedor. Teddy llevó mi negocio a Israel, nos buscó contactos allí. —Hizo un movimiento rotatorio con la mano derecha, como si girara un pomo—. Sí, me abrió un montón de puertas. Le debo mucho a Teddy, *mein guter Freund*.

Quirke se puso en pie, tiró la colilla al suelo de barro y la aplastó con el tacón. Strafford también se levantó. Kessler siguió sentado, mirando al frente.

—¿Podría indicarme cómo puedo ponerme en contacto con su hijo, en Israel? —preguntó Strafford—. Una dirección, un número de teléfono.

Kessler se removió y se levantó. Se sacudió la parte delantera de los pantalones de montar.

—Por supuesto. Volvamos a la casa.

Mientras caminaban junto a las casillas, el caballo árabe alzó la cabeza y relinchó. Simbad el Marino, pensó Quirke. ¿Era el que entró en la cueva de los cuarenta ladrones? No, ese fue Alí Babá. Ábrete, sésamo. ¿Qué nombre había dicho? Teddy Katz.

En el coche, en el camino de regreso a la ciudad, pasaron varios kilómetros sin que nadie hablara. Quirke fumaba un cigarrillo tras otro, con semblante sombrío, como si fuera una penitencia impuesta por su inaceptable comportamiento en los establos. Strafford abrió un poco su ventanilla y aspiró el aire fresco.

—Bueno —dijo—, ¿qué le ha parecido herr Kessler?

Quirke dio unos golpecitos con el cigarrillo en el borde del cenicero de su reposabrazos.

—Un nazi, diría yo, aunque melifluo. Sería interesante saber cómo amasó su fortuna.

Strafford reflexionó al respecto.

—No todos eran nazis, ¿verdad? ¿Qué me dice de Rommel?

—¿Qué pasa con él?

—Parecía un individuo honorable. Se suicidó después del fracaso del complot contra Hitler.

—No le quedó otra opción.

—De todos modos, tomó la salida más honorable.

Quirke se encogió de hombros. Le traía sin cuidado que Rommel fuera un hombre bueno o un villano. Tampoco le preocupaba demasiado qué había sido o dejado de ser Kessler. Le parecía evidente que era un farsante, un impostor hasta los parches de su cara chaqueta tirolesa y el brillo de sus botas de montar confeccionadas a mano. ¿Cómo era posible que Strafford no se diera cuenta? Claro que Strafford era también un simulacro, un hijo de terratenientes con casa grande que se hacía pasar por poli dublinés. Pese a su aparente timidez, era un imbécil engreído. Al carajo con él. Encendió otro cigarrillo.

Estaban cruzando de nuevo el páramo. Strafford habló al cabo de un rato.

—No sabía que leyera a Heidegger.

—No lo leo.

—Bueno, pues ha impresionado al viejo.

—Eso pretendía. Estaba alardeando.

Los kilómetros pasaban raudos. Al volante, Dolan los miraba en el espejo retrovisor de vez en cuando y parecía

140

divertirse. ¿Por qué? Conducía aún más deprisa que en el trayecto de ida, tomando las curvas a ochenta o noventa kilómetros por hora. Strafford estaba mareado, pero se resistía a ordenarle que redujera la velocidad. Sabía que Quirke se pondría de parte de Dolan en cualquier discusión.

—¿Cómo está su hija? —preguntó.

—¿Mi hija? —gruñó Quirke, sorprendido y receloso.

—Sí. Phoebe. ¿Cómo está?

—Por lo que sé, está bien. ¿Por qué?

—Simplemente me preguntaba cómo estaría después..., después del viaje a España.

Quirke no dijo nada y fumó con saña creciente. No solo estaba enfadado con Strafford. Estaba pensando en Evelyn. En ocasiones la pérdida de su esposa lo golpeaba de nuevo con la fuerza de una gruesa puerta metálica abierta por el viento en una tormenta y lo dejaba sin aliento y tambaleándose por dentro en medio de la oscuridad y del implacable aire impetuoso.

Strafford estaba hablando de nuevo.

—¿Qué? —le espetó Quirke.

—Le preguntaba si podría darme el número de teléfono de su hija.

—¿Por qué? —preguntó Quirke.

—Porque he pensado que quizá la llame. Solo para saludarla.

Quirke se volvió hacia la ventanilla.

—No llevo su número encima —murmuró.

Con el coche avanzando a gran velocidad, los brezales parecían desplegarse a ambos lados como un gigantesco abanico pardo y morado.

—Tal vez me pase —dijo Strafford.

Quirke se movió en el asiento de cuero. ¿Acaso ese tipo pretendía provocarle?

—¿Pasarse?

—Sí. Podría dejarme caer una noche. O sea, por el piso de Phoebe.

Quirke soltó un resoplido. En su mundo, nadie se dejaba caer en casa de nadie por la noche para charlar y tomar una copa de quina; ¿es que ese tipo no lo entendía?

—Paro poco allí —dijo escuetamente.

—Pero quizá Phoebe sí esté.

Strafford descubrió con sorpresa que disfrutaba bastante hundiendo su puya de picador en el pellejo áspero y agitado del toro. ¿Qué le impedía visitar a Phoebe? Era una mujer adulta, ¿no? Y, por lo poco que había visto de ella en España, le había caído bien. Sospechaba que tras el aire comedido que aparentaba se escondía un espíritu mucho más vivaz. Además, si visitando a Phoebe irritaba a su padre, tanto mejor.

En ese momento habló Dolan.

—Por cierto —se inclinó un poco para captar la mirada de Strafford en el retrovisor—, he olvidado mencionar algo: el inspector jefe estaba al aparato.

—¿Qué aparato? —preguntó Strafford.

—En el walkie-talkie.

Dolan señaló el receptor colocado bajo el salpicadero.

—¿Qué quería?

—Hablar con usted. Llamó cuando fueron a ver los caballos.

—¿Qué quería?

—Han registrado la habitación de la joven, en el Trinity. Han encontrado cartas remitidas por... —se inclinó hacia la derecha para mirar en el retrovisor a Quirke—, por alguien que trabajó con usted, doctor. Se llama..., lo siento, se me ha ido el santo al cielo.

—¿Sinclair? —apuntó Quirke.

—Exacto. Sinclair. David Sinclair.

9

Strafford había propuesto que quedaran en el hotel Shelbourne o, si ella lo prefería, en el Hibernian, pero por algún motivo acabaron paseando por el camino de sirga cerca del puente de Baggot Street. Era un sábado por la mañana y brillaba el sol. Se veía poca gente en la zona, lo que daba un aire onírico al día. En el agua, una gallineta abría con delicadeza la cremallera de la plácida superficie, seguida por sus polluelos casi crecidos, que avanzaban en fila balanceándose.

Los altos juncos de las orillas ya estaban secos. Strafford contó que en su adolescencia los muchachos del pueblo cortaban las cañas, las impregnaban de parafina y, tras prenderles fuego, desfilaban por las calles a la luz del crepúsculo enarbolando sus teas encendidas como si fueran una turba de cazadores de brujas.

—¿Dónde nació? —le preguntó Phoebe.

El arco bajo el puente estaba moteado de refulgentes monedas de luz, reflejos del agua.

—En Wexford —respondió Strafford—. En el condado de Wexford. Cerca de New Ross. En medio de la nada, podría decirse.

Pensó que estaba muy guapa con su pulcro abriguito y sus zapatos cómodos. Jamás la había visto con prendas de colores distintos del blanco y el negro. La gente hablaba de curas rebotados; ¿habría también monjas rebotadas? La idea le resultó curiosamente excitante. Ofrecía la vaga perspectiva de una tierna transgresión. Ambos eran conscientes de que entre ellos existía algo que los cohibía, y eso también estaba cuajado de posibilidades. Si no se sintieran cohibidos, ¿qué harían?

Todo aquello los sorprendía y les provocaba un grato desconcierto. No habían sentido nada semejante cuando estuvieron juntos en España. O quizá sí y no se habían percatado.

—Conoció a Rosa cuando ella y David Sinclair salían juntos, ¿verdad? —dijo Strafford.

Phoebe se echó a reír y se tocó el pelo con una mano.

—Ignoraba que salían juntos. De hecho, se suponía que él salía conmigo, aunque lo que quiera que hubiera entre nosotros estaba llegando a su fin.

—¿Porque él pensaba irse a Israel?

—O por Rosa Jacobs. ¿Quién sabe? Yo no, desde luego, es decir, yo no lo sabía.

Pasaron junto al banco de hierro donde el poeta Kavanagh solía sentarse y mascullar para sí mientras fulminaba con la mirada a los viandantes.

—Así que Sinclair es sionista, ¿no? —preguntó Strafford.

Phoebe se quedó estupefacta.

—No lo había pensado, pero supongo que lo será. Desde luego, estaba entusiasmado con la idea de Israel, o «la patria», como decía él.

Se detuvo a observar otra gallineta con sus polluelos. Las diminutas criaturas casi parecían bolas de pelusilla.

Siguieron caminando. La luz del sol era neblinosa. En la quietud del día captaban sonidos lejanos como si se produjeran a escasa distancia: el pitido del botón de parada pulsado en un autobús, voces de niños que jugaban en algún jardín, el chapoteo del agua que caía por el borde de la esclusa cercana al puente de Baggot Street.

Strafford miró a Phoebe con el rabillo del ojo. La mujer tenía unos andares delicados, casi inseguros, daba pasos cortos que parecían exploratorios, como si hubiera enfilado una senda peligrosa en lugar de pasear sobre la arcilla compacta del camino de sirga. Se preguntó si no sería miope. En sus rodillas percibía una leve fragilidad, una leve inestabilidad que se le antojó conmovedora y, de nuevo, particularmente excitante. No sabía casi nada de ella. Claro que tampoco sabía casi nada de la mayoría de la gente. Se sentía confuso. De repente todo le resultaba muy extraño.

—¿Cómo era Rosa? —preguntó.

—¿Rosa? Bueno, se consideraba una alborotadora, pero siempre pensé que en el fondo no era ni mucho menos la rebelde que ella deseaba que los demás creyeran que era.

—Es raro que se llevara tan bien con los Kessler, ¿no le parece?

—¿Se llevaba «tan bien» con ellos?

—Bueno, iba a Wicklow, a casa de los Kessler. A veces se quedaba a pasar el fin de semana.

Strafford habló del viaje a Wicklow con Quirke. No mencionó el comportamiento que este había tenido. Se preguntó cómo era posible que Phoebe compartiera piso con semejante hombre, por más que fuera su padre.

Giraron y cruzaron el estrecho puente de la esclusa de Mount Street y salieron a Northumberland Road. Las hojas de los plátanos de sombra, que empezaban a cambiar de color, producían tenues susurros secos al paso de la brisa. Strafford se sorprendió anhelando la gravidez tupida y desmayada del follaje estival. ¿Qué decía aquel poemilla de Yeats?

> *En invierno queremos primavera,*
> *y en primavera ansiamos el estío,*
> *y cuando el seto espeso se hace canto*
> *decimos que el invierno es lo mejor.*

Pese a la calidez del día, se estremeció.

—Northumberland: ¿no es un nombre de lo más evocador? —comentó Phoebe señalando la placa verde sujeta a la verja de la primera casa de la esquina—. Me sugiere..., no sé. Vikingos y bruma y lluvia en los páramos. —Soltó una risa nerviosa—. Lo siento. Normalmente no soy así.

Siguieron caminando bajo la luz moteada. Cualquiera que nos viera, se dijo Phoebe, creería que somos pareja. El pensamiento la sorprendió. Debería estar pensando en David Sinclair; llevaba mucho tiempo sin hacerlo. David era el pasado. ¿Acaso había sido el presente alguna vez o ella así lo había imaginado?

—Se suponía que a Rosa le gustaba Frank Kessler —dijo.

—¿Sí? ¿Frank formaba parte de su grupo?

Ella lanzó un gritito risueño.

—¡Nuestro grupo! Si algo éramos, era una banda. O, para ser más elegantes, una pandilla, como en Proust.

—¿Y Rosa y Frank Kessler eran...?

Strafford la miraba con las cejas arqueadas.

—Todos creían que eran pareja —afirmó Phoebe—, si es lo que le interesa saber. Es decir, todos menos Frank.

—¿No estaba enamorado de ella?

—Con Frank era difícil saberlo. Es muy alemán, muy correcto. Y muy engreído, aunque intenta disimularlo. También creo que quizá sea...

—¿Qué?

Ella se ruborizó.

—Oh, nada.

El sol brillaba benévolo sobre las nobles fachadas de ladrillo de las casas antiguas. Los pájaros revoloteaban en los jardines. Phoebe estaba pensando que quizá debería haber alquilado un piso ahí, no en Mount Street. El verdor de los céspedes y de los árboles aún verdes daba un tono acuoso a la luz. Se imaginó despertándose por la mañana con el sosegado y tenue resplandor de los céspedes, el susurro de los árboles. «La vida está siempre en otra parte», se dijo con ironía.

Strafford caminaba con la cabeza gacha, los ojos fijos en la acera. Estaba debatiendo algo consigo mismo y ella lo notaba. Por fin habló.

—¿Sabía que David Sinclair escribió a Rosa desde Israel?

146

Ella aguardó un instante antes de responder.

—No. Y sospecho que, por lo que respecta a David, había muchas cosas que desconocía.

—¿Es un hombre... reservado?

—Yo no diría eso. Él y Frank Kessler guardan un asombroso parecido en ciertos aspectos. Poseen esa seguridad en uno mismo que no dista mucho de la arrogancia. O quizá sea arrogancia, solo que disimulada. —Hizo una pausa—. ¿Cómo sabe que David escribió a Rosa?

—Rosa tenía una habitación en el Rubrics, la residencia de estudiantes del Trinity.

—Sí, lo sé. Rosa vivía allí.

—Enviamos a un par de compañeros a la residencia. Encontraron un fajo de cartas.

—¡Un fajo! —exclamó Phoebe—. Vaya, vaya.

¿Qué sentía? Sorpresa, desde luego, cierto dolor y rabia, un poco de rabia. Y algo más, una especie de alivio. Strafford acababa de revelarle algo que hasta entonces le habían ocultado. Era como aquel momento de las películas de gánsteres en que, en la morgue, se levanta una esquina de la sábana para que el protagonista identifique el cuerpo que hay debajo. ¿Qué cadáver era el que ella estaba mirando? El de una parte de sí misma, el de su vida, aunque cambiada súbitamente, de modo que apenas la reconocía. Ahora podía pasar página, enterrarlo como era debido. «Así terminan las cosas», se dijo. Así terminan las cosas.

—¿Está usted bien? —le preguntó Strafford.

Lo dijo en voz baja, con tono de preocupación. Sí, igual que la persona que ofrece consuelo en un funeral, pensó ella.

—Estoy bien —respondió—, bien. Es que no sabía, es decir, no estaba al tanto de que David y Rosa...

Se encogió de hombros y apartó la vista.

—¿Sinclair no le escribió a usted? —le preguntó Strafford.

Phoebe no dijo nada. ¿Qué derecho tenía ese hombre a compadecerla? No sabía nada de ella, era un desconocido. Pero a continuación pensó: No, no lo es. No sabía qué era Strafford.

Llegaron a un cruce y esperaron a que el semáforo se pusiera verde, aunque no había tráfico. Phoebe se dio cuenta de que apretaba con fuerza el bolso contra la cintura. ¿No iría a llorar? No, no se lo permitiría, qué vergüenza. El hombre que iba a su lado pensaría que lloraba por haber perdido a David Sinclair. Y, si no era por eso, entonces ¿por qué? La cabeza le daba vueltas.

El semáforo se puso verde.

—Vamos. —Strafford le tocó el codo con un dedo—. Hay un pub un poco más allá. Supongo que ya habrá abierto.

—Creía que no bebía.

Él pareció aturullarse de repente.

—Bueno, no, la verdad es que no, pero no podemos pasarnos todo el rato caminando.

Avanzaron en silencio por Haddington Road, cruzaron en la esquina y entraron en el Slattery's, al principio de Bath Avenue. El local tenía su olor matinal, a cerveza negra desbravada, humo rancio y jabonaduras. El camarero era un tipo fornido en mangas de camisa y con un chaleco raído.

Phoebe pidió una clara —«Es un poco pronto para una bebida de verdad»— y Strafford dijo que tomaría lo mismo.

Estaban sentados a la barra, en los altos taburetes. Phoebe abrió el bolso, sacó un paquete de Passing Clouds y encendió un cigarrillo. Le alegró observar que el pulso apenas le temblaba.

—No fumo, igual que usted no bebe. —Le dirigió una sonrisa crispada—. Soy como Mark Twain: dejo de fumar diez o veinte veces al día.

Él rio educadamente.

—Según recuerdo, usted sí que no fuma —apuntó ella.

—No por voluntad. Simplemente nunca empecé.

El camarero les sirvió las bebidas. Phoebe observó el líquido amarillo pálido del vaso. Parece pis, pensó. Tomó un sorbo. Dulce y amargo al mismo tiempo. Agridulce. Estaba pensando otra vez en David Sinclair. Ojalá pudiera parar. Era ridículo. El idilio apenas había empezado cuando llegó a su fin. Además, ¿había sido siquiera un idilio?

Se arrepentía de haber accedido a ver a ese hombre de manos pálidas y cara delgada y con un mechón que le caía sobre la frente una y otra vez. Su padre le detestaba. Quirke no lo había dicho, pero Phoebe lo sabía. ¿Por eso estaba ella ahí? La idea la sorprendió. Dejó el vaso en la barra y lo hizo girar lentamente con la punta de los dedos. Su padre era otro tema en el que prefería no pensar.

Cuando habló, se oyó a sí misma como de lejos.

—Es curioso: creí que David se iba a Israel en parte para escapar de mí, pero quizá fuera de Rosa de quien huía. Aunque, si le escribió todo un fajo de cartas, al parecer la estrategia no funcionó.

Strafford, que aún no había tocado su clara, contemplaba muy quieto las hileras de botellas de detrás de la barra. Parecía a kilómetros de distancia.

—Me pregunto —dijo despacio— si Sinclair tuvo algún contacto con los Kessler mientras estaba en Israel.

Phoebe apretó los labios hasta formar una línea amarga. A Strafford le importaban un pimiento ella, David Sinclair y lo que cada uno había sido o dejado de ser para el otro. Era un policía y estaba trabajando.

—Pregúnteselo a él —replicó con más frialdad de la que pretendía.

Él se volvió a mirarla, impresionado por la dureza del tono.

—Sí, supongo que podría preguntárselo.

No era lo que deseaba decir. Era solo una forma de no decir otra cosa. De pronto, antes de darse cuenta de lo que hacía, se volvió hacia ella dominado por una repentina seriedad que sorprendió a ambos.

—Me pregunto —empezó a decir, y de inmediato se interrumpió. Permaneció un momento en silencio y volvió a empezar—: Me pregunto si podríamos vernos.

Ella le dirigió una mirada de asombro y arrugó la nariz.

—Estamos viéndonos, ¿no?

—O sea, no para hablar de Rosa Jacobs ni..., ni de esas otras cosas.

Phoebe se preguntó cuántos años tendría. Muchos más que ella, desde luego. ¿Le sacaría veinte? ¿Más? Y, según le había dicho alguien, quizá él mismo, estaba casado. De todos modos, era raro: no tenía pinta de hombre casado. Pero ¿qué pinta tenía un hombre casado?

—¿Y de qué hablaríamos? —preguntó—. En el caso de que nos «viéramos».

Él tuvo la impresión de que Phoebe intentaba contener la risa. Se equivocaba. Ella no tenía ninguna gana de reír.

10

El lunes, a media mañana, el inspector jefe Hackett llevó a Quirke al pub de Mooney, en College Green, le invitó a una copa y le pidió que fuera a Cork a hablar con David Sinclair.

Quirke no había tenido ningún contacto con Sinclair tras la marcha de este a Israel e ignoraba que hubiera regresado a Irlanda. Perfecto, dijo Hackett contento: a Quirke se le presentaba la oportunidad de ponerse al día con su amigo y antiguo colega.

—Trabaja en el Bon Secours. Con un puesto importante, de cirujano jefe, creo.

Quirke clavó la vista en su copa. No estaba seguro de que le apeteciera ponerse al día con Sinclair. Habían trabajado juntos de manera bastante amigable, pero nunca habían sido amigos.

Al final cedió, como de costumbre. Hackett siempre se las arreglaba para convencerlo. ¿Por qué? Tal vez se debiera a que, con su traje azul con brillos y sus zapatos agrietados, su mala dentadura postiza y su acento de Roscommon —¿de verdad era de Roscommon?—, representaba una versión de Irlanda de la que Quirke no había escapado del todo, que todavía le tiraba. O tal vez viera en Hackett al padre que había anhelado en su infancia y adolescencia. ¡Santo cielo! Apartó el pensamiento. Era la clase de idea que le habría hecho reír si alguien la hubiera expresado en voz alta. ¡Las cosas que le pasaban a uno por la cabeza!

Fue a Cork.

Subió por error a un tren ómnibus, arrastrado por una de las últimas viejas locomotoras de vapor, un monstruo negro y repolludo que avanzó hacia el sur entre resoplidos y gruñidos a una velocidad no mayor de setenta kilómetros por hora, ochenta a lo sumo. Los vagones también eran viejos y las ventanillas no cerraban bien. Apenas habían salido de la estación de Kingsbridge cuando a Quirke empezaron a picarle los ojos por el humo y la ceniza voladora.

Se vio atrapado en un compartimento con un sacerdote anciano que durmió y roncó sin parar hasta Limerick Junction, donde se apeó tras esbozar una bendición hacia atrás mientras salía. En la siguiente estación ocupó su asiento un gordo con traje de raya diplomática que de inmediato encendió una pipa apestosa. Quirke abrió el *Irish Independent* y se escondió tras él. Sin embargo, eso no disuadió al gordo, que empezó a hablar de fútbol. Quirke no tuvo más remedio que bajar el periódico. No sabía nada de fútbol.

—El árbitro no tendría que haber señalado ese libre directo —decía el gordo—. Hasta entonces nuestros chavales dominaban el terreno de juego. —Sacó una navajita y se puso a rascar la carbonilla endurecida en la cazoleta de la pipa—. ¿No tengo razón?

Quirke respondió que sí, que tenía razón.

El tren traqueteó al pasar por unas agujas de cambio, entre pitidos.

Le habían reservado habitación en el hotel Imperial, en South Mall. Se había hospedado allí con Isabel Galloway hacía años. Isabel protagonizaba un montaje de *La viuda alegre* en la Opera House —tenía buena voz, aunque tendía a quebrársele en las notas altas— y ofrecerían seis funciones, con una de tarde el sábado. Isabel había comprado un anillo en los almacenes Woolworths y Quirke pensaba pasar la semana con ella. Sin embargo, resultó que el director adjunto, un tipo de cara pulposa y barriga cervecera, era uno de los numerosos antiguos amantes de Isabel. No se dejó engañar por la artimaña de la sortija y, tras la primera noche de la pareja en el hotel, por la mañana pidieron a Quirke, educadamente pero con firmeza, que hiciera el equipaje y se marchara.

Aun así, le gustaba el viejo Imperial. Después de recoger la llave y dejar la maleta en la habitación, se instaló en el bar con un libro y un whisky.

Qué extraño, pensó, que Isabel se le hubiera presentado, en carne y hueso, aquel día en el Jammet's y ahora en el hotel, aunque solo en el recuerdo, y con el descaro de costumbre. Quizá todavía estuviera un poco enamorada de él. Se estremeció solo de pensarlo. No había salido airoso de todo aquello, nada airoso.

A primera hora de la tarde llegó Sinclair. Quirke no lo reconoció al principio, cuando lo vio en la entrada del bar: se había dejado una barba rabínica poblada y negra. Le sentaba bien; le daba un aire de autoridad melancólica. También sus ojos habían cambiado en cierto modo. Tenían una expresión distinta. Se le veía más tranquilo de lo que Quirke recordaba, más tranquilo y... dueño de sí, esa era una buena definición. ¿Se debería simplemente al paso de los años? No. Israel lo había cambiado. En su aspecto había algo de profeta del desierto.

Aun así, saludó a Quirke con una sonrisa conocida, fría y cautelosa.

Se estrecharon la mano.

—Siéntese —dijo Quirke—. ¿Le apetece una copa?

—Tengo que trabajar después. Solo un zumo de tomate.

Se encaramó al taburete frente a Quirke. Vestía un traje oscuro de buen corte, camisa blanca y corbata roja. En la solapa de la americana lucía un alfiler con un emblema que Quirke no acertó a distinguir. Supuso que sería de un club o de una asociación judíos.

Se miraron con cierta incomodidad. La relación entre ambos nunca había sido fácil durante los años que habían trabajado juntos en el Hospital de la Sagrada Familia. Sinclair era quisquilloso. Además, tenía algo que sacaba al matón que había en Quirke, aunque sabía defenderse bien e incluso devolver los golpes.

Y luego estaba Phoebe, a quien Sinclair había plantado al marcharse a Israel. Sí, se dijo Quirke, igual que él había dejado a Isabel Galloway cuando se cansó de ella.

Llegó el vaso de zumo de tomate de Sinclair, que tuvo que pedir cubitos de hielo.

—Ahora está en Cork —le recordó Quirke.

El camarero lo miró con expresión avinagrada.

Quirke y Sinclair se tomaron sus bebidas.

—No sabía que había vuelto —dijo Quirke.

—¿Por qué iba a saberlo?

—Pensaba que algún pajarito me lo diría. Cork no es exactamente Tel Aviv.

—Yo estaba en Haifa —replicó Sinclair.

—Perdón, Haifa.

Silencio.

—¿Qué tal en el Bon Secours? —preguntó Quirke por preguntar algo.

—Bien. Mucho trabajo. La tuberculosis es un problema grave en la ciudad. Me he especializado un poco en las enfermedades pulmonares.

—¿Ah, sí? No me imagino abriendo un cuerpo vivo.

—Los olores no son tan desagradables.

—Los olores —repitió Quirke—. Bien.

Sinclair se rascó la mejilla a través de la barba, lo que produjo un sonido crepitante, y luego se masajeó los ojos con el pulgar y el dedo corazón.

—Lo siento —dijo—. Hoy he tenido turno de mañana.

—¿Y ahora le toca uno de tarde? Pues sí que le hacen trabajar.

—No me importa. Me gusta.

Quirke pensó en Phoebe otra vez y se preguntó si Sinclair estaría con alguna mujer. Tal vez hubiera regresado por eso. Quizá tuviera esposa, incluso hijos. No lo preguntaría. No era la clase de pregunta que uno formularía a Sinclair, un hombre muy reservado, hermético incluso; siempre lo había sido.

¿Se debería a que era un judío en un país gobernado por católicos?

En los primeros años del siglo había habido revueltas allí, un pogromo. ¿O era en Limerick? No lo recordaba. No entendía por qué se había perseguido a los judíos a lo largo del tiempo. No solo era cruel, sino también sumamente absurdo. De igual modo podría haberse actuado contra los zurdos o los pelirrojos. La necedad humana no conocía límites.

De repente se le ocurrió, con un sobresalto, que tal vez Sinclair lo hubiera considerado antisemita. Eso explicaría la cautela, el sarcasmo, los ocasionales atisbos de resentimiento y amargura a lo largo de los años.

—¿Ha venido por algún motivo —le preguntó Sinclair— o solo para degustar los placeres de esta bella ciudad a orillas del hermoso Lee?

Quirke jugueteó con el vaso de whisky.

—Hackett me pidió que viniera. El inspector jefe Hackett, ¿lo recuerda? De Pearse Street.

—Lo recuerdo. Suponía que ya se había jubilado.

—Está contando los días que le faltan. Tiene una casa en Leitrim, junto a uno de los lagos. Se irá a vivir allí con su señora. Buena pesca, según dice.

—¿Por qué le pidió que viniera?

—Para que hablara con usted.

Pasaron al comedor y se sentaron a una mesa cuadrada entre los recargados esplendores victorianos. Columnas de mármol y, en las paredes, bajorrelieves de piedra en forma de vasijas labradas rodeadas de guirnaldas. El techo era una fantasmagoría de volutas florales y rayas.

Pidieron sándwiches de jamón. Quirke se pasó a la cerveza y Sinclair prefirió otro zumo de tomate.

¿Comía Sinclair jamón cuando vivía en Dublín? Quirke no lo recordaba. Otra cosa que no le preguntaría.

—¿De qué se supone que debe hablarme? —inquirió Sinclair—. Imagino que de Rosa Jacobs, ¿no?

—¿Se ha enterado?

—Lo leí en el periódico. Fue un mazazo.

—Sin duda.

Quirke había retirado una rebanada de uno de los sándwiches triangulares y escudriñaba el jamón. Procesado y ni mucho menos fresco. Dejó la rebanada en su sitio y apartó el plato.

—¿Oyó hablar de un tal Teddy Katz cuando estaba en Israel?

Sinclair se echó hacia atrás en su asiento, sorprendido.

—¿Teddy Katz? En Israel todo el mundo ha oído hablar de Teddy Katz. ¿Por qué lo pregunta?

Quirke hizo una seña al camarero para pedir otra cerveza. El camarero se lo tomó con calma. El dublinés arrogante y sabidillo podía esperar. A Quirke no le importó. Se había dicho a sí mismo: esto es Cork. Se volvió hacia Sinclair.

—Entonces ¿es una especie de gerifalte?

—Sí, una especie de gerifalte. Si es cierto la mitad de lo que dicen de él, es dueño de la mitad del país.

—Según tengo entendido, está ganando terreno al desierto.

—Ese es solo uno de los gigantescos proyectos en los que está metido. Teddy Katz está allí donde es posible ganar dinero. —Sinclair dio un sorbo al zumo de tomate e hizo una mueca—. Estuvo en un campo de concentración. Creo que en Bergen-Belsen, o en Dachau, no recuerdo cuál de los dos.

—¿Cómo logró sobrevivir?

Sinclair rio por lo bajini.

—Siendo Teddy Katz, imagino; ¿cómo si no? —Dejó el vaso en la mesa y lo observó meditabundo—. Todo el mundo tiene una versión distinta de Teddy, y estoy seguro de que ninguna de ellas es la buena. Llegó a Israel en el 46, Dios sabe cómo. Tenía una bolsa llena de dinero (lingotes de oro, dicen), sobre cuyo origen siempre se ha mostrado impreciso. Realizó inversiones inteligentes. Empezó comerciando con pieles, cerdas de porcino y cuero; luego se pasó a la peletería y la moda femenina. En menos que canta un gallo dirigía la industria textil del país.

—¿Cómo se metió en la recuperación de tierras?

—Ya se lo he dicho —respondió Sinclair al tiempo que frotaba los dedos índice y corazón con el pulgar—. La pasta. Tenía dinero para invertir y vio un buen negocio. Le digo que está en todas partes. Estuvo en los inicios de las aerolíneas El Al. Fabrica armas para el ejército..., perdón, para las Fuerzas de Defensa de Israel, que es como debemos llamarlo. El país lo adora.

Quirke volvía a juguetear con el vaso. En la voz de Sinclair se apreciaba un marcado desencanto. ¿Por eso había regresado, porque la promesa de la Tierra Prometida había resultado ser falsa?

—¿Por qué me pregunta por él? —inquirió Sinclair consultando su reloj.

Quirke guardó silencio unos instantes antes de responder.

—Usted conoce a esos alemanes llamados Kessler, ¿no? Tienen una casa grande en Wicklow. Caballos.

Sinclair asintió sin mirarlo.

—Así que tiene que ver con Rosa —dedujo.

—Sí. Con Rosa.

Caminaron juntos por el Mall. Sinclair había aparcado el coche al lado del río. El día se había vuelto neblinoso; el sol estaba amortajado en una bruma amarillenta.

En la esquina de Marlborough Street, una *tinker* con un mantón de cuadros escoceses extendía una mano ahuecada. Alrededor de sus pies, una prole de niños acuclillados, sucios y descalzos miraba fijamente a la nada con los ojos hundidos en las cuencas, aturdidos por el hambre. Quirke pasó de largo y se sorprendió al ver que Sinclair se detenía. Atisbó un billete de diez chelines.

—Nunca oí a Kessler nombrar a Teddy Katz —dijo Sinclair en cuanto lo alcanzó. Se guardó la cartera en el bolsillo interior del pecho de su sobrio traje—. Es decir, a Frank Kessler. Solo lo conocía a él, y solo un poco. Nunca vi a su padre.

Siguieron caminando.

—Wolfgang Kessler tiene negocios con Teddy Katz —explicó Quirke—. En la recuperación de tierras desérticas.

A Sinclair pareció extrañarle.

—¿No armamentísticos?

Quirke lo miró arqueando una ceja.

—¿Armas? Kessler no las mencionó.

—Claro, ¿cómo iba a hacerlo? Hay mil razones, todas ellas evidentes, por las cuales un viejo alemán no querría que trascendiera que se lleva de maravilla con los militares israelíes. O al revés.

Llegaron al coche de Sinclair, que para Quirke fue otra sorpresa. No esperaba que el doctor David Sinclair tuviera un Triumph Roadster rojo intenso. El vehículo tenía una capota de lona negra que Sinclair bajó.

—Hay algo sobre la muerte de la joven que debería saber —dijo Quirke.

Sinclair se detuvo, con la llave del coche en la mano.

—¿Qué?

—Rosa Jacobs no se suicidó.

Sinclair aguardó, con semblante inexpresivo y la llave todavía entre el índice y el pulgar. Quirke le informó de su convicción de que habían dormido a la joven y la habían dejado en su coche para que muriera por inhalación de gases.

Sinclair dejó escapar despacio una bocanada de aire.

—¿Por qué ha esperado hasta ahora para decírmelo?

—No lo sé.

El sol velado por la neblina arrancaba destellos cobrizos a la acerada superficie del río. Quirke miró hacia la otra orilla, donde la ciudad trepaba por la ladera de una colina escarpada. Cork era más bonito de lo que recordaba. ¿O era tan solo por la favorecedora luz otoñal?

—¿Y por eso está interrogándome sobre los Kessler? —preguntó Sinclair con tono monocorde. Le palpitaba un músculo de la mandíbula—. ¿Cree...?

Dejó la pregunta en el aire.

—¿Si creo que están implicados en esa muerte? La respuesta es no. Hackett tampoco lo cree. Pero...

—Pero ¿qué?

—No hay sospechosos. Nadie sabe por qué asesinaron a Rosa Jacobs ni quién la asesinó. Era una universitaria, estaba estudiando..., ¿cómo se llama eso?

—La diáspora judía en Irlanda.

—Exacto. No se me ocurre ningún motivo para que se la cargaran.

Esta vez fue Sinclair quien contempló la lejana colina con sus calles y casas, sus tiendas e iglesias, todo miniaturizado por la distancia.

—Tal vez bastara con que fuera judía —dijo. Subió al coche, encendió el motor y se detuvo—. Por cierto... —Se interrumpió y toqueteó la palanca de cambios.

—¿Qué?

Quirke cayó en la cuenta de que Sinclair nunca se dirigía a él directamente, no decía doctor ni Quirke ni nada. Era como si hablara con el aire sin nombre.

—Rosa tenía amistad con alguien de Tel Aviv. —Aceleró el motor hasta hacerlo chillar—. Algo así como una amistad por correspondencia, aunque Rosa no me agradecería que lo dijera.

—¿Un hombre? ¿Una mujer?

—Una mujer.

—¿Qué es? ¿A qué se dedica?

—Es una periodista de *Ha'aretz*. Shula Lieberman. Llámela y comuníquele lo de Rosa.

Qué frialdad mostraba respecto a la joven a quien había escrito un montón de cartas durante su estancia en Israel, un dato que había disgustado mucho a Phoebe.

—Tal vez podría pedirle que lo hiciera usted —repuso Quirke—. Soy un negado para las conferencias telefónicas.

Sabía que debía de haber hablado igual que Hackett cuando endosaba a otros lo que no quería hacer.

—La telefonearé esta misma tarde desde el hospital —prometió Sinclair.

Se alejó a toda velocidad dejando una estela de humo del tubo de escape que a ojos de Quirke semejó un gesto de mofa. Recordó el cuerpo de Rosa Jacobs sobre la mesa de disección, con el pecho abierto.

11

En la recepción del hotel le esperaba un mensaje. Alguien llamado Molloy había telefoneado y pedido hablar con él. Quirke no conocía a nadie con ese nombre, a nadie que recordara. ¿Era una llamada de Dublín?, preguntó. No, urbana. Se encogió de hombros y dijo que, si ese alguien volvía a telefonear, fueran a avisarle al bar.

Tras la experiencia con el sándwich de jamón había decidido no cenar en el hotel. Se sentaría con una copa a hojear el periódico y tomaría el primer tren nocturno con destino a Dublín. Se acomodó en la barra y pidió un whisky. Esta vez había otro camarero, más joven, con la cara delgada y rizos morenos engominados. Era parlanchín, pero hablaba con un acento de Cork tan cerrado que a Quirke le costaba mucho trabajo entenderlo. Fútbol de nuevo.

—¿Ha venido por el partido?

No, no había ido por el partido. Abrió el *Evening Herald* con toda intención y el joven, malhumorado, siguió sacando brillo a los vasos.

En el periódico no había mucho que no hubiera leído ya en el tren —la mayoría de los artículos parecían versar sobre caballos o sacerdotes— y, desesperado, buscó la página de recordatorios, que siempre venía bien para soltar unas carcajadas lúgubres pero insensibles.

Querida mamá, qué rápido te has marchado, / no sabíamos lo mucho que habías enfermado.
Jesusito querido, con tu ternura y cariño, / cuida de nuestro Jack, que era solo un niño.

La recepcionista, una joven regordeta con una timidez conmovedora, apareció junto a su codo.

—Disculpe, doctor Quirke, ha vuelto a llamar la persona que pregunta por usted.

Él la siguió hasta el mostrador, donde el auricular, tumbado de lado al final del cable, semejaba un pez fuera del agua, con el micrófono abierto como una boca.

Quirke lo cogió. Le sorprendió oír una voz femenina.

—Hola, soy yo. Por fin te cazo.

Molly Jacobs.

Quirke se apartó del mostrador porque no deseaba que la recepcionista viera a un hombre de mediana edad ruborizarse.

Al cabo de diez minutos Molly Jacobs se presentó en persona. Entró por la puerta principal del hotel, presurosa y acalorada, con una ráfaga del aire de la calle. Sonreía. Quirke tuvo que modificar la imagen que guardaba de ella. ¿Se había hecho algo en el pelo?, ¿se lo había rizado? No, no era eso. Entonces ¿era la sonrisa, la calidez que transmitía?

La miró y bajó la vista al suelo. Cazado, sí señor. ¿Cómo lo había localizado?

—Espero no haberte descolocado demasiado —dijo ella—. He llamado a cuatro hoteles antes de dar con el correcto. —Se había puesto en contacto con el Hospital de la Sagrada Familia, donde le habían informado de que Quirke se hallaba en Cork y no iría a trabajar hasta el día siguiente—. Y, como yo también estoy en Cork, he pensado, bueno...

Titubeó y su sonrisa se desdibujó en un gesto de incertidumbre.

—Me alegro de verte —dijo Quirke cohibido.

Ninguno de los dos sabía qué decir. Era emocionante, como una aventura infantil. O no infantil. «¡Dios bendito!

—pensó él—, ¿estoy entrando en la segunda adolescencia?».

Regresó al bar desierto con ella, se sentaron en los taburetes y pidieron dos gin-tonics. Al principio no se les ocurrió nada que decir y Quirke sintió cierto pánico. Se dijo que dejaría la copa en la barra y se marcharía si ella empezaba a hablar del tiempo. Quizá debiera dejar la copa y marcharse igualmente. ¿En qué estaba metiéndose?

Había que comenzar por algún lado.

—¿Qué tal has estado? —preguntó con voz cautelosa.

—No demasiado mal. Como imaginarás, el funeral fue una pesadilla. Pensé que el rabino no acabaría nunca de soltar tópicos.

Quirke asintió. Qué decepción. Había supuesto que los funerales judíos serían todo un espectáculo de ritos y colores, con lampadarios llenos de velas, lamentos de jazanes con tirabuzones y mujeres afligidas rasgándose las vestiduras.

—¿Hubo velatorio? —preguntó.

—Sí, si puede llamarse así. Bandejas de pan y salchichas kosher y vasitos de vino flojo. Mi padre no tuvo la culpa; se encargaron sus hermanas. Minnie y Marge. Te las imaginas, ¿no?

Tomaron un trago. El camarero de la cara delgada los observaba desde su puesto bajo un espejo grande que se inclinaba sobre él en lo que parecía un ángulo peligroso. Quirke sacó la pitillera y el mechero.

—¿Te han gruñido las tripas? —le preguntó Molly.

—Lo siento. No he comido nada.

—¿Por qué no?

—Probé suerte con un sándwich de jamón.

—Ah. —Molly sonrió con los labios apretados—. Podemos cenar aquí.

Quirke negó con la cabeza.

—El sándwich no era..., ¿cómo decirlo?, muy alentador.

—De acuerdo. —Ella reflexionó un momento—. La verdad es que ya no conozco Cork. Supongo que habrá restaurantes que estén bien.

Miró al camarero.

—Yo en tu lugar no me molestaría —murmuró Quirke.

—De acuerdo —repitió ella.

Bajo el impermeable beis llevaba el traje de seda con la americana ceñida y la falda aún más ceñida. Su cabello había experimentado un cambio radical. Se arracimaba alrededor del rostro en rizos con forma de concha, y cada uno tenía en el borde un destello de luz reflejada. Los ojos eran el rasgo más llamativo: grandes pozas oscuras y brillantes en las que, pensó Quirke, un hombre podría hundirse sin remedio. Poseía una belleza anticuada de esas que a él le atraían. Se dio cuenta de que le recordaba un poco a Evelyn. ¿Debería eso escandalizarlo? Lo ignoraba. Molly carecía por completo de la sencillez deliberada y entrañable de Evelyn. Al contrario, tenía algo de la opulencia redondeada y lechosa de una de aquellas magníficas anfitrionas parisinas de la belle époque.

—Hemos de alimentar ese estómago tuyo —dijo ella después de que las tripas de Quirke emitieran otro redoble sordo de tambor—. ¿Qué hacemos? Podrías —titubeó y se mordió el labio inferior—, podrías acompañarme a casa y yo te preparo algo.

—¿A casa?

—Mi padre vive encima de la tienda. Me alojo allí.

—Ah.

—Tranquilo. El pobre Papli está como ido. Tiene una habitación al fondo y se pasa las horas ahí encerrado mirando viejas fotografías y objetos. Me tiene preocupada. La muerte de Rosa le ha afectado mucho.

Él asintió con expresión ceñuda. ¿Había supuesto Molly que no le afectaría? Qué podía ser más terrible que la muerte de una hija. Pensó en Phoebe. ¿Qué haría él si...? No terminó la pregunta.

—Eres muy amable, aunque no quiero abusar.

—En absoluto. Pero te advierto —dijo Molly riendo— que soy muy mala cocinera, así que prepárate. De hecho, podría decirse que no sé cocinar.

—No importa.

—Eso sí, sé hacer huevos con beicon. ¿Te parece bien?

—¿Con salchichas?

—Con salchichas. ¿Y qué tal unos tomates a la plancha?

—Tomates, sí. ¿Pan frito?

—Pan frito, desde luego. Y, de propina... —Molly golpeó el borde de la barra con los dedos de ambas manos—, ¡morcilla comprada en Clonakilty, la mejor! A fin de cuentas, estás en Cork.

Ese era un hecho del que, a esas alturas, no cabía duda.

Tras acabarse los gin-tonics se dirigieron al vestíbulo, donde Quirke pidió a la recepcionista que llamara a un taxi.

—Llegará en un minuto —dijo ella.

Aguardaron sentados en sendas butacas a ambos lados de una mesa baja de caoba con un jarrón de desaliñadas rosas otoñales de color azafrán.

—Un minuto de Cork puede ser muy largo —comentó Molly.

Quirke miró las flores. Le pareció que hasta ese momento jamás se había fijado de verdad en las rosas.

Él y Molly intercambiaron sonrisas de complicidad. Estaban embarcándose en una aventura. Se sentían como niños y no les importaba. Era como hacer novillos en la escuela, pensó Quirke. Él había hecho novillos una vez, en St. Aidan, para verse con una chica. Un sábado por la tarde se fumó la clase de gimnasia, saltó la valla que había más allá del denso pinar de detrás de la cancha y caminó por la negra carretera, con el corazón al trote en su jaula, hasta el lugar de la cita.

¿Cómo se llamaba la chica? ¿Concepta? ¿Jacinta? Era de la ciudad y ya entonces, con quince años, tenía mala reputación. ¿Cómo se habían conocido? No lo recordaba. Fueron a la ciudad en el autobús y tomaron café en el salón del hotel Hunter's Arms.

La muchacha había comprado, o birlado, una cajetilla de Player's. Quirke se mostró reacio, pero, cuando ella empezó a fumar, tuvo que acompañarla. La camarera se acercó para preguntarles qué edad tenían y ellos respondieron que dieciocho. No les creyó y les dirigió una sonrisa socarrona antes de alejarse. Era a primera hora de la tarde y estaban solos en el salón.

En el camino de vuelta se detuvieron en una parada de autobús y, sentados en el banco, se besaron y manosearon torpemente por encima de la ropa.

¿Assumpta?

Tenía unas manitas delgadas que a Quirke le evocaron un murciélago, pero su boca era cálida y él notó que el corazón de la muchacha latía tan deprisa como el suyo.

El hermano que daba la clase de gimnasia no le había echado en falta y nadie le había delatado. Qué mayor se había sentido con el sabor de la chica y el sabor del humo del tabaco todavía en la boca. Aunque no volvió a ver a Concepta, Jacinta o Assumpta, no la había olvidado.

—¿En qué piensas? —le preguntó Molly.

—¿Qué?

—Estabas a kilómetros de distancia. —A ella no parecía importarle—. ¿En qué estabas pensando?

—En nada.

Llegó el taxi. Molly tenía razón: había sido un minuto muy largo. Se sentaron en el asiento de atrás. El taxista era un anciano enorme, demasiado grande para un coche tan pequeño. Se encorvaba sobre el volante como un ciervo prehistórico, con una colilla colgada del húmedo labio inferior.

—A Telas Jacobs —le dijo Molly, sin necesidad de indicar la dirección, antes de acomodarse al lado de Quirke.

Por un momento dio la impresión de que iba a cogerle la mano. Habría parecido perfectamente normal, pese a que ni siquiera se habían tocado todavía. «El primer contacto nunca es fácil», reflexionó Quirke.

Distinguía el contorno de las piernas de Molly bajo la falda. Se veía el bulto de un broche de una liga. La luz titilaba en la seda tirante.

Enseguida llegaron a Patrick Street. Molly bajó del vehículo y cruzó la amplia acera mientras Quirke se guardaba con torpeza el cambio. El taxista miró a la mujer, con sus tacones altos y sus medias de costura, su casco de rizos lustrosos, y luego miró a Quirke, le guiñó un ojo bajando un coriáceo párpado de cocodrilo y esbozó una sonrisa salaz.

La tienda impresionaba por sus dimensiones, pues ocupaba casi la mitad de una manzana. Los maniquíes que posaban en los escaparates lucían las últimas novedades en vestidos y sombreros de mujer. Había también una sección para caballeros, informó Molly, y, al fondo del local, en una sala revestida de madera, un sastre confeccionaba trajes a medida en un par de días.

—Es polaco —explicó—. Llegó al terminar la guerra.

Sacó una llave y entraron por una puerta angosta, a la derecha de la tienda. Había un corto vestíbulo y, más allá, una escalera enmoquetada.

—¿Te habló Rosa de los Kessler alguna vez? —inquirió Quirke.

—Ya me lo preguntaste.

—¿Sí? Perdona.

Empezaron a subir por la escalera, con Molly a la cabeza.

—Por lo visto te interesan mucho —comentó por encima del hombro—. ¿Hay algo turbio?

—¿Turbio? No lo creo. No lo sé. Me parece que tu hermana tenía una relación amorosa con el joven Kessler, el que se llama Frank. ¿No te mencionó nunca a Frank Kessler?

—No que yo recuerde, pero, como ya te dije, Rosa y yo no hablábamos de nuestros..., nuestros romances —rio un instante—. Dudo que a Rosa le fuera el romanticismo. Estaba demasiado ocupada repartiendo octavillas y reclamando derechos a todo para todos.

Una vez más Quirke captó una punta de impaciencia en su voz.

Se detuvieron al llegar al rellano.

—Lo siento —dijo Quirke—. No debería darte la lata con preguntas sobre ella.

—No me das la lata. Es que de verdad no sé mucho sobre Rosa ni qué hacía en su vida privada. Era la hija pequeña y la niña de los ojos de su padre.

Quirke sonrió.

—Y tú eras la oveja negra.

—Era la oveja negra. Y sigo siéndolo. Beee.

La vivienda ocupaba dos plantas y tenía la misma gran anchura y profundidad que la tienda de debajo. Viejos muebles macizos, objetos de latón, fotografías en sepia enmarcadas, vestigios de un pasado, de un mundo perdido.

—Ya lo sé —dijo Molly mirando alrededor, aunque Quirke no había comentado nada—, a mí también me pone los pelos de punta.

La habitación de su padre, aquella en la que se había encerrado, estaba en la planta de arriba, al fondo. Él no los oiría y, según aseguró Molly, ellos tampoco lo verían. Se había convertido en un ermitaño. Ella esperaba que se le pasara y que al final aceptara la muerte de Rosa, pero era evidente que le parecía una esperanza remota.

Lo condujo a la cocina. El aspecto confortable de la pieza y su ambiente acogedor dejaban claro que era allí donde se desarrollaba la verdadera vida de la casa, o donde antes se había desarrollado. Había un aparador alto con platos, jarras y tazas, una gran cocina negra de gas, una mesa de pino llena de arañazos.

—Siéntate mientras me cambio.

Quirke se sentó a la mesa y tamborileó con los dedos sobre la madera. Le apetecía fumar, pero consideró que debía esperar a que Molly volviera. Estaba inquieto, aunque no sabía a ciencia cierta por qué. ¿Serían nervios? ¿Expectación más bien? Pero ¿qué podía esperar, sentado en una cocina que olía a gas y un poco a desagües? «Vamos, Quirke —se dijo—, no finjas que no lo sabes».

Molly regresó. Llevaba una blusa blanca, una falda de cuadros escoceses y zapatos planos. Descolgó un delantal de un gancho clavado detrás de la puerta.

—Ahora podrás verme haciendo mi número de *Hausfrau*.

Quirke sacó la pitillera y le preguntó si podía fumar. En respuesta, ella le puso un cenicero de hojalata sobre la mesa, al lado del codo.

—Háblame de tu trabajo —le pidió él.

Oh, Dios mío. Era lo que solía decirse en una primera cita. Pero ¿no era acaso una primera cita?

Le costaba dar crédito a las cosas que se agolpaban en los márgenes de su mente. «Querida Evelyn, ¡perdóname!», rogó con fervor. En el fondo no dudaba que le perdonaría, igual que le había perdonado tantas cosas, tantas veces, en el pasado. Cuánto la echaba de menos, incluso ahí, sobre todo ahí, en esa cocina, con la princesse de Polignac o la comtesse de Noailles de elaborado peinado, ahora con su falda y sus zapatos cómodos.

Molly había abierto la puerta del frigorífico y examinaba los estantes.

—Para ser sincera, mi «trabajo», como lo llamas, es aburrido. Tal vez necesite un cambio. Antes Fleet Street, la calle de los periódicos, me parecía el lugar más glamuroso del mundo.

—¿Ya no?

—Ya no.

—¿Volverás a vivir aquí?

Ella giró la cabeza para mirarlo, con los ojos como platos.

—¿En Cork?

—En Irlanda, me refiero. Podrías trabajar en Dublín. Conozco a gente de la prensa. No desaprovecharían la oportunidad de contratar a alguien de Fleet Street. Inglaterra sigue siendo la gran madre, aunque digamos lo contrario.

—Sí, sí, he recibido ofertas. —Molly se echó a reír—. O sea, de trabajo. Conozco bastante bien a un tipo del *Irish Times*. Viaja a Londres por algún asunto misterioso y me lleva a comer al Savoy, nada menos. En estilo no hay quien gane a los protestantes.

Quirke pensó en el inspector St. John Strafford y frunció el ceño.

—El *Times* es un buen periódico —afirmó—, aunque un poco acartonado.

Molly se dio la vuelta y lo miró. Quirke percibió su perfume. Debía de habérselo echado cuando había ido a cambiarse. Violetas, ¿no? Parecía el olor que debían de tener las violetas. Reparó en las tenues medias lunas de sombra malva grisácea bajo sus ojos. Esos ojos, sus brillantes profundidades.

Ella se giró hacia el frigorífico, sacó varios paquetes y los dejó sobre la encimera de madera, junto a la cocina.

—Tenemos salchichas, tal como te prometí, lonchas de beicon, morcilla. Ya ves —de nuevo volvió la cabeza y le lanzó una mirada desafiante— que en esta casa no seguimos las normas kosher.

Sacó una sartén ennegrecida por el uso y la colocó sobre el fogón. No encontraba las cerillas y Quirke se levantó y acercó la llama del mechero al quemador. El gas prendió con un suave fiuuu.

Se hallaban uno al lado del otro, más juntos incluso de lo que habían estado en el taxi.

—¿Por qué no te quitas la chaqueta? —propuso Molly—. No será la primera vez que veo a un hombre en mangas de camisa.

O ¿cómo se llama esa flor blanca que venden en las calles de París? ¿Muguete? Un atardecer, en la rue Pigalle..., ah, un atardecer en la rue Pigalle. Apartó el recuerdo de su mente.

—Siéntate —le ordenó Molly—. Me pones nerviosa revoloteando por aquí.

Él regresó a la mesa. El pensamiento de París había despertado otro recuerdo, no de la rue Pigalle, sino de una de esas estaciones de ferrocarril ridículamente ornamentadas; ¿la Gare d'Orsay quizá?

Se había parado aun antes de ver a la joven, la joven del vaporoso vestido estival blanco. Era como si de algún modo hubiera adivinado que estaba a punto de aparecer.

La muchacha salía de la estación con una maletita y avanzaba desde la densa oscuridad hasta la luz deslumbradora. Tenía el pelo negro y unos enormes ojos oscuros, como los de Molly. Debió de soplar una ráfaga —o quizá fuera solo el efecto de una rápida zancada— que pegó la tela liviana del vestido al cuerpo, de tal modo que dibujó el contorno de su figura, hasta el hueco cónico y poco profundo del ombligo.

Ella vio que la miraba y le sonrió como solo, pensó él, podría sonreír una muchacha francesa, divertida y retadora, y quizá un poco incitante. No ocurrió nada. Él no la abordó, ni siquiera intentó hablarle. Se limitó a quedarse allí plantado, en la ancha acera, observándola mientras ella caminaba hacia él con la barbilla baja y la mirada alzada, todavía con una sonrisa.

Fue el más fugaz de los encuentros —en realidad, ni siquiera cabía decir que hubiera sido un encuentro— y, sin embargo, no la había olvidado, no había olvidado a la muchacha de la maleta y ahora la veía en el recuerdo con la misma claridad con que la había visto pasar por su lado con aquella sonrisa.

—Has vuelto a abstraerte —comentó Molly mientras echaba las salchichas en la sartén chisporroteante—. Debes de tener un montón de cosas en la cabeza.

171

—Solo estaba pensando en algo que ocurrió en París hace años.

—*Oh là là*, alegre Paguí, ¿no? —La ocurrencia no hizo gracia y Molly esbozó una mueca—. Lo siento. Digo las mayores tonterías, las suelto sin pensar.

Cortó tres tomates y colocó las mitades boca abajo sobre la sartén, que borboteó un instante y escupió gotitas de grasa. Indicó a Quirke que fuera al aparador a buscar platos, cuchillos y tenedores. Él puso los servicios de mesa uno enfrente del otro.

—Veo que estás bien enseñado —comentó ella—. Eso siempre es bueno en un hombre.

—Vivo en el piso de mi hija, que ejerce una influencia civilizadora.

—Te tiene a raya, ¿a que sí? Anda, tráeme tu plato.

Él le llevó los dos.

—Debería haberlos calentado —añadió ella—. Se enfriará todo.

—Podemos comer deprisa.

—Seguro que estás muerto de hambre.

«Ya como una pareja». Quirke vio la cara de Evelyn, su dulce sonrisa irónica.

Molly se quitó el delantal y se sentaron a comer.

—Ay, señor —exclamó—, no tenemos nada para beber. Té. ¿Quieres té?

—Comamos y ya está.

—Estoy segura de que hay una botella de vino en algún sitio.

—Come.

Comieron.

En otro lugar de la casa empezó a sonar un teléfono.

—No hagas caso —dijo Molly—. Solo puede ser para Papli. Contestará si le apetece.

Los timbrazos continuaron. Quienquiera que llamara estaba decidido a que lo atendieran. Quirke sintió un estremecimiento de inquietud al oír ese pertinaz sonido estridente del mundo exterior. Era como si alguien estuviese zarandeándolo para despertarlo de un sueño. De repente aquella comida sustanciosa y con mucha grasa le resultó repugnante.

—Háblame de tu mujer, de lo que le sucedió —dijo Molly—. ¿Te importa?

—No, no me importa. Creo que no. Nadie me lo había pedido hasta ahora.

—Ya te he dicho que soy famosa por mi falta de tacto.

—No, no, no es... No es que no tengas tacto. Es que... No lo sé. Nadie me lo pregunta así, directamente.

—Lo siento... —empezó a decir ella.

—No, no, no te disculpes. Es un alivio que alguien me lo pregunte..., que me lo hayas preguntado. —Quirke dejó en la mesa el cuchillo y el tenedor y negó con la cabeza—. Lo siento, me has puesto demasiada comida.

—Sí, yo también me he servido más de la cuenta. Iré a ver si encuentro el vino.

Molly se levantó de la mesa y salió de la habitación. Una vez solo, Quirke sintió el resentimiento de objetos inanimados que no eran suyos, de los fogones, la vajilla del aparador, la sartén, todavía un poco humeante tras sus afanes. Tenía los labios grasientos; se los limpió con el pañuelo.

Debería irme ahora, se dijo, irme antes de que ocurra algo y sea demasiado tarde.

Sacó la pitillera. Había dos versiones de él en la cocina: una que se instaba a marcharse y otra que no tenía intención de irse.

—Es español, me temo —dijo Molly, que entró por la puerta con la botella de vino tinto en la mano—. Rioja. El nombre siempre me suena a alguien con arcadas. —Dejó la botella delante de Quirke—. Serás el sumiller. Tienes un sacacorchos ahí, en el cajón de la derecha.

Quirke abrió el vino. El estaño del cuello de la botella le produjo un corte diminuto en la yema del índice, donde brotó una gota de sangre. La sangre era siempre una sorpresa para él, aun después de tantos años en la sala de disección. Los muertos no sangran mucho: esa fue una de las cosas que descubrió cuando empezó a estudiar anatomía patológica.

Molly llevó dos copas y sirvió el vino. *Hic est enim corpus meum.* Quirke había sido monaguillo. Cómo se aferran los viejos camelos.

—*L'chaim!* —dijo Molly torciendo los labios en un mohín sarcástico—. Quiere decir «¡salud!».

Él sonrió, sin saber qué responder. De algún modo Molly se las arreglaba siempre para desconcertarlo. A él no le molestaba. Más aún: le gustaba.

—A mi esposa la mataron en España. La asesinaron. Fue un desaguisado. Estábamos los dos en San Sebastián. Se llamaba Evelyn, ¿te lo había dicho? Una noche, en la terraza de un café de la ciudad, reconocí a una niña..., una joven, debería decir. Todos creíamos que se la había cargado su hermano unos años antes. Resultó que la familia la había mandado a España y le había ordenado que no volviera so pena de..., no sé de qué.

Dio unos golpecitos con el cigarrillo en el borde del cenicero. El vino sabía a madera y resultaba a la vez intenso y amargo en el paladar. El corte del dedo había dejado una manchita de sangre en un lado de la copa. Sangre y vino.

—¿Qué había hecho para que la familia quisiera quitársela de encima?

—Es una historia muy larga. Estaríamos aquí toda la noche.

Quirke le dirigió una mirada fugaz y notó que se le enrojecía la frente. Hacía mucho que no se sentía tan patoso delante de una mujer.

—¿Cómo se llamaba?

—Latimer. April Latimer. Su tío envió a un tipo a España a matarla.

—¿A matarla?

Quirke asintió.

—Un asunto muy feo. El tío era político, y un escándalo familiar lo habría destruido. Al final acabó destruido igualmente. La gente como él nunca aprende.

Molly estaba acodada en la mesa e inclinada hacia delante, con la copa de vino entre las manos como si fuera un cáliz. Quirke le miró las manos y algo se contrajo en su interior.

—Pero tu mujer, ¿cómo fue que...?

—Hubo mucho lío. Ella simplemente se situó sin querer en la línea de fuego.

—¿Y qué pasó? ¿Qué pasó con el hombre que la mató?

—Lo mataron a él también. Yo había pedido que enviaran a un policía, a un policía irlandés. Él intentó salvar a la niña, la joven, April, y lo consiguió, la salvó. Pero Evelyn murió.

En el silencio oyeron un silbido suave. Molly había dejado encendido un fuego de la cocina. Se levantó para apagarlo y se sentó de nuevo.

—Lo siento. No sé qué decir.

—No hay nada que decir. Son cosas que pasan. El mundo está regido por el ciego azar. Evelyn habría sido la primera en decirlo.

—Pero debes de sentirte..., debes de estar destrozado.

—Sí, supongo que lo estoy.

—¿Cuándo ocurrió?

—Hace seis meses, más o menos, pero es curioso: no pienso en ella como si estuviera muerta, no muerta muerta. La llevo dentro de mí como uno de esos cadáveres de santos de las iglesias españolas, milagrosamente preservados.

Molly dejó la copa de vino en la mesa. Se la veía angustiada, y no solo por él.

—No sé cómo se sobrevive a algo así —comentó con una especie de asombro.

—No estoy seguro de haber sobrevivido. Desde luego no soy el que era antes. En los últimos seis meses he vivido con un pie en el mundo de los vivos y el otro en el de los muertos. Es un equilibrio terrible. Pienso que, si una parte flaquea, me caeré. No creo que me importe demasiado. En ocasiones me parece que preferiría estar muerto y acabar con esta situación. A Evelyn no le gustaría oírmelo decir, pero es la verdad.

El silencio se alzó sobre ellos como una alta cúpula oscura.

—Pero irás superándolo, ¿no? —dijo Molly—. El tiempo todo lo cura, etcétera.

—Sí, eso me dicen. Supongo que será menos horrible, pero me gustaría saber cuándo.

Tras otro pasaje de silencio, ella se levantó, volvió a ponerse el delantal y empezó a quitar la mesa. Quirke se ofreció a ayudarla, pero Molly le dijo que tranquilo, que lo haría ella.

—Acábate la copa.

La observó mientras ella estaba ante el fregadero. Tenía una espalda torneada, larga y —¿cuál era la palabra?— sinuosa. Quirke sentía debilidad por las espaldas femeninas. Qué llena de vida estaba, qué vívidamente ahí. La tierra de los muertos. Nadie vuelve de allí.

—Tú también debes de saber qué se siente —dijo.

Ella abrió el grifo y no se giró.

—¿Lo dices por Rosa? Ya te he dicho que Rosa y yo apenas nos conocíamos. Y lo poco que conocíamos no nos gustaba mucho. Ella pensaba que yo era despiadada y fría y que me había desentendido de la familia al irme a Londres y vender barata mi alma al periodismo barato. Tal vez tuviera razón. En los últimos años no he estado tan en contacto con Papli como debería. Y el *Express* no es ni mucho menos un periódico combativo. Desde esos dos puntos de vista, supongo que podría decirse, y sin duda Rosa lo diría, que estaba en lo cierto respecto a mí.

Quirke guardó silencio y Molly lo miró sonriendo por encima del hombro izquierdo.

—¿Tú qué opinas?

—Estoy seguro de que se equivocaba.

Después de colocar los dos platos en el escurridor, Molly se apartó del fregadero y se puso a secar los cubiertos con un paño. Quirke observó su perfil y trató de descifrar su expresión.

—Yo no podía ser como ella —murmuró Molly como si hablara para sí—. Supongo que soy esencialmente frívola. Me gusta demasiado el mundo para pasarme las horas quejándome de él. —Se quitó el delantal, lo colgó del gancho y se acercó a Quirke con las manos en las caderas—. Bueno, doctor Quirke, ¿y ahora qué?

Él tuvo que esforzarse por encontrar una respuesta. Recordó el guiño de complicidad que le había dirigido el taxista con su ojo saurio.

—¿Qué tal si salimos quizá a tomar una copa?

—¿En el hotel?

Quirke percibió la decepción en el rostro de Molly, junto con la incertidumbre. Ella estaba preguntándose si no había sido todo un desatino: llamarlo por teléfono, ir al hotel, llevarlo a casa. Estaba siendo «atrevida», como diría su madre.

—No, podríamos ir a..., a un pub. —Quirke se oyó tartamudear y se sintió aún más tonto. Debería poner una excusa y marcharse. Pero no lo hizo ni quería hacerlo—. Todavía es temprano —añadió.

Ella se apoyó en el fregadero y lo miró con ojos francos. Sí, a él le pareció verla preguntarse qué debía hacer, si seguirle la corriente en su farsa cortés o pedirle que se fuera.

El momento osciló.

—Los pubs de aquí son muy deprimentes —afirmó ella—. Además, la mayoría no permite la entrada de mujeres.

La pelota volvía a estar en el tejado de Quirke; Molly se la había arrojado al regazo como si fuera un objeto grande, informe y difícil de manejar.

—Bueno, pues entonces quizá debamos volver al hotel —propuso él, y se apresuró a añadir—: Al bar del hotel, quiero decir.

Ella soltó una risita.

—¿Le doy miedo, doc?

El lejano teléfono sonó de nuevo.

—Sí —respondió Quirke obligándose a sonreír—, me das un poco de miedo.

Ella se acercó a la silla de Quirke, se inclinó y lo besó en los labios con suavidad. El teléfono dejó de sonar. ¿Habría contestado el padre de Molly?

—¿Qué te ha parecido —dijo ella con voz queda echando la cabeza un poco hacia atrás—, corazón mío?

Era una cita; Quirke tuvo que meditar un momento para identificarla. Wyatt. Sir Thomas Wyatt. *Con sutiles galas y hermosa apariencia, cuando de..., cuando de...,* no, no lograba recordar los versos. Algo así como *sus brazos, largos y finos.* Ay, ¿cómo era?

Se levantó y ella se arrimó y lo rodeó con los brazos, y él la rodeó con los suyos, y así se quedaron. La extrañeza de ser otro y súbitamente no serlo.

—¿Qué estamos haciendo? —preguntó él.

—¿Quién sabe?

Él miró hacia un lado.

—Tu padre... —Dejó en el aire la frase—. Debería irme.

—Sí, deberías, pero desearía, desearía de corazón, que no te fueras.

Al otro lado de la ventana, Quirke vio una porción de cielo entre dos edificios altos. Cirros elevados y el brillo de una única estrella. Debe de ser Venus, pensó, la primera estrella del atardecer. Sí, Venus.

Era una habitación pequeña en lo alto del edificio, encajonada bajo el alero. En su origen debía de haber sido el cuarto de la criada, dedujo Quirke. Él solo podía estar erguido en el centro de la estancia, pues el techo tenía una inclinación muy marcada a ambos lados. Enfrente de la puerta, en la pared del fondo, había una ventanita cuadrada —la única de la habitación— desde la que se veían tejados iluminados por las estrellas hasta los muelles, donde se divisaba un corto tramo del río. Al principio el crepúsculo de septiembre bañó la habitación en un velado resplandor rosa y áureo, que poco a poco dio paso a la penumbra.

Molly entrelazó los dedos con los de él. Quirke le había dicho que tenía las manos bonitas y ella las había levantado para examinarlas con aire escéptico. «¿Tú crees? Normalitas, diría yo». Y él había pensado: Por lo que sabemos, es posible que el cisne plateado se vea a sí mismo como la criatura más fea de la creación.

La cama era estrecha y baja. Pensó en todas las muchachas que se habían acostado solas allí infinidad de noches, con sueños de amor y fuga. Le vino a la mente otro retazo del poema de Wyatt: *He visto amables, dóciles y mansas.*

Sintió el peso de su carne envejecida y el peso de los años. No debía llorar, sobre todo no debía llorar. Y, si lloraba, ¿por quién serían las lágrimas: por su desaparecida esposa o por sí mismo?

He visto amables...

Se tumbó de lado y Molly se apretó contra su cuerpo, de modo que él percibió su aliento en el cuello. Ascendió con un dedo por los escalones de la columna vertebral de Molly, que se tendió boca arriba y tembló y se estremeció.

—Oh, Dios —gritó bajito—, oh, Dios, oh, Dios.

Luego se quedó quieto de repente y le tapó la boca con una mano. Creía haber oído un ruido, un paso, un crujido en la escalera. Las casas viejas hacen eso, le dijo ella en un susurro.

¿Cuál era la palabra, la del poema?, se preguntó Quirke. «Veleidad». Sí, las palabras eran distintas entonces.[*]

Intentó evocar el rostro de Evelyn y no lo consiguió. Aparecía desenfocada, su imagen temblaba y parpadeaba como si se reflejara en un espejo durante una tormenta. Se dijo que estaba traicionándola, pero era una mera fórmula, palabras trilladas para guardar las formas. No quería perder a Evelyn más de lo que ya la había perdido. Le parecía que nunca la había necesitado tanto. Y, sin embargo, ahí estaba esa otra mujer, estremecida entre sus brazos y gimiendo.

Ahora estaban tumbados de costado en silencio, cara a cara, pecho contra pecho, los pies enredados. Él le puso la mano en la mejilla. Le pareció sentir cómo hervía la sangre en las venas de Molly.

—Eso que me has susurrado al oído, ¿era hebreo? ¿Yidis?

Ella se golpeó la cabeza contra el techo al incorporarse de repente.

—No sé hebreo, y mucho menos yidis. ¡Qué ideas! Los no judíos piensan que todos los judíos son judíos, pero fíjate en mí. ¿Qué soy? Mira estos brazos, mira estos pezones..., mira este ombligo. ¿Te parecen judíos?

—Lo siento —se disculpó él riéndose un poco—, no pretendía ofenderte.

—No estoy ofendida. ¿Por qué iba a ofenderme? Solo digo que basta ya con el hebreo y el yidis.

Él la atrajo hacia sus brazos.

—No recuerdo cuándo fue la última vez que me reí —dijo.

------

* La palabra empleada en el poema de Wyatt es *newfangleness*, del adjetivo *newfangled*, que en su origen significaba «apasionado por las novedades, presto a adoptar ideas o modas nuevas». En el poema puede entenderse que la dama (o el objeto del interés del poeta), inconstante, veleidosa, lo abandona en busca de novedades. En la actualidad el término tiene una connotación despectiva y se aplica a quienes abrazan cualquier novedad. *(N. de la T.)*.

Ella se levantó de la cama y se puso la falda y un jersey que había encontrado.

—¿Qué haces?

—¡Chisss! —Molly se llevó un dedo a los labios y luego tocó los de Quirke—. Chisss, cariño.

Salió y cerró la puerta tras de sí sin hacer ruido. Él se arrodilló y se asomó a la ventana para contemplar la noche y las estrellas. El aire le produjo frío. Recordó más versos del poema, un fragmento más largo:

> *... una en especial,*
> *con sutiles galas y hermosa apariencia,*
> *cuando de los hombros su suelta vestidura cayó*
> *y, estrechándome entre sus brazos, largos y finos,*
> *dulcemente me besó*
> *y con voz queda dijo: «¿Qué te ha parecido, corazón mío?».*

Molly regresó con dos copas y el vino que quedaba. Se sentaron con las piernas cruzadas en el borde de la cama, bajo el techo abuhardillado, el uno frente al otro. Chocaron las copas y bebieron.

—Madre mía, es horrible, ¿no? —exclamó Molly haciendo una mueca—. Papli se niega a comprar vinos decentes.

Quirke le envolvió los dedos del pie derecho con la mano izquierda y los dobló con delicadeza hacia atrás. Ella movió la pierna y una sombra gris pálido se extendió a lo largo de la cara interna de su muslo.

—Cuando saliste estuve pensando que podría quedarme unos días —dijo Quirke.

—¿En Cork? —Molly soltó una carcajada nasal—. ¿Para revolcarte en los deleites sensuales?

¿Qué había dicho David Sinclair sobre los placeres de la ciudad a orillas del Lee?

—Aquel compañero del que te hablé, el que trabajaba conmigo y se fue a Israel, está aquí, ha regresado. Si me quedara, podría verlo, saludarle, tomar una copa con él.

¿Dar a entender que todavía no había hablado con Sinclair era un embuste? Una mentirijilla.

—Claro que sí —replicó Molly con afilado sarcasmo—, un encuentro de chicos tras todos estos años. —Adoptó un marcado acento de Cork—. «Qué días aquellos, compadre, y también qué noches». Francamente, ¿es que crees que soy idiota? Tienes tantas ganas como yo de ver a tus viejos compinches.

—Bueno, no...

Quirke seguía tocándole los dedos del pie, y de pronto ella le agarró la muñeca y la sacudió.

—Deja de hacerte el tonto. Te diré lo que vamos a hacer: iré yo a Dublín.

—¿Cómo?

—¿Cómo? En tren, claro.

—No, quiero decir: ¿y tu trabajo?

—Me quedan días de vacaciones.

—Pero... —Quirke había fruncido el ceño y miraba hacia la ventana—. ¿Dónde te alojarás? —preguntó con voz apagada.

—Ah, eso es fácil —respondió ella levantando de golpe la cabeza—. Me iré a vivir contigo y tu hija.

Quirke volvió hacia ella su mirada estupefacta. Molly prorrumpió en carcajadas y se tapó la boca con la mano.

—¡Qué cara has puesto! —exclamó, y se inclinó para darle un beso en la punta de la nariz—. Los deleites sensuales de Cork irán a ti, querido doctor. O al menos uno de ellos.

Por la mañana Quirke tomó el primer tren a Dublín. Solo había media docena de pasajeros, todos con ojos de sueño, todos nerviosos y malhumorados. Tuvo que volverse hacia la ventanilla para ocultar la sonrisa bobalicona que no podía reprimir. Se sentía más tonto que nunca, pero no importaba. Cuando llegó al piso de Phoebe se sentía ebrio, pero no de vino.

Se quitó el abrigo y el sombrero en el recibidor y los colgó.

Había sido una proeza memorística recordar aquel poema de Wyatt. *Huyen de mí.* Evelyn había huido sin remedio. *Y también ella, en uso de su veleidad.*

En la mesa del recibidor había un sobrecito de color verde pálido dirigido a él. Era un telegrama. El corazón le latió con fuerza. Siempre traen malas noticias los telegramas. Deslizó un dedo bajo la solapa y lo abrió.

SHULAMITH LIEBERMAN MUERTA STOP CASO DE ATRO-PELLO Y FUGA EN TEL AVIV STOP CONDUCTOR NO LOCALIZA-DO STOP SINCLAIR

BAVIERA

El último día

12

Cruzó el recinto sin apresurarse. Era medianoche. Más allá de la alambrada de espino, el cielo ardía en el oeste. Oía el estruendo de los cañones. ¿Cuánto se habían aproximado desde la mañana?

Era extraño que se sintiera tan calmado. No era la calma de los valientes. En los últimos días había descubierto que no lo era, que no era valiente en absoluto. Algo en su interior se había acostado, como un animal exhausto. Si lo capturaban, acabaría ante un pelotón de fusilamiento o ahorcado. Mejor morir por su propia mano. Sí, pero él no quería morir.

Ya en su despacho, encendió la lámpara de escritorio, que arrojó un pálido resplandor hacia abajo. Miró alrededor. Su estantería, su archivador, la mesa alta con el gramófono, la pila de discos en una caja debajo, en el suelo. Sacó la pistola Luger de la funda que llevaba sobre la cadera derecha y la depositó en el escritorio, que era metálico y estaba vacío. Lo había destruido todo, un montón de documentos tras otro entregados a las llamas. Permaneció unos instantes con la vista clavada en el arma. Luego la cogió. Sería rápido. Seguramente ni siquiera oiría el disparo antes de que todo cesara.

Volvió a dejar la pistola en el escritorio y se dio la vuelta. Le faltaba el valor. Quizá llegara un punto en que el miedo al pelotón de fusilamiento o a la soga fuera tal que se impusiera a su terror y se metiera el cañón en la boca y apretara el gatillo.

El ruido de la artillería era como el murmullo de risas lejanas que se burlaran de él.

Muy cansado, demasiado, muy cansado.

Pensó en su esposa, en su hijo. Si pudiera rezar, rezaría por ellos, por su seguridad, por que no tuvieran miedo, por que no sufrieran. Pero ¿quién oiría sus plegarias? El führer del cielo ya no existía. En realidad, jamás había existido. Solo la noción de él.

El franciscano le había enviado un mensaje para invitarlo a ir. El obispo de allí se había mantenido en contacto y había ofrecido cobijo, un refugio seguro.

Se le encogió el corazón al pensar en el viaje que le aguardaba hasta las montañas de su infancia. Qué tiempos aquellos, en la casita de madera, la *Hütte*, junto al lago. En aquella época no le daba miedo la oscuridad del bosque; ahora sí. Si lo atrapaban allí, entre los pinos, le dispararían en el acto o lo colgarían de una rama. Se había enterado de cómo habían muerto los conspiradores de julio. Cuerdas de piano. Se estremeció.

Al menos tenía sus documentos. Confiaba en que el judío hubiera realizado una buena falsificación. El pobre imbécil había creído que le perdonaría la vida si ponía especial esmero en el trabajo. Cuando lo acabó, él mismo le disparó. ¡La cara de sorpresa que había puesto el tipo!

Hacía frío en el dormitorio. Había sido una primavera fría hasta la fecha. Aún había muchos que morían de eso, de frío. Carecían de fuerzas para hacerle frente. Tampoco había comida para ellos. Que les dieran de comer los invasores; eso les tendría un rato atareados.

Se sentó en la cama a quitarse las botas, luego se levantó y se desabotonó el uniforme. ¿Debería quemarlo, igual que había entregado al fuego los archivos? Pero sería difícil, le llevaría mucho rato. La ropa no era tan inflamable como el papel. De todos modos, ¿qué más daba que lo encontraran?

Al final dejó el uniforme donde lo había tirado, en el suelo. Se puso una camiseta gruesa y unos calzones largos, ambas prendas de lana. Los vientos castigaban allá arriba, en las pistas de montaña. Esperaba no tener que aventurarse más allá del límite forestal. No debía llevarse el abrigo del ejército —lo reconocerían al instante—, solo la chaqueta de loden, los pantalones de sarga, las botas de montaña, el viejo sombrero de fieltro con la pluma en la cinta que Hilde le había regalado una Navidad de hacía años. Lo sostuvo entre las manos e hizo girar el ala con los dedos.

Solo quedaban él y quienes aún no hubieran muerto de hambre y frío. Los otros, los oficiales, los centinelas, habían huido. Esa misma mañana Stauffel, su segundo al mando, se había marchado en un coche militar lleno hasta arriba de víveres. *Feiger Hund!* No había habido forma de detenerlo. Que lo apresaran. Tal vez lo colgaran boca abajo, de los tobillos, como al hijo de puta italiano.

¡Atención! ¿Qué era eso? Alguien había entrado en el despacho. ¿Quién podría estar merodeando a esas horas? Hizo ademán de desenfundar la pistola y recordó que la había dejado en el escritorio. ¿No sería el intruso un explorador enviado por los invasores? ¿Y si veía el arma? ¿Y si la cogía?

Seguía preguntándose qué debía hacer cuando, guiado por un instinto animal, lo hizo: abrió la puerta y entró intrépidamente en el despacho.

Era uno de los kapos, un individuo alto y esquelético de ojos furtivos y con una cicatriz en la mejilla. Llevaba un abrigo raído que le llegaba hasta el suelo y una gorra con visera demasiado pequeña incluso para su estrecha cabeza. Iba descalzo; hacía tiempo que había perdido las botas o se las habían robado. Tenía los pies envueltos en harapos inmundos.

—¿Qué haces aquí? —le preguntó el hombre.

Ambos desviaron la vista hacia la Luger. El kapo estaba más cerca del escritorio. ¿Se atrevería a cogerla? Era improbable: eran unos cobardes, todos y cada uno de ellos. Aun así... El hombre trató de recordar si había dejado el seguro puesto.

—Disculpe, herr Kommandant —respondió el kapo con voz ronca—. Creía que se había ido como los demás.

—Eso creías, ¿eh? ¿Y qué pretendías hacer entrando en mis aposentos?

—Pensé que a lo mejor había comida.

Pese a estar encorvado y encogido, el individuo mostraba cierta insolencia en su porte. Muchos de los kapos eran así, se pavoneaban y gritaban órdenes a los prisioneros, los mangoneaban. Era propio de los judíos, pensó el hombre: dales una pizca de poder y tiranizarán incluso a su propio pueblo.

—Aquí no hay comida.

—No hay comida en ningún sitio.

El hombre soltó una carcajada áspera.

—Tu pueblo siempre ha sido avaricioso —dijo— y ahora veis adónde os ha conducido.

Por un momento dio la impresión de que el kapo iba a echarse a reír.

Al hombre le sonaba su cara. Debía de haberlo visto por el campo de concentración, pero ¿por qué iba a acordarse de él? En sus oscuros ojillos se percibía un brillo de comadreja.

Por un instante se mostraron indecisos, sin saber qué hacer, el hombre con la cabeza hacia atrás y las fosas nasales dilatadas, el kapo con los hombros encorvados y las manos entrelazadas sobre el pecho. Interpretando el número de Shylock. *Si me pinchas, ¿no sangro?*

A continuación el hombre se oyó a sí mismo invitándole a tomar asiento, lo que sorprendió a ambos por igual.

¡Bum, cataplum, bum!, sonaban a lo lejos los cañones, cada vez más cercanos.

Junto a la pared había una silla de respaldo recto. El kapo fue hasta ella, se sentó y se cubrió bien las rodillas con el abrigo. Tenía frío. La cicatriz de la cara era antigua. Le habían cosido mal la herida y parecía que la hubieran pintado. *Si me pinchas...*

190

El hombre caminó hasta el arma, la cogió y, después de guardarla en la funda de la cadera y abrochar la solapa, rodeó el escritorio y se sentó. El estruendo de los cañones era una presencia en la estancia, pero se conjurarían para no prestarle atención.

—¿De dónde eres? —preguntó el hombre.

Su tono dejó claro que le traía sin cuidado el origen del kapo. Sin duda de algún suburbio húmedo de una gran ciudad del este, o de un pueblo destartalado de las yermas estepas.

—De Berlín. Soy de Berlín.

Sí, tenía acento berlinés.

—¿Y usted, herr Kommandant?

El hombre lo miró de hito en hito. O era un bobo o un valiente. Aun así le contestó; ¿por qué no? Ahora que todo llegaba a su fin, el gato podía reírse del rey.*

—De Múnich.

—Ah, sí, ya suponía que era sureño.

De hecho, antes de que todo acabara, un ejército de gatos clavaría sus zarpas en la garganta del rey. Las montañas que aguardaban al hombre parecieron un poquito menos altas en su mente. Y allí arriba no habría gatos.

Abrió un cajón hondo de la parte derecha del escritorio y sacó una botella de aguardiente y dos vasitos. El kapo miró fijamente esos objetos como si no supiese qué eran.

—Bebamos juntos, amigo mío, a las puertas del infierno.

¡Amigo mío!

Sirvió el licor en los vasos y empujó uno hacia el borde del escritorio. El kapo dudó, a todas luces pensando que se trataba de una broma cruel. El hombre señaló el vaso con el mentón —«Vamos, cógelo»— y el judío se levantó y avanzó arrastrando los harapos de los pies. Se detuvo un

---

* Por el refrán *A cat may look at a king* («un gato puede mirar a un rey»), que significa que todo el mundo tiene derechos, por muy humilde que sea su posición. *(N. de la T.)*.

191

momento y escudriñó los ojos del hombre intentando averiguar qué ocultaban. Luego volvió a sentarse en su sitio y apoyó el vaso en la rodilla.

—*Prost!*—exclamó el hombre.

Bebieron. El judío sufrió al instante un ataque de tos y se apretó el pecho con la mano. ¿Cuándo habría saboreado el alcohol por última vez? Llevaba mucho tiempo preso, saltaba a la vista. Algo en su postura, en el brillo de los ojos, así lo indicaba. Un superviviente, como las ratas que pululaban por el suelo de las barracas, bajo los tablones desnudos de las camas.

Cuando por fin cesó la tos, el tipo se inclinó hacia delante e intentó recuperar el aliento mientras emitía un sonido similar a los rebuznos de un burro. El hombre apuró su vaso y volvió a llenarlo.

—Venga, bebe —exhortó al otro—. Los bárbaros no tardarán en llegar.

El kapo tomó unos sorbos cautelosos y esta vez no se atragantó.

—Está bueno —murmuró, canturreó casi, con melancolía.

Se quitó la gorra. Tenía una calva en la coronilla, redonda y bien definida como una tonsura. Se rascó con fuerza la cabeza. Piojos, pensó el hombre con sarcasmo: se aferran a los suyos.

—En realidad, no estabas buscando comida, ¿verdad? —dijo.

El kapo reflexionó. Tomó otro sorbo de aguardiente.

—Pensé que a lo mejor había dinero.

—¿Dinero? ¿Para qué necesitas dinero aquí?

—No, aquí no. —El kapo miró al hombre a la cara con una chispa de desafío. Sí, un preso antiguo, endurecido por los años—. Me voy a ir, como los demás.

—Un hombre juicioso. Si te quedas, los tuyos, aquellos que aún tengan fuerzas, te harán picadillo. —Hizo una pausa—. ¿Adónde piensas ir?

—Al este.

—Hacia la senda de las hordas mongolas.

—A Odesa. Tengo familia allí. La tenía. Encontraré cobijo.

—Admiro tu optimismo.

Guardaron silencio y escucharon los cañones.

El hombre volvió a pensar en su esposa y su hijo. El granjero, Ullmann, no los entregaría, ¿verdad que no? Era un cenutrio, pero no carecía de astucia. Sabría lo que le convenía. Le habían pagado bien y le habían prometido más. Gracias a Dios existía la codicia.

Franz estaría asustado. El hombre quería a su hijo, aunque no se le escapaba que era un blandengue. Había intentado enseñarle a ser fuerte, pero nada había dado resultado, ni los sermones, ni las burlas, ni siquiera las palizas. La criatura parecía una niña más que un niño. Con todo, era su hijo y él debía valorarlo, pues nadie más lo haría. El mundo es despiadado. Este no es el único lugar donde reina la crueldad. *Bellum omnium contra omnes.* No lo dijo un alemán, sino un inglés, y tenía razón. La guerra de todos contra todos, la lucha eterna.

—¿Por qué? —preguntó el kapo.

El hombre se sobresaltó y lo miró sin parpadear. La calva del judío era gris, del color de los piojos.

—¿Por qué qué?

El kapo hizo un gesto amplio con la mano izquierda.

—Toda esta..., esta máquina de la muerte.

El hombre guardó silencio un instante. Luego echó la cabeza hacia atrás y se rio.

—¿Tienes que preguntarlo? —exclamó al tiempo que se secaba las lágrimas de risa que tenía en las comisuras de los ojos—. No te hagas el ingenuo conmigo. Vosotros, los de tu pueblo, os enorgullecéis de vuestra inteligencia y os hacéis los tontos para disimular el orgullo. Nos apuñalasteis por la espalda cuando ya estábamos malheridos. ¿Creíais que nunca llegaría el momento de ajustar las cuentas?

El judío había inclinado la cabeza y la movía despacio de un lado a otro.

—Herr Kommandant —dijo, de nuevo con aquel tono suave y curiosamente melancólico—, tal vez no me crea si le digo que le admiré desde el principio. Sí, sí, a mi pesar, a pesar de todo. Pensé que al menos era una persona inteligente. Ahora no estoy tan seguro.

La cara del hombre se crispó y sus labios formaron una fina línea pálida. Se llevó la mano a la pistolera.

—Te arriesgas mucho, judío.

El kapo se recostó en la silla, se acercó el vasito a los labios y lo inclinó para beber la última gota de licor. Luego se levantó y avanzó tambaleándose para dejar el vaso en una esquina del escritorio.

—Más —dijo—. Por favor.

El hombre lo miró durante unos segundos y otra vez se echó a reír, pero ahora bajito y negando con la cabeza. Llenó los dos vasos. El kapo cogió el suyo y se sentó.

—¿Usted también se marcha? —preguntó señalando la chaqueta de loden y el sombrero sobre el escritorio—. ¿Adónde irá?

—Al sur.

—¿Lo tiene todo preparado?

El hombre no contestó. La luna había aparecido en la ventana, un disco grande con un perfil putrefacto estampado. Todo continúa, indiferente.

—¿Crees que lograremos escapar antes de que lleguen los americanos?

—No lo sé. Siempre existe una posibilidad.

Sí, pensó el hombre, para las sabandijas como tú, pero ¿y yo? No estoy hecho para escabullirme por tierra de nadie con la barriga pegada al suelo, para zafarme, deslizarme y correr por las alcantarillas. He formado parte del mayor proyecto de la humanidad desde el Imperio romano. ¿He de renunciar a todo en lo que creía y huir para salvarme? El judío está acostumbrado a esconderse en un agujero; yo no.

Aun así, sentía el peso de la pistola como una mano que le tirara del cinturón. Lo instaba a desaparecer, no en la noche, sino en esa otra oscuridad definitiva, cortesía de *mein Freund Herr Georg Luger*. Era eso o la cuerda de piano.

Pero no debía pensar de ese modo, se exhortó. No debía arrojar la toalla. Aun cuando todo acabase para él, había que tener presentes a Hilde y el chico. ¿Cómo sobrevivirían si se rendía? Se estremeció una vez más y se sirvió otro vaso de aguardiente. Emborracharse no resolvería nada, pero le traía sin cuidado.

—¿Qué harás cuando llegues a Odesa? —preguntó—. ¿Te quedarás?

—No. Iré al sur, como usted.

—¿Adónde?

—A Palestina. A diferencia de usted.

El hombre rio entre dientes.

—La Tierra Prometida.

—Sí. La Tierra Prometida.

El hombre hizo un gesto con la botella y el judío se acercó deslizándose sobre sus harapos. Apestaba. El hombre sirvió aguardiente para los dos.

—¿Crees en Dios? —preguntó cuando el judío volvió a su asiento—. ¿Crees en Yahvé?

—Creo en la tierra —respondió el kapo sin inmutarse.

—¡Ah, uy! —exclamó el hombre—, ¡el Judío Errante se compromete con el *Blut und Boden*! Eso está bien, muy bien, aunque tú y los tuyos no tenéis ni un pedazo de tierra en el que poner vuestros hediondos pies.

—Conseguiremos tierra. La tomaremos. Ya lo verá.

El hombre se disponía a responder con otra pulla, pero se reclinó en la silla, miró a la criatura harapienta, piojosa y encorvada que tenía delante y frunció el ceño. Así será, pensó, será tal como el judío dice. Los vencedores les darán tierra, por pura bondad en apariencia. El verdadero objetivo será deshacerse de ellos. Nosotros planeábamos instalarlos en Madagascar, la isla de las especias. Eso fue antes de que comprendiéramos que nadie movería un dedo, y mucho menos un arma, para salvarlos. Podíamos hacer con ellos lo que se nos antojara. Más tarde al genio intrépido se le ocurrió la solución más audaz jamás concebida, la final.

Ahora, cenizas. Cenizas por doquier.

—¿Y cómo vas a pagar esos grandes viajes que proyectas? —preguntó el hombre—. No hay dinero aquí —añadió extendiendo las manos abiertas por encima de la mesa—, ni en ningún otro sitio para ti.

—¿Eso cree?

—¡Lo creo! Es algo que nos han concedido las fuerzas que luchan contra nosotros. Teníamos derecho a recuperar lo que nos robasteis a hurtadillas. No permitiremos que la gente que empuña la daga se llene la bolsa de dinero como ha hecho durante dos milenios. No seremos tan necios.

Ahora fue el kapo quien rio entre dientes.

—«Amigo» mío —dijo pronunciando la primera palabra con retintín irónico—, puede que no sea usted tan inteligente como me pareció, pero sin duda no es tan zoquete como para suponer que las cosas cambiarán. Todo volverá a ser como era siempre. Ese fue su error, imaginar que su mesías había venido para transformarlos y salvarlos, para conducirlos victoriosos al Valhalla. —Hizo una pausa y suavizó la voz—: Escuche los cañones, cada vez más cerca, herr Kommandant. —De pronto su voz se convirtió en un susurro—. *Götterdämmerung.*

La conversación tendría que haber terminado en ese punto. El hombre debería haber cogido la pistola y liquidado a ese cerdo insolente, pero no lo hizo. En lugar de eso, se levantó y se dirigió hacia la mesa alta donde estaba el gramófono. Era un aparato magnífico, el mejor del mercado. Eléctrico, con aguja de diamante. ¡Y una reproducción tan fiel y clara! Parecía que los intérpretes estuvieran ahí mismo, en el despacho.

Cogió un disco y lo sacó de la funda.

—Ah, ¡Mendelssohn! —Lanzó una mirada burlona al judío—. Solo para ti. El *Octeto para cuerdas*.

Colocó el disco en el plato y bajó el brazo fonocaptor. La música salió en tropel de la máquina, bulliciosa y alegre.

—Escucha —indicó el hombre al tiempo que levantaba un dedo—. La mismísima voz del judío, astuto, histérico y aterrado. ¿Te gusta?

—Prefiero a Schubert.

—¡Ja!

Cuando la pieza terminó, el hombre dejó que el disco siguiera girando y la aguja chirriara en el surco vacío.

Continuaron bebiendo aguardiente hasta que no quedó ni una gota en la botella y los dos acabaron borrachos.

Una vez más, el hombre instó al kapo a explicar cómo pensaba ir a Palestina. Sentía verdadero interés por saberlo. Había que reconocer que los judíos poseían inventiva.

—Tendrás que repartir sobornos a cada paso. ¿Tienes dinero?

El kapo le contó que tenía oro en Odesa, escondido entre las vigas de la casa de su tío Moishe, que vivía junto al mar en el distrito Suvorovski. El pobre tío Moishe, hermano de su madre, ignoraba que guardaba un tesoro bajo el tejado.

—Sé que el oro sigue allí —añadió el kapo con una sonrisita ladina—. Un montón.

—¿Cómo lo conseguiste? En mi opinión tienes pinta de buhonero. Los buhoneros no amasan una reserva de oro.

—Yo no era buhonero. La familia de mi madre tenía propiedades en la ciudad. Edificios de apartamentos, tiendas, casas particulares. Al morir ella lo vendí todo y canjeé las ganancias por lingotes.

Qué irónico, pensó el hombre. Él también tenía oro, pero no escondido en el techo de un judío. El suyo estaba a buen recaudo en la cámara acorazada de un banco suizo. ¿Cómo lo había conseguido? Otra coincidencia: gracias a las propiedades. Él no había heredado sus casas y apartamentos, sino que se las había arrebatado a las familias judías ricas de Cracovia cuando fue gobernador de la ciudad.

¿Debería sentirse culpable? Lo que él había usurpado equivalía a una pequeña porción del botín que aquel drogadicto fofo con uniforme blanco adornado con galones había obtenido en la ciudad y en todas las demás ciudades y pueblos capturados a lo largo y ancho de Europa.

El disco seguía girando en el gramófono. Cricgarra cricgarra cricgarra cricgarra. Era un sonido suave y relajante.

Se levantó y desabrochó la pistolera para sacar la Luger. El judío intuyó el peligro y se espabiló con un sobresalto. Clavó la vista nebulosamente en el hombre armado.

—No.

El hombre negó con la cabeza.

—No puedo dejarte en libertad. Es mi deber. Me comprometí a realizar esta terrible labor aquí.

—¿De verdad creyeron que podrían matarnos a todos?

—No, ahora me doy cuenta. El bacilo sobrevivirá pese a nuestros esfuerzos por erradicarlo del mundo.

La pistola apuntaba al pecho del judío. Qué extraño: no parecía asustado. Pasaron los segundos. El resplandor de la lámpara del escritorio se atenuó, la luz de la bombilla parpadeó, dio la impresión de que iba a apagarse, emitió un chasquido y volvió a brillar. ¿Aún había alguien ocupándose de los generadores? ¡Qué raza la de los alemanes!

—Al decir que me pareció usted inteligente me refería a que advertí que no era un seguidor ciego. Tenía en su interior una duda, el bacilo de la duda, si lo prefiere, que se afanaba sin descanso y era imposible exterminar.

Los cañones retumbaban a lo lejos, la luna sonreía en la ventana y la luz de la lámpara se proyectaba hacia abajo hasta hundirse en las sombras.

—No me matará. Ya no tiene estómago para eso. Lo veo en su mirada. Se ha cansado de la muerte.

El hombre sentía que se le vidriaban los ojos. No debería haberse bebido el aguardiente. El martilleo que tenía en la cabeza igualaba al que se oía en el oeste, más allá del Amper. El dedo se le escurría en el gatillo a causa del sudor. ¿Cómo era posible que ese *Untermensch* se considerara con derecho a expresar semejantes juicios? Con todo, lo que había dicho era cierto. La muerte le había cansado, lo había desgastado.

¿Qué sucedería? ¿Cómo acabaría eso? Él tenía la facultad de ponerle fin, blandía esa facultad en la mano. Sin embargo, sabía que no sería el final. El final ya se había producido y, no obstante, aún estaba por llegar. Ignoraba qué quería decir con eso, pero parecía la verdad.

—¿Cómo te llamas? —preguntó—. Dime tu nombre.

—Katz. Theodore Katz. Todos me llaman Teddy.

—Teddy Katz. Lo recordaré. —El hombre tenía la voz cavernosa y los ojos consumidos—. Recordaré esta noche. ¿Quién sabe? Tal vez algún día nuestros caminos vuelvan a cruzarse.

De entre los barracones les llegó un largo grito que se transformó en un gemido. Ninguno de los dos le prestó atención. Luego volvió a reinar el silencio, el silencio de la noche inmensa.

—Yo sabía su nombre, herr Kommandant —dijo Teddy Katz—. Usted no sabía el mío.

El hombre bajó la pistola. Teddy Katz asintió con un gesto, se levantó lentamente de la silla, se dio la vuelta y salió del despacho arrastrando los pies. El hombre dejó la pistola en el escritorio y lentamente, casi abstraído, se echó a llorar.

DUBLÍN

Allí mismo y en ese instante

13

Strafford estaba en su despacho, escalando laboriosamente una montaña de documentos burocráticos. Sabía que no debería haber dejado que alcanzara semejante altura. Esa era la parte de su trabajo que más detestaba. No se había hecho policía para ocuparse de un sinfín de denuncias de delitos menores, quejas ciudadanas y notificaciones de brotes de rabia y de fiebre aftosa. Pero ¿qué había supuesto? No podía ser todo proteger princesas y matar asesinos a tiros. Se rio sin alegría.

En realidad, la palabra «despacho» le venía grande al exiguo espacio que le había asignado el inspector jefe Hackett. Se sentía como un perro en una caseta. Estaba al lado del despacho del jefe y a través del tabique oía con toda claridad los misteriosos movimientos del viejo, sus sonoros bostezos y frecuentes eructos, y cosas peores.

Dejó la estilográfica, se arrellanó en su chirriante silla y miró hacia la ventana. Tejados de pizarra, caperuzas de chimenea, un pedazo de cielo que incluso en los días de sol parecía nublado y pachucho.

Era una tarde de martes pesada y somnolienta. El teléfono no había sonado ni una sola vez después de la hora del almuerzo, de modo que Strafford dio un brinco cuando sonó.

Abajo había alguien que deseaba verlo.

—¿Quién es?

El sargento de recepción cubrió con la mano el micrófono del aparato y Strafford oyó que su voz amortiguada preguntaba su nombre al visitante.

—Un tal señor Kessler, señor.

Strafford se quedó mirando las caperuzas de las chimeneas. ¿Por qué Wolfgang Kessler había ido hasta allí desde Wicklow para hablar con él?

—De acuerdo. Dígale que bajo en un momento.

Bien, así se quitaría de encima los puñeteros expedientes por un rato.

El hombre estaba de pie delante del tablón de anuncios con una mano en el bolsillo de la chaqueta del traje y un cigarrillo en la otra. No era Wolfgang Kessler. El individuo tenía treinta y pocos años, era alto y apuesto, de pómulos marcados y mandíbula pronunciada. Le había hecho gracia algo del tablón, por lo que sonreía con la cabeza echada hacia atrás y los labios apretados. Debía de ser el hijo de Kessler. Strafford reparó en el parecido.

Levantó la trampilla del mostrador y pasó al otro lado. El joven se dio la vuelta. Tenía los ojos de un azul sumamente claro, hasta el punto de que parecían transparentes. Un mechón rubio le cayó sobre la frente y se lo echó hacia atrás con un rápido movimiento de los dedos.

—Soy Frank Kessler —dijo mientras avanzaba con una mano extendida. Su inglés tenía un levísimo deje alemán en la pronunciación de las erres: imposible disimular su sonido gutural—. Habló usted con mi padre.

—Ah, sí. Señor Kessler. Creía que estaba en Israel.

—Y así es. He vuelto. Me he enterado de lo de Rosa. ¿Es verdad?

—Si es verdad qué.

—Que fue... Que alguien la mató. Eso dice mi padre.

—Sí, me temo que es cierto.

—Dios mío. —El joven apartó la vista, con las cejas caídas, los ojos fijos en el horror del hecho—. No puedo creerlo.

Strafford no tenía intención de invitar al joven a subir a su sórdido cubil de la segunda planta. Propuso que fueran a tomar un café al hotel Hibernian, que quedaba cerca. Frank Kessler se encogió de hombros y aceptó.

Salieron a la luz soñolienta de la tarde. Pese a un par de tormentas, la estación aún no se había hecho valer del todo y el verano parecía reacio a despedirse. Los ladrillos leonados de la capitanía del puerto resplandecían y las gaviotas que volaban en círculo sobre el río se veían blanquísimas.

Los dos hombres caminaron en un silencio sorprendentemente sereno. Para Strafford era una novedad. No solía relajarse en compañía de otras personas, y desde luego no en el primer encuentro. Un transeúnte habría pensado que eran parientes: Kessler podría ser el hermano pequeño de Strafford.

El aire del hotel estaba cargado de los persistentes olores del almuerzo. El salón se hallaba casi desierto. Un caballero rollizo de pelo plateado y bigote encerado, con las guías retorcidas en punta, dormitaba discretamente en un sillón junto a una ventana. En una mesita al lado de la chimenea dos ancianas con vestidos floreados tomaban el té de la tarde. Miraron a Strafford y le dirigieron una sonrisa tímida al fijarse en su traje, su corbata y sus zapatos y reconocerlo como uno de los suyos. ¿Por qué no sonreían a Kessler del mismo modo? Su ropa era tan buena como la del policía, y su actitud igual de distante. Debían de tener mejor ojo que él para identificar a los extranjeros, pensó Strafford.

—La mesa de aquel rincón. —La señaló con un gesto de la barbilla—. ¿Nos sentamos allí?

Pidieron café y la camarera les preguntó si les apetecía también una bandeja de pastelitos. Strafford negó con la cabeza. Desde su asiento alcanzaba a ver hasta el vestíbulo. La puerta de cristales de la entrada le lanzaba un vislumbre reflejado de los viandantes y del tráfico de Dawson Street cada vez que se abría.

Se volvió hacia Kessler.

—Así pues, ¿ha regresado a causa de Rosa Jacobs?

El joven le dirigió una rápida mirada de reojo. Era como si en el tono de Strafford hubiera captado una nota de incredulidad, incluso de cuestionamiento.

—Sí. Cuando mi padre me llamó por teléfono para comunicarme la terrible noticia, me pareció que era mi deber. Reservé un pasaje de avión de inmediato.

—El funeral tuvo lugar la semana pasada.

—Lo sé. Dudo que hubiera asistido, en cualquier caso.

—¿Y eso?

Kessler desvió la mirada.

—Creo que a la familia le habría resultado un poco..., un poco inapropiado.

—¿A qué familia?

Kessler se limitó a sonreír y encogerse de hombros.

La camarera les llevó una cafetera de plata. La dejó en la mesa junto con un azucarero, una jarrita de crema de leche y dos servilletas de lino. El caballero adormilado se despertó con un sobresalto, parpadeó y echó un vistazo a la sala, abochornado.

—Estoy seguro de que la familia de Rosa hubiera agradecido el gesto.

Una vez más, Kessler clavó en él la mirada. Era obvio que no estaba pensando en los Jacobs. Parecía perplejo. Quizá fuera demasiado educado para expresar lo que muchos otros habrían manifestado: que Strafford no se correspondía con la imagen que la gente tenía de un policía irlandés. El acento no cuadraba, y tampoco las prendas de tweed, la leontina, los zapatos granates. Bueno, reflexionó Strafford, Kessler y él eran básicamente forasteros.

Tomaron unos sorbos de café.

—No disimulemos, señor Strafford —dijo Kessler antes de limpiarse delicadamente con la servilleta las comisuras de la boca—. Soy alemán. Rosa Jacobs era judía. Su familia es judía. Y no hace tanto que acabó la guerra.

—Por lo que sé de Rosa, a ella no le importaba mucho eso.

—¿La guerra? —preguntó Kessler sorprendido.

—No, los prejuicios y demás.

El joven rubio sonrió despacio.

—Ah, todo el mundo tiene prejuicios, aunque sea un poco. ¿No le parece? Debe de haberlo observado usted mismo.

Las dos señoras sentadas junto a la chimenea se reían de algo por lo bajini apretándose la boca con la punta de los dedos mientras sus miradas iban veloces de un lado a otro. El caballero de pelo plateado se levantó del sillón y se encaminó entre crujidos hacia la puerta para salir al vestíbulo. Strafford lo observó. Alguien entraba en el hotel y la hoja de luz de la puerta de cristal emitió su señal secreta. Fue inquietante la forma en que el reflejo se deslizó como agua sobre la puerta que se cerraba y desapareció.

—¿Qué le pasó a la señorita Jacobs? —preguntó Kessler—. ¿Cómo murió?

—¿No se lo ha contado su padre?

—Fue muy impreciso. ¿Qué quiso ahorrarme? ¿Fue una muerte desagradable?

—Dudo mucho que la muerte sea bonita alguna vez.

—Quiero decir, ¿fue violenta? Mi padre solo me ha contado que encontraron el cuerpo en un garaje. ¿Por qué estaba la señorita Jacobs en un sitio así?

Strafford se preguntaba por qué Wolfgang Kessler había decidido no explicar a su hijo cómo había muerto Rosa Jacobs. ¿Había sido por tacto o por aprensión? No le había dado la impresión de que Kessler padre fuese un hombre timorato. Entonces ¿por qué?

—La durmieron y luego la metieron en su coche, en el garaje, con una manguera que iba desde el tubo de escape hasta el interior a través de la ventanilla. Murió por inhalación de gases.

Kessler lo miraba muy atento, sin pestañear.

—Supongo que se desconoce la identidad del asesino.

—En efecto. He de confesarle que no tenemos ninguna pista. —Strafford juzgó que había llegado el momento de dar una pequeña sacudida a ese muchacho resueltamente sereno—. ¿Coincidió en Israel con una joven llamada Shulamith Lieberman?

Kessler lo miró de hito en hito.

—Creo que no. —Frunció el ceño en un gesto inquisitivo—. ¿Quién es?

—Una periodista de uno de los grandes periódicos del país. ¿Cómo se llama? Empieza por hache y lleva un apóstrofe.

—¿*Ha'aretz*?

—Eso es.

Kessler esperó.

—Ha muerto —continuó Strafford—. La mataron hace un par de días en una calle de Tel Aviv. Alguien la atropelló y se dio a la fuga.

—Lo lamento. Pero sigo sin entender...

—Ella conocía a Rosa Jacobs. Al menos mantenían correspondencia. No estoy seguro de que llegaran a conocerse personalmente.

—Entiendo. —Kessler jugueteaba abstraído con su taza de café, ya vacía—. ¿Y opina usted que podría existir una relación entre la muerte de esa persona...?, ¿cómo ha dicho que se llamaba?

—Shulamith, Shula, Lieberman.

—¿Sobre qué escribía? ¿Estaba especializada en algún tema?

—El ejército, la defensa nacional, armamento, asuntos de ese tipo.

Kessler alzó los ojos hacia la ventana y el día exterior.

—Tal vez haya leído algo suyo. Lo ignoro.

—¿Sabe usted hebreo?

—¡Anda ya! ¡No, claro que no! —El joven se interrumpió, e incluso se sonrojó un poco, consciente de que había hablado de manera demasiado precipitada—. Creo que publican algunos artículos en inglés.

El anciano del bigote encerado regresó con un ejemplar del *Irish Times* en la mano. Se sentó en el sillón y abrió el periódico tirando de ambos lados con tal brusquedad que produjo un sonoro chasquido. Las señoras junto a la chimenea volvieron la cabeza y le manifestaron su desaprobación con una mirada fija.

—¿No recuerda si Rosa la mencionó alguna vez? —preguntó Strafford.

—No, no lo recuerdo. —Kessler se echó un poco hacia delante en el asiento y cruzó las manos sobre la mesa—. Escuche, inspector, debo informarle de que no era muy amigo de Rosa..., de la señorita Jacobs.

—¿No?

—No. Es decir —prosiguió el joven entrelazando los dedos y juntando la punta de los pulgares—, la conocía, sí. La veía por el Trinity cuando yo estudiaba allí, y luego, más tarde, tuvimos conocidos comunes. Pero ella y yo no éramos amigos.

—Comprendo —dijo Strafford despacio, y deslizó la punta de la lengua por el labio inferior—. Entonces lo entendí mal.

—¿Pensaba usted que éramos...?

—Ha habido alguna insinuación de que usted y ella habían sido..., bueno, no lo sé. ¿Fue ella a su casa, a Wicklow?

—Sí, un par de veces, dos o tres. Le encantaban los caballos, según decía. No estoy seguro de que fuera cierto.

—¿Por qué iba a mentir?

El joven separó las manos y sonrió.

—Conoció a mi padre no sé dónde, quizá en la feria de la Royal Dublin Society. Creo que él le tomó..., ¿cómo decirlo? Creo que le tomó cariño. Tal vez ella le recordara a mi madre, que tenía fama de defender a muerte sus ideas. Y Dios sabe —se echó a reír— que Rosa Jacobs era una cabezota.

Strafford se agarró al comentario.

—¿Cabezota? ¿Debo suponer que no estaba usted impresionado por su espíritu combativo?

Esta vez Kessler rio abiertamente.

—¿Su espíritu combativo? —Alzó la vista al techo un instante—. Por lo que a la señorita Jacobs respecta, tal vez «obcecado» sería una palabra más adecuada. Tenía mil ideas disparatadas y no escuchaba a quienes intentaban hacerla entrar en razón.

—¿Intentó usted hacerla entrar en razón?

Por primera vez la mirada de Kessler se volvió evasiva.

—No me habría hecho caso. Cuando le hincaba el diente a algo, no había nada que la hiciera soltarlo.

Strafford dejó pasar unos segundos antes de preguntar con voz queda:

—¿No tenía usted una relación sentimental con ella en ningún sentido?

—¿«Una relación sentimental»? —Kessler lo miró incrédulo—. ¿De dónde ha podido sacar semejante idea?

—La hermana de Rosa Jacobs le comentó algo a..., a un compañero mío.

—La hermana es... ¿Cómo se llama?

—Molly. Molly Jacobs.

—No he visto nunca a esa mujer. ¿Qué anda diciendo de mí?

Ahora fue Strafford quien se mostró evasivo.

—No estoy seguro de que dijera nada directamente. Más bien lo dio a entender..., no, no, ni siquiera eso. Fue una insinuación.

Kessler soltó un resoplido de desdén.

—¡Una insinuación! —Se miró las manos, cruzadas sobre la mesa, y negó despacio con la cabeza—. Por qué no podrán las mujeres mantener el pico cerrado. Tienen que estar todo el rato chismorreando y lanzando indirectas. Es una pena. Como le he dicho, solía ver a la señorita Jacobs en la universidad y coincidí con ella en una de sus visitas a la casa, en dos como mucho.

—Así que era su padre quien la invitaba.

—Sí, desde luego. Ya se lo he dicho: él la conoció primero. O...

—¿O?

Kessler volvió a clavar la vista en sus manos.

—Debe entender, señor Strafford, que mi padre siente un gran aprecio por los..., por el pueblo de la señorita Jacobs y por Israel. Siente el gran peso del pasado de Alemania, su pasado reciente. Desea... resarcirlos en la forma en que sea posible. La señorita Jacobs lo entendió. Eso dice mi padre, eso cree.

Mientras el joven pronunciaba esas palabras, Strafford lo observaba. El tono de Kessler no cuadraba. Parecía estar repitiendo algo que le habían dicho mil veces para que se lo aprendiera de memoria.

La camarera fue a recoger las tazas, la jarrita, el azucarero. Preguntó si deseaban algo más. Kessler consultó su reloj.

—Debo irme —anunció.

De pronto se mostró impaciente, como si estuvieran reteniéndolo sin venir a cuento. Strafford se sintió tentado de recordarle que nadie le había citado en la comisaría de la Garda, que había acudido por voluntad propia y sin avisar.

Se pusieron en pie. Strafford se disponía a apartarse el pelo de la frente, pero Kessler lo hizo primero, se echó hacia atrás el mechón caído. Para disimular, Strafford se arregló el nudo de la corbata.

Atravesaron la sala entre las mesas. Las señoras sentadas junto a la chimenea alzaron la vista y una que tenía los ojos velados por las cataratas volvió a sonreír a Strafford, casi con coquetería, sin prestar la menor atención a Kessler. El hombre del bigote los fulminó con la mirada por encima del periódico.

Al cruzar la puerta para pasar al vestíbulo, Strafford notó el breve contacto del hombro de Kessler en el suyo y de inmediato recordó un atardecer en que le habían robado la cartera en el barrio de Dun Laoghaire, hacía unos años.

Aquel día tenía que ir a Londres. Se había bajado a toda prisa del taxi y corría para embarcar en el paquebote, que había anunciado su inminente partida haciendo sonar la sirena.

Llovía o, mejor dicho, lloviznaba, y las gotas de humedad habían depositado un manto como de escarcha en el cuello y los hombros de su abrigo de sarga negra.

En el muelle, una panda de bulliciosas escolares recién llegadas de unas vacaciones en el extranjero avanzaba hacia él. El muelle era estrecho, de modo que no le quedó más remedio que abrirse paso entre ellas, en lugar de bordearlas. Se hallaba en medio del grupo cuando alguien gritó algo detrás de él, y en ese momento experimentó una sensación extraña, apenas perceptible, una especie de hormigueo que le recorrió el costado derecho. Fue un contacto tan suave, tan fugaz, que pensó que había sido fruto de su imaginación. No obstante, al cabo de unos pasos algo, una señal de alarma inconsciente, lo impulsó a echar mano a la cartera: había desaparecido. La había metido en el bolsillo del abrigo tras pagar al taxista y ya no estaba en su sitio.

Al instante vio en su mente a las colegialas y oyó la voz extraña e importuna a su espalda, y de nuevo sintió aquel minúsculo escalofrío casi voluptuoso en un lado de las costillas.

Perder la cartera fue un enorme fastidio, por supuesto —aquella noche no viajó a Londres, adonde no iría hasta varias noches después—, pero no pudo por menos que reconocer la destreza y finura del carterista, cuyo tacto había sido leve como el de un amante, más leve. O quizá no fuera un hombre. Quizá una de las escolares hubiera deslizado la mano en el bolsillo. Supuso que eso explicaría el estremecimiento erótico. Pero no, no lo explicaría. El estremecimiento no había sido erótico, sino de otra índole. Como si un ángel melancólico lo hubiera rozado con su ala.

Strafford y Kessler regresaban en silencio a Pearse Street. Se despidieron con torpeza ante la entrada de la comisaría de la Garda. Kessler tenía el coche aparcado junto a la acera. Era un modelo azul marino reluciente de marca extranjera, alemana, o quizá italiana. El joven advirtió que Strafford observaba el vehículo, bajo y elegante, y tuvo el decoro de mostrarse azorado por un segundo. Pero a Strafford le había llamado la atención tan solo porque era la clase de automóvil que siempre había deseado su esposa, una mujer sencilla por lo demás. Sin duda era una de las razones por las que lo había dejado. El salario de un inspector de policía no daba ni mucho menos para un coche de lujo como ese.

Kessler abrió la portezuela —no se había molestado en cerrarla con llave— y se embutió en el asiento anatómico.

—Me mantendrá al tanto de las novedades sobre la muerte de Rosa, ¿verdad? —dijo alzando la vista hacia Strafford, todavía con la portezuela abierta.

—Ah, sí, le mantendré al tanto —respondió Strafford, que se divirtió revistiendo las palabras de una ironía deliberada y un poco amenazadora.

El vehículo rugió y Kessler lo condujo con pericia hasta colocarse delante de un autobús que se aproximaba. Strafford lo vio girar hacia Nassau Street.

14

Quirke tenía el estómago revuelto. Había tomado un almuerzo frugal en la sala del fondo del Neary's. El sándwich de queso y la media pinta de cerveza Smithwick a duras penas podrían ser la causa de las náuseas. Seguro que había pillado un virus. Él casi nunca enfermaba. Al comenzar el verano había tenido algo que parecía la gripe, aunque sospechaba que había sido tan solo otro efecto secundario de la pérdida de su mujer y no duró mucho.

Tan solo.

Tras la muerte de Evelyn, al principio había habido días malos y noches peores. Ahora la oscuridad general se había disipado un poco e incluso había momentos en que se abría camino un sol débil y pálido. Entonces él se detenía, como un viajero en un paso de montaña, y se daba la vuelta para mirar, a través de una brecha en la niebla, la tierra perdida de la que había partido. Había sido una ascensión ardua y la larga senda que tenía ante sí era empinada.

Intentaba no pensar en Molly Jacobs, pero sus pensamientos se empeñaban en volver a ella. Molly se había marchado de Cork y se había instalado en Dublín, tal como había dicho. Se alojaba en una casa pequeña y destartalada situada en una callejuela detrás de Usher's Quay. El dueño, amigo suyo, se llamaba Maunsley, era catedrático y estaba pasando un semestre en el Boston College como profesor visitante. Quirke había juzgado prudente no indagar qué clase de amigo era o había sido el catedrático. Molly tenía un pasado, eso estaba claro.

La noche anterior había ido con ella al Brazen Head a tomar una copa. No había bebido mucho: tres o cuatro whiskies y un par de botellines de vino de cebada. Molly había tomado solo un gin-tonic, que había saboreado lentamente hasta que los cubitos de hielo se deshicieron y la rodaja de limón quedó con una sonrisa torcida en el fondo del vaso.

Cuando el pub cerró, Molly lo había llevado a la recargada casa del profesor Maunsley. Habían hecho el amor, sin gran lucimiento, en la sala de estar de la planta baja, en el sofá lleno de bultos. Tal vez por entonces el virus ya estuviera instalado en sus tripas, esperando el momento oportuno para ponerse a trabajar en serio. En tal caso, Quirke podría culparle de sus torpes esfuerzos en el sofá. Después se había disculpado y ella le había dicho que no pasaba nada.

Molly era un alma indulgente.

¿Qué esperaba de ella y qué creía que ella esperaba de él? No tenía la menor idea. Le traía sin cuidado. No llegaría al extremo de afirmar que era feliz, pero la niebla de la montaña había vuelto a desvanecerse y, si bien no vislumbraba un futuro iluminado por el sol, lo que atisbaba tampoco era el gélido pasado.

Entró en el edificio con la llave que Phoebe le había dejado.

En el vestíbulo se percibía siempre un olor curioso. Era en parte el de la vainilla de la pastelería, pero se le añadía otro. Lo retrotraía a aulas recordadas, a las rendijas en los suelos de madera desnuda y cuajada de polvo vetusto, a las altas ventanas que vibraban y siempre parecían cubiertas de riachuelos de lluvia. Era St. Aidan, adonde lo habían enviado tras sacarle del orfanato. Del orfanato desearía no recordar nada, aunque no podía evitar los recuerdos.

Mientras subía por la escalera le pareció captar un tenue sonido de voces arriba. Al llegar a la puerta del piso dudó y aguzó el oído. Sí, una voz masculina y la de Phoebe.

Desde que vivía allí no había visto a su hija recibir visitas. Le preocupaba un poco, aunque nunca había tenido el valor de decírselo. Phoebe era una persona solitaria, pero no parecía sentirse sola. En una ocasión ella misma le había indicado, con notable aspereza, la diferencia entre ambas situaciones.

Salían a cenar juntos una vez por semana y a veces iban al cine. Quirke ignoraba qué hacía su hija el resto de las noches. No daba la impresión de tener muchos amigos, si es que tenía alguno. Había hecho buenas migas con Isabel Galloway, pero la relación entre ambas terminó cuando la aventura amorosa de Quirke e Isabel llegó a trompicones a su fin.

De todos modos, ¿qué derecho tenía él a meter las narices en la vida de su hija?

La llave rechinó cuando la introdujo en la cerradura. Siempre le había resultado problemático entrar por las puertas. Tenía la sensación de que se topaba con un impedimento en el umbral, como si algo se hubiera apresurado a salir del interior y se le enroscara en los tobillos. Su infancia se había caracterizado sobre todo por la falta de un hogar: él era un caracol sin concha. Ahora, desde la muerte de Evelyn, una vez más no se sentía en casa en ningún sitio.

Las entrañas le dieron otro tirón. Molly Jacobs había hecho comentarios sobre los gruñidos de sus tripas. Tal vez tuviera una úlcera. Apretó el llavero en el puño hasta que los bordes dentados se le clavaron en la palma.

Sentada a la mesa de la cocina, bajo la gran ventana, estaba Phoebe en compañía de nada menos que el inspector St. John Strafford. Ambos se giraron para mirarlo cuando entró.

—Ah, hola —le dijo Phoebe—. Has vuelto pronto.

Sus palabras no traslucían reproche alguno. Aun así, Quirke se sintió intimidado. Las sorpresas siempre tenían un efecto negativo en él. Se retraía ante todo aquello que se apartaba de sus formas habituales.

—No me encuentro muy bien —dijo. Se sentía cohibido por los dos—. Pensaba acostarme temprano.

Phoebe se levantó de la mesa.

—¿Quieres comer algo? ¿Te traigo una copa?

—No, gracias. —Quirke se obligó a volverse hacia Strafford y enfrentarse a su mirada irritantemente imperturbable—. ¿Qué quiere Hackett ahora? —preguntó.

—¿Hackett? —repitió Strafford arqueando una ceja.

—Supongo que ha venido usted «en misión oficial».

—No —intervino Phoebe a toda prisa—. Ha venido a tomar té.

Al principio Quirke no entendió lo que su hija quería decir. ¿Se refería Phoebe a Hackett —seguro que no— o a Strafford? Ambas opciones parecían igual de inverosímiles. «¿Ha venido a tomar té?».

Phoebe vestía una falda negra, una blusa blanca y una rebeca azul oscuro. Se había hecho algo en el pelo —Quirke pensó en Molly Jacobs y su casco de lustrosos rizos— y se había pintado los labios, algo desacostumbrado en ella. Una posibilidad intentaba presentarse ante él, pero su mente la rechazaba. De pronto se sintió ridículo plantado en la entrada de la cocina, con un par de llaves apretadas en el puño.

Se dirigió hacia la sala de estar mientras se quitaba el abrigo. Phoebe lo siguió.

—¿Estás enfermo?

—Un poco flojo, nada más —respondió Quirke. No quería mirarla—. Se me pasará.

—Deja que te sirva un vaso de whisky.

Phoebe se volvió hacia el aparador donde estaba la botella.

—No, no, no quiero nada. Gracias. Creo que solo...

A Quirke se le contrajeron de nuevo los intestinos. Se sentó en un sillón junto a la chimenea, donde ardía la lumbre de gas. Acercó a ella las manos —de repente tenía frío— y las llaves cayeron en el hogar. Phoebe las recogió y se las devolvió.

—Estás blanco como el papel.

Él la agarró de las muñecas y la atrajo hacia sí.

—¿Qué hace ese aquí? —preguntó en un susurro ronco.

—Ya te lo he dicho —murmuró ella—. Le he invitado a tomar té.

—Por Dios bendito.

—¿Qué pasa? ¿No te cae bien? Se parece mucho a ti, ¿sabes?

Al final Phoebe logró convencerlo de que se sentara a la mesa con ella y Strafford. Quirke se acordó de la merienda del Sombrerero Loco. No estaba seguro de quién era él, si el Sombrerero, el Lirón o el Conejo Blanco.

¿Cuándo había invitado Phoebe a alguien a tomar té en casa? ¿Y por qué té? ¿No habría sido más natural invitarlo a una copa? Supuso que ella consideraba que a Strafford el Protestante había que ofrecerle té.

Phoebe lo sirvió en la gran mesa redonda del comedor. Había puesto manteles individuales, su mejor juego de té y su cubertería de plata antigua, regalo de su abuela adoptiva, Rose Griffin. Strafford contemplaba complacido el festín dispuesto con esmero. Quirke tuvo ganas de pegarle un puñetazo en la cara.

Todo aquello era grotesco. Tendría que haberse ido al pub, y al carajo el estómago revuelto.

Sabía que estaba comportándose como un niño. El piso era de Phoebe, que tenía todo el derecho del mundo a invitar a quien le viniera en gana a tomar té y a mordisquear los deliciosos sándwiches, los pastelillos, los bollos con mermelada de frambuesa. Pero ¿tenía que ser Strafford?

De todos modos, ¿por qué estaba tan enfadado? En el fondo conocía el motivo y habría deseado no saberlo. Era simple y terrible. Tenía celos, celos de la desenvuelta presencia de Strafford en el piso de su hija. De repente, la posibilidad de perderla, de perder a su hija, la única que tenía, se volvió descarnadamente real. Y la perdería, por supuesto que la perdería. No ese día, ni quizá al siguiente, pero ocurriría tarde o temprano. Aun así, ¡que no fuera por Strafford, por favor!

Cuando la madre de Phoebe había muerto al darla a luz, Quirke había entregado la recién nacida a su hermano adoptivo y su esposa para que la criaran como si fuera suya. Durante diecinueve años —¡diecinueve años!— había negado a su propia hija. ¿Y ahora tenía la desfachatez de esperar que se quedara a su lado y lo cuidara —es más, lo quisiera— el resto de su vida?

Estaba avergonzado. Aun así, de buena gana habría arremetido contra Strafford. Esa leontina que le cruzaba la barriga..., ¿habría incluso un reloj en un extremo? De ser así, Quirke no le había visto nunca consultarlo. Y luego estaba aquel mechón claro, casi incoloro, en forma de ala que le resbalaba sin cesar sobre la frente, y el gesto de cuatro dedos tiesos con que se lo echaba hacia atrás, solo para que volviera a caerle al cabo de cinco minutos.

Phoebe estaba hablando con su invitado de un libro que había leído. Por supuesto, Strafford lo había leído también, e incluso conocía algunos chismorreos sobre el autor.

Quirke se disculpó y se levantó de la mesa.

Se quedó de pie junto a la ventana de su dormitorio, con los puños apretados en los bolsillos y maldiciendo para el cuello de su camisa. Al otro lado se extendía el desparramado jardín trasero, del que ya nadie se ocupaba. Estaba plagado de zarzas y arbustos de las mariposas. Tal vez eso fuera lo que debía hacer, conseguir una pala y una horca y bajar a domeñar la naturaleza salvaje a fin de domeñar así su espíritu colérico. Soltó una carcajada macabra.

No era posible que Phoebe fuese en serio con ese fideo desgraciado, ¿verdad que no?

Ay, sí que era posible. Se había enamorado de tipos peores en su juventud.

—¡Qué demonios! ¡Es demasiado viejo para ella! —espetó a los inocentes cristales de la ventana, y de inmediato una vocecilla dijo en su interior: «Sí, del mismo modo que tú eres demasiado viejo para Molly Jacobs». Pensar en Molly desencadenó otra andanada de palabrotas.

Algo se deslizó a lo largo de su intestino, súbito y rápido como una serpiente que se desenroscara. Tal vez tendría que irse a la cama y dejar que esos dos conversaran sobre Graham Greene o Henry Green, no recordaba cuál de los dos era y tampoco le importaba.

Fue al lavabo y se sentó en la taza. De inmediato salió a borbotones un aluvión de porquería ardiente. Cerró los ojos, agachó la cabeza y gruñó bajito mientras olía su propia pestilencia. Eso era justicia. Eso era lo que merecía.

Se limpió al terminar, abrió la ventana y sacó el rostro al aire fresco para aspirar una larga y profunda bocanada. Luego regresó al comedor recomponiendo el semblante lo mejor que pudo y se sentó a la mesa en su sitio.

—¿Te encuentras bien? —le preguntó Phoebe—. Tienes muy mala cara. —Se volvió hacia Strafford—. Hace un rato se quejaba de que estaba indispuesto.

—Estoy bien —susurró Quirke con los dientes apretados.

Cómo se atrevía Phoebe a hablar de él de esa manera, como si no estuviera sentado entre los dos.

Phoebe rellenó la taza de Strafford. Se disculpó porque seguramente el té ya se habría enfriado. Quirke encendió un cigarrillo. Le temblaba la mano. Strafford lo observaba. ¿Acaso no reflejaban regocijo sus ojos, regocijo y desprecio?

—Frank Kessler se pasó por Pearse Street —dijo Strafford.

—¿Ah, sí? —Quirke arrojó la ceniza en su platillo e hizo caso omiso de la mirada de desaprobación de Phoebe—. Pensaba que estaba en Israel.

—Y estaba. Ha vuelto.

—¿Qué quería?

—Bueno, eso es lo más curioso —respondió Strafford—. No tengo ni idea. —Tomó un sorbo de té tibio—. Se presentó en la comisaría y pidió verme. Lo llevé al Hibernian y le invité a un café. Estuvimos nuestros buenos cuarenta y cinco minutos juntos y al final yo seguía sin saber qué pretendía.

—¿Hizo alguna pregunta sobre Rosa Jacobs? —inquirió Quirke.

Hablar le serenaba, se dijo, debía continuar con la conversación.

—Eso también fue raro. Yo creía que él y Rosa Jacobs habían sido..., bueno, amigos, pero, según él, solo la vio una o dos veces y apenas la conocía.

—Eso no fue lo que dijo Sinclair.

—¿Sinclair?

—Fue mi ayudante en el laboratorio de Patología. Lo recordará usted.

—Lo he oído nombrar.

—Se marchó a Israel, pero ya ha vuelto. Ahora trabaja en Cork, en el Bon Secours. Fui a hablar con él.

El cuchillo de Phoebe chocó contra la orilla del plato. Quirke la miró. ¡Por Dios! ¿Cómo podía tener tan poco tacto? Ella ignoraba que Sinclair había regresado.

Strafford tocó el borde de su taza con la punta de un dedo. Tenía los dedos largos, delgados y pálidos, con uñas de color rosa desvaído. Fruto de la endogamia, como todos los de su laya, pensó Quirke desahogando su rabia en silencio.

—¿No eran Rosa Jacobs y él...? —empezó a decir Strafford, pero se calló al ver que Quirke lo miraba con expresión ceñuda y hacía un rápido gesto negativo con la cabeza. Phoebe fingía estar concentrada en su plato. Strafford insistió—: ¿No hubo también algo entre ellos?

—¿Dónde ha oído eso? —le preguntó Quirke.

—No lo sé. Alguien debió de decírmelo. ¿No sería usted?

—Yo no cuento chismes.

Strafford lo observó con expresión interrogante.

—Estamos investigando la muerte de una joven. Lo que usted considera chismes podría ser relevante para dicha investigación.

Quirke estaba seguro de que algo iba a reventarle en la cabeza. Notaba que el pulso le tamborileaba en la sien izquierda. Se puso en pie desmañadamente y se dirigió hacia el aparador, echó whisky en un vasito y lo llevó a la mesa.

—Salud —soltó levantándolo en un brindis rencoroso.

Se hizo el silencio. Oyeron pasar un coche por la calle, el zumbido de los neumáticos en el asfalto.

—¿Vio a la otra Jacobs, a la hermana, cuando estuvo en Cork? —preguntó Strafford.

Quirke no respondió. Había alzado el vaso y lo observaba al trasluz, como si admirase la forma en que el suave resplandor del atardecer brillaba a través del whisky. En una comisura de su boca se dibujaba una fea sonrisita quebrada. ¿Acaso aquel malnacido había oído algo, algún rumor sobre Molly Jacobs y él?

—Una ciudad bonita, Cork —afirmó—. Atravesada por el río, con antiguas casas georgianas. Noble. Lástima de sus ciudadanos.

Phoebe le lanzó una mirada suplicante. Sabía cómo se comportaba cuando se hallaba en ese estado de ánimo. Si Quirke seguía bebiendo, habría problemas.

—¿Y qué tienen de malo? —preguntó Strafford de la manera más apacible.

Phoebe le tocó el tobillo con la punta del zapato. Él no la miró. Estaba observando a Quirke.

—A favor de ellos diré que no son tan malos como los hombres de Kerry —contestó Quirke. Miró de reojo a Strafford, todavía sonriendo, con los párpados entornados—. Recuérdeme de dónde es usted.

—De Wexford.

—Eso es. Wexford. —Quirke miró a Phoebe—. ¿Sabes cómo llaman a los de allá abajo, a los de Wexford? Los llaman *yellowbellies*. Imagino que para indicar que son cobardes, aunque se supone que los cobardes llevan una raya amarilla a lo largo de la espalda, no en la barriga.* ¿No es así?

Phoebe no respondió. Seguía con la vista fija en el plato.

—*Yellowbellies* —repitió Quirke pensativo—. Un nombre rarito. Alguien debía de saber algo cuando empezaron a usarlo. Naturalmente —añadió sentándose de lado y echando un brazo sobre el respaldo de la silla—, fueron los *yellowbellies* quienes trajeron a los ingleses. Dermot MacMurrough iba detrás de una mujer casada y contrató a Strongbow, «Arco Fuerte», para que lo ayudara. Ahí fue donde empezó todo...

—¡Por favor! —lo interrumpió Phoebe de repente al tiempo que lo fulminaba con la mirada—. ¡Basta ya, por favor!

Quirke se echó hacia atrás fingiendo sorpresa.

—¿Basta de qué?

—Basta y punto.

Strafford dejó la servilleta en la mesa e hizo ademán de levantarse.

—Creo que debería... —empezó a decir.

—¡Quédate! —le ordenó Phoebe alzando una mano. A continuación se volvió hacia Quirke con la cabeza inclinada y lo miró furiosa desde debajo de las cejas—. ¿Por qué te comportas así? —le preguntó en voz baja y clara.

—¡No me comporto de ningún modo! —replicó él hinchando los carrillos en una especie de carcajada—. Estoy departiendo con el señor Strafford, aquí presente, mientras tomamos el té. Pocas veces tenemos ocasión de charlar. Normalmente él está muy atareado protegiendo al populacho, defendiendo a las mujeres y los niños y todo eso.

---

* *Yellowbelly* (literalmente «de vientre amarillo») significa «cobarde», y la expresión *have a yellow streak down one's back* (literalmente, «tener una raya amarilla a lo largo de la espalda»), «ser un gallina, un miedica». *(N. de la T.)*.

224

La frente de Strafford, por lo general pálida, se había vuelto rosa. Se pasó los dedos por el pelo. Phoebe le puso una mano en la muñeca.

—Lo siento —dijo él con aspereza—, debo irme.

Apartó la mano de Phoebe y se puso en pie.

—Vaya, así que se larga —intervino Quirke sonriéndole—. Los *yellowbellies* realizan una retirada estratégica.

Strafford lo miró con una sonrisa desdeñosa.

—¿Le gustaría conocer el verdadero origen del apodo? —preguntó—. El rey Guillermo III invitó a un vecino de Wexford, sir Caesar Colclough, a llevar un equipo a Inglaterra para que jugara un partido de hurling contra un equipo de hombres de Cornualles. A fin de diferenciarse de sus rivales, los de Wexford se ataron una banda amarilla alrededor del estómago. De ahí la palabra *yellowbelly*.

En el silencio que siguió, oyeron a Quirke tragar saliva.

—Gracias —susurró— por ilustrarme.

—De nada —respondió Strafford—. Y ganaron, dicho sea de paso. Los *yellowbellies* dieron una paliza a los de Cornualles.

Se giró y tocó a Phoebe en el hombro.

—Una merienda muy agradable —le dijo—. Gracias.

Phoebe se levantó.

—Te acompaño abajo.

Sin mirar siquiera a Quirke, se encaminó hacia la puerta con Strafford y salió.

Quirke, todavía con el brazo sobre el respaldo de la silla y un puño en la mesa, miraba hacia la ventana. Volvía a encontrarse mal.

En la planta baja, ante la puerta principal, Strafford tendió la mano a Phoebe, pero ella apoyó la suya sobre el pecho del policía, se puso de puntillas y le besó suavemente en los labios.

—Lo siento —dijo—. Es insoportable, sobre todo cuando bebe.

—Tranquila. Lo entiendo. Está en duelo.

Ella sonrió y se mordió el labio.

—¿Volveré a verte?

—¿Te gustaría?

No hizo falta que ella contestara.

Strafford se puso el sombrero. Por algún motivo, con él parecía increíblemente joven. Bien podría haber sido un muchacho desgarbado y muy alto para su edad que llevara el sombrero de fieltro de su padre en respuesta a un reto. Se disponía a hablar cuando oyeron el estrépito de pasos en la escalera y de pronto apareció Quirke con el rostro enrojecido y la boca en movimiento.

—Escuche, Strafford, escúcheme —espetó con la voz congestionada—, lárguese de aquí y aléjese de mi hija. Ya ha hecho bastante daño a mi familia...

—Doctor Quirke —Strafford levantó las manos—, no es momento de...

Quirke se abalanzó súbitamente sobre el hombre más joven, con el puño derecho echado hacia atrás. Phoebe se adelantó a toda prisa y lo detuvo en seco.

—No hagas eso —le ordenó, serena e imperiosa, y por un segundo pareció superar en altura a su padre—. Estás haciendo el ridículo y te arrepentirás.

La miró furibundo al tiempo que movía los labios de forma convulsa. Ella se preguntó por un instante si no iría a sufrir un síncope. Luego Quirke se alejó, con la misma rapidez con que había aparecido, y subió tambaleándose por la escalera.

Phoebe apoyó la mano en la mejilla de Strafford, que había palidecido.

—Vete —le dijo—. Te llamaré. Quedaremos.

Él seguía mirando a Quirke, que había alcanzado el recodo de la escalera y se impulsaba agarrándose a la barandilla con las dos manos.

—No debería beber más.

—No lo hará —aseguró ella—. Le esconderé la botella. No te preocupes.

—¿Estarás bien?

—Claro que sí. Se calmará y luego se morirá de vergüenza.

Tras un momento de vacilación, Strafford sonrió, se tocó el sombrero en señal de despedida e hizo una pequeña inclinación.

—Sí, llámame —dijo.

Phoebe lo observó alejarse con la gabardina sobre el brazo. Está casado, tonta, se dijo. Pero eran solo palabras, palabras sin peso. Volvería a verlo y la siguiente vez se aseguraría de que su padre no estuviera presente.

Lo encontró sentado en el asiento de la ventana de la sala de estar, llorando, con el rostro cubierto por las manos, los hombros convulsos. Se había arrancado la corbata y la había tirado al suelo. Ella se acercó y le puso una mano en el hombro.

—Ay, papá —murmuró.

15

A Hackett le dio un vuelco el corazón cuando Tommy McEvoy le llamó por teléfono. No era que le cayera mal Tommy. Habían estudiado juntos en el colegio de los Padres del Espíritu Santo. En aquella época Tommy era un futbolista extraordinario, aunque tenía fama de jugar sucio. Si alguien te ponía la zancadilla cuando los dos equipos salían por el túnel y mirabas hacia arriba desde el lugar donde te habías caído, veías a Tommy correr con una enorme sonrisa en su enorme cara colorada. Nunca lo castigaban por ello y eran pocos los chavales que le guardaban rencor. Probablemente se debiera a aquella sonrisa suya, a su máscara de buena camaradería.

Cuando Tommy eligió el sacerdocio, nadie se sorprendió tanto como Hackett. Siempre eran los más insospechados, naturalmente, pero Tommy era el más insospechado de todos. No era guapo, desde luego —a los diecisiete ya estaba gordo—, pero aun así las chicas se volvían locas por él. Hackett le había preguntado a una, una pelirroja llamada Mary o Marie (todavía le parecía verla), por qué lo encontraba atractivo. «Porque me hace reír», respondió la muchacha, como si fuera de lo más obvio, y miró a Hackett con cara de pena.

El caso es que Tommy había escogido la Iglesia y el celibato. Anunció a Hackett su decisión en una hermosa tarde fría y desabrida de otoño. Estaban en el lago, en una de las barcas de casco trincado del colegio, y se habían detenido detrás de un islote para fumar. Hackett se quedó estupefacto y no supo qué decir. Lo primero que pensó fue: «Voy a perder a un amigo».

A finales de octubre Tommy se despidió y se fue al Colegio Irlandés de Roma con aquella sonrisa enorme en la cara y un ejemplar del *Ulises* escondido en la bolsa de lona.

Hackett había apreciado a Tommy, pero también había recelado un poco de él. Detrás de sus sonrisas y bromas había algo duro e inflexible. Ahora era obispo —el obispo Tom, como le llamaba la gente, el más conocido y querido de los eclesiásticos del país—, y se rumoreaba que se convertiría en el siguiente cardenal de Irlanda. Sí, un hombre poderoso, un príncipe de la Iglesia. Y ese era el motivo de los malos presentimientos de Hackett. Si recibías una llamada inesperada del obispo McEvoy, más valía que te prepararas para algún tipo de problema.

—Nos vemos en la sede central para tomar una cerveza —indicó Tommy por teléfono.

—¿La sede central?

Tommy soltó una de sus risotadas estentóreas.

—El hotel Wynn. ¿No sabes que ahí se congregan los eclesiásticos? Los sábados por la noche tendrías la sensación de estar en el recinto de los pingüinos del zoológico.

Había terminado una breve racha de buen tiempo y el atardecer era gris y tormentoso, con una lluvia intensa que azotaba el rostro de Hackett y hacía que le escocieran las mejillas.

Llegaron a la vez a las escaleras del hotel. Tommy había engordado y tenía la cara más colorada que nunca. Era de corta estatura y tenía forma de barril, la nariz chata y la boca como la de un bebé. Sus carnosos labios estaban siempre mojados y brillantes. Llevaba un abrigo ajustado, una bufanda de cuadros escoceses y una gorra con un botón en lo alto.

—Dios mío, hace un frío que pela.

Hackett extendió una mano, pero Tommy no se la estrechó, sino que rodeó con los brazos a su viejo amigo y lo estrujó en un abrazo de oso. Olía a loción de afeitado cara, aunque por debajo se percibía aquella leve rancidez misteriosa que despedían todos los eclesiásticos, incluidos los obispos.

Subieron los escalones hasta las ornadas puertas de caoba y cristal biselado. Cuando entraron los recibió un chorro de aire cálido mezclado con el olor persistente de generaciones de cenas de beicon con repollo.

El bar estaba abarrotado y, en efecto, al menos la mitad de los clientes eran sacerdotes. Se hizo un silencio momentáneo cuando el obispo Tom entró quitándose la gorra y pasándose una mano por el cráneo. Era calvo, con excepción de un flequillo de rizos canosos que le daba un aspecto de monje medieval.

Hackett reparó en las inclinaciones de cabeza reverenciales y casi imperceptibles que los grupitos de sacerdotes de la barra y sentados alrededor de las mesas bajas dirigían a su amigo. Tommy, por supuesto, fingió no advertir esas señales de aprecio y respeto. Le gustaba presentarse como un simple campesino que por mecanismos ocultos e inexplicables había sido encumbrado a las eminentísimas alturas eclesiásticas, cuando en realidad había trepado por la cucaña con feroz energía y habilidad.

—¿Qué quieres beber, Tommy? —le preguntó Hackett.

Estaba apoyado en la barra con una mano en el bolsillo de su raído abrigo gris y el sombrero de fieltro inclinado hacia la nuca. Podrían haberlo tomado por un comerciante de ganado medianamente próspero que se relajaba al término de un día de feria.

—Tomaré un brandy con oporto —respondió Tommy arrojando la gorra en la barra—. Así me quitaré de encima el frío de esta noche de perros.

El camarero era alto y flaco y tenía el cuello largo y una nuez muy marcada.

—Buenas noches, su excelencia —dijo inclinando la cabeza con solemnidad.

—¿Qué tal, Mick? —respondió Tommy—. Espero que la mujer y la familia estén bien. ¿Cuántos tienes ya? Tres en el último recuento, según recuerdo.

—Hay otro en camino —anunció Mick con una sonrisita de satisfacción avergonzada.

—¡Muy bien, muy bien! Otra alma dulce que engrosará el rebaño.

Se frotó sus gordezuelas manitas. Eran como las de un bebé; parecía que las hubieran introducido en las rollizas muñecas y atornillado solo hasta la mitad. Hackett observó divertido y admirado su actuación. Nadie superaba la habilidad de Tommy para conseguir que hasta los más humildes se creyeran entre los elegidos, aunque solo fuera el rato que pasaban en su compañía.

Mick el camarero les llevó las bebidas. Hackett había pedido un Jameson corto y un vaso de agua. Mientras pagaba, Tommy se inclinó hacia Mick y bajó la voz.

—Acércate —murmuró—. ¿Sabes lo que les pasó a Louis Armstrong y su esposa durante una visita al papa? Louis estaba haciendo una gira por Europa y, cuando llegó a Roma, Pío XII los recibió en audiencia en el Vaticano. La pareja se había casado no hacía mucho y su santidad les preguntó si tenían hijos. Louis puso su enorme sonrisa de siempre —Tommy imitó al risueño trompetista— y contestó: «No, reverencia, pero sin duda nos lo pasamos muy bien intentándolo». —Se echó a reír y su inmensa barriga tembló—. Como imaginarás, siguió un silencio de estupefacción, expresiones escandalizadas alrededor, hasta que Pío, Dios le bendiga, soltó de pronto una sonora carcajada, palmeó a Louis en la espalda y le dijo que era un tipo fantástico.

El camarero sonrió indeciso, pues no estaba seguro de haber captado el sentido de la anécdota y le parecía que, de haberlo entendido, era poco apropiada para que un obispo fuera contándola. Se libró del momento de incomodidad al ver que uno de los curas del otro extremo de la barra le hacía señas.

Hackett sacó el encendedor tras ofrecer su cajetilla de Gold Flake a su amigo.

—Dios nos bendiga —dijo Tommy alzando su copa.

—*Sláinte* —respondió Hackett.

Bebieron, dieron una calada y expulsaron hacia el techo idénticos conos de humo.

Tommy seguía siendo un gran aficionado al fútbol. Charlaron de la final de verano del All-Ireland entre Wexford y Tipperary, eternos rivales. A Hackett no le interesaba demasiado el deporte, de modo que tuvo que improvisar sus intervenciones. No importaba, pensó, pues Tommy estaba contento de ser el que hablara, como de costumbre. Siempre le había encantado el sonido de su propia voz, incluso cuando estudiaban en el Rockewell College. Además, había atenuado su acento de Kerry. Hacía rodar las frases engoladamente alrededor de la lengua y dejaba caer con destreza alguna que otra palabrota suave.

Hackett empezaba a pensar que, después de todo, podía relajarse porque aquello era lo que parecía: una reunión de dos amigos. Y justo en ese momento Tommy reveló la verdadera razón del encuentro.

Había pedido una segunda ronda y estaba encendiendo uno de los gruesos cigarrillos que fumaba —una marca egipcia, fuerte y de aroma oscuro— cuando mencionó, con toda la naturalidad del mundo, la visita del inspector Strafford y el doctor Quirke a la casa y los establos de Wolfgang Kessler, en el condado de Wicklow.

—¿Lo conoces? —preguntó Hackett.

Se había sobresaltado y puesto en guardia de inmediato. Aquello era lo último que esperaba.

—Sí —respondió Tommy, entretenido con los cigarrillos y las cerillas—. Es un gran amigo de la Iglesia. Un gran benefactor.

—¿Ah, sí? —murmuró Hackett haciendo rodar la punta del cigarrillo por el borde de un cenicero con la leyenda «Guinness es buena para ti». Tendría que proceder con cautela.

¿Qué había sucedido aquel día en Wicklow? El informe de Strafford sobre el encuentro con Kessler no había dejado entrever ninguna pelea ni desavenencia. ¿Acaso Quirke había dicho o hecho algo que había sulfurado a Kessler y lo había impulsado a recurrir a sus amigos de la Iglesia? Quirke no siempre se caracterizaba por su tacto, sobre todo si tenía resaca o si, Dios no lo quisiera, había bebido.

—Por lo visto —contaba Tommy—, fueron a hablar con él de aquella joven que murió en el garaje, ¿cómo se llamaba?

—Rosa Jacobs.

—Eso es. Rosa Jacobs. —El oporto había teñido de un brillante color morado los húmedos labios de Tommy—. Un asunto de lo más desdichado. ¿Es cierto que hay indicios de criminalidad?

—Eso opina el doctor Quirke. Realizó la autopsia.

—Terrible, terrible. —Tommy negó con la cabeza—. ¿Tenéis alguna idea de quién lo hizo?

Hackett se planteó mentir, soltar que estaban siguiendo varias pistas claras. Sin embargo, antes de que la conversación terminara tal vez se viera obligado a contar embustes mucho más gordos, de modo que más valía que de momento se atuviera a la verdad.

—No, no hay sospechosos. Ni siquiera se nos ocurre un posible móvil.

—¿Había tenido la joven... un tropiezo? —preguntó Tommy.

Con lo que quería decir: ¿estaba embarazada?

—No, no tenía ningún problema que sepamos.

El atardecer iba dando paso a la noche y el aire del local estaba cargado de humo de tabaco y olores de bebidas. Un hombre entró acompañado de dos mujeres y todas las cabezas se giraron. ¡Mujeres! ¡En el bar del hotel Wynn!

Era como si en una asamblea de una sociedad secreta o en una banda de conspiradores se hubieran colado intrusos.

—Wolfgang Kessler conocía a Rosa Jacobs —explicó Hackett—. Y su hijo también.

—En efecto. —Tommy sonrió y sus ojos centellearon—. Pero seguro que también la conocían otras muchas personas. Tengo entendido que era una muchacha muy activa y que siempre estaba celebrando reuniones y organizando protestas.

—Sí. Al parecer se entregaba por completo a las causas que defendía.

—Ya. Como el aborto y dispensarios gratuitos para mujeres. Conocemos la opinión del arzobispo sobre quienes propugnan cosas así. No es que yo esté de acuerdo con todo lo que su excelencia hace o dice. —Tommy seguía sonriendo, pero su tono había experimentado un cambio sutil. Se percibía cierta aspereza en él, una aspereza intencionada—. En cualquier caso, la reputación es el bien más valioso de una muchacha y el más fácil de perder. He conocido a chicas como ella. Se manifiestan enarbolando sus pancartas, hasta que se estampan contra una pared de vidrio en la que no se habían fijado y se rompen la nariz. Y más que la nariz.

Hackett guardó silencio. Los chistes sobre el papa y Louis Armstrong eran graciosos, estaba pensando, pero que una judía predicara la libertad sexual para las mujeres de la católica Irlanda no hacía ninguna gracia. En fin, si su viejo amigo Tommy McEvoy iba a ponerlo en jaque, no le quedaba otro remedio que defenderse.

—¿Te ha transmitido Kessler alguna queja sobre Strafford y el doctor Quirke? —preguntó mirando al obispo directamente a los ojos.

—¡Querido amigo! —exclamó Tommy casi a gritos—. ¿De qué iba a quejarse? Una joven fue asesinada, una joven que se sabía que había visitado la casa de Wolfgang Kessler y que conocía a su hijo..., ¿cómo no iba a ir a verlo la policía? Solo que...

Se interrumpió y tomó un trago de brandy con oporto.

—¿Solo que?

Tommy cruzó sus gordas piernas y se inclinó hacia su amigo.

—Solo que estaba un poco desconcertado por todo el asunto. ¿Por qué iban un inspector de policía y un forense...?

—Patólogo.

—Disculpa. Un inspector de policía y un patólogo, ¿por qué iban a ir juntos a interrogarlo? Reconocerás que es, cuando menos, un poco anómalo.

Hackett estaba toqueteando el paquete de Gold Flake. El cigarrillo egipcio que le había dado Tommy le había dejado mal sabor en la boca; se lo había fumado por pura cortesía.

—¿Y no dirías que la muerte de esa pobre chica fue también sumamente anómala?

—Sin duda, sin duda. Pero ¿por qué enviar a tu hombre a que someta al tercer grado a Wolfgang Kessler? Por Dios, seguro que no sospecharás que fue él quien mató a la desafortunada muchacha.

—¡Tercer grado! —repitió Hackett con un resoplido—. Si no vistieras los hábitos, diría que últimamente has ido demasiado al cine. Estamos recabando cualquier fragmento de información que podamos encontrar. Tengo hombres en el Trinity College hablando todos los días con gente que conocía a Rosa Jacobs. Su muerte es un absoluto misterio; nadie tiene ni la más remota idea de por qué la mataron ni quién lo hizo.

Con el ceño fruncido, Tommy contemplaba su copa y negaba muy despacio con la cabeza.

—¿Crees —susurró— que tal vez fuera una especie de acto ritual?

El inspector lo miró de hito en hito, estupefacto. Luego entendió.

—¿Porque es judía?

Este es el hombre, pensó, que leía a James Joyce y escribió una tesis famosa sobre un filósofo alemán del que nadie había oído hablar hasta entonces.

Tommy seguía con la vista clavada en la copa.

—Ya sabes que tienen costumbres distintas de las nuestras. Crucificaron a nuestro Señor y Salvador, y desde entonces llevan la marca de Caín...

—Más bien la marca de Abel. Mira lo que les pasó en la guerra.

—Habrá quien te diga —afirmó Tommy con suavidad— que ellos mismos se lo buscaron.

—Sí, igual que nosotros nos buscamos la hambruna.

—Ah, vamos, no tiene ni punto de comparación.

—Dices bien. No tiene ni punto de comparación.

Tommy se enderezó y le dio una palmada jovial en la rodilla.

—¡Vaya! —exclamó desplegando una sonrisa por toda la cara—, jamás habría pensado que eras un amante de los judíos. En cuanto a mí —se cubrió rápidamente los ojos con las manos, luego las orejas y por último la boca—, no ver, no oír, no hablar: ese es mi lema.

De vez en cuando un cura de alguna de las mesas echaba un vistazo al obispo y se giraba para comentar algo a los demás. Entonces estos también miraban y luego juntaban las cabezas y cuchicheaban.

Pidieron una tercera ronda. Hackett se había pasado a la Guinness. Últimamente había notado que no podía beber licores como antes. Se estaba haciendo viejo, su tolerancia al alcohol iba disminuyendo.

—Por cierto, ¿de qué conoces al tal Kessler? —preguntó.

Tommy estaba encendiendo otro de sus nocivos cigarrillos. Hackett le había ofrecido el mechero, pero el obispo usaba solo cerillas. Detestaba el sabor del líquido de encendedor.

—Nosotros le ayudamos un poco al acabar la guerra.

237

—¿Nosotros?

Tommy casi esbozó una sonrisa de satisfacción.

—Tenemos nuestras redes —murmuró—. Y, por supuesto, todo el mundo necesitó ayuda en aquellos tiempos terribles. En cualquier caso, pertenece a mi parroquia. Su casa está a cuatro pasos de Ferns. —Tommy vivía en Ferns, en el palacio episcopal—. Un día de estos tienes que ir en tren y quedarte a cenar. Abriré un par de botellas buenas. Mi apreciado predecesor dejó una excelente bodega cuando Dios lo llamó a su lado. El palacio episcopal (palacio, *marya*) es un caserón horroroso. Siempre busco compañía. ¿Irás? Tráete a la parienta si quieres.

—Sí —respondió Hackett con una vaguedad deliberada—. Lo haré.

Corría la voz de que Tommy tenía una señora que atendía sus necesidades. La mujer regentaba una peluquería en Gorey y se los veía a menudo tomando juntos una copa en el pub French's. A nadie parecía importarle; de todos modos, ¿y qué si les importaba? ¿A quién se le ocurriría desvelar el secreto a voces del obispo Tommy?

Fuera, la tormenta había arreciado. Ráfagas turbulentas azotaban las ventanas, cuyos cristales vibraban como la piel de un tambor. Incluso en aquella sala acogedora reinaba una sensación electrizante de noche revuelta, de enormes remolinos de viento girando en la oscuridad y de estrellas temblorosas.

Así que la Iglesia había sacado a Wolfgang Kessler de Alemania. A Hackett no le sorprendió. Durante años habían circulado rumores sobre el papa Pío, el amigo de Louis Armstrong, y sus relaciones con la camarilla de Hitler. Más tarde, en Irlanda, sin duda habían entrado en acción los caballeros de la Orden de San Patricio.

Entonces ¿quién era exactamente el tal Kessler? De pronto la pregunta cobró un gran interés.

—Strafford dice que tiene una buena finca allí, en Wicklow.

—Kessler la ha sacado adelante, sí —afirmó Tommy—. Conoce a sus caballos. Uno quedó segundo en la Copa de Oro de Cheltenham el año pasado y se dice que algún día la ganará.

Hackett dio un sorbo a su cerveza negra. La pinta no estaba sentándole bien; sentía un toque de acidez. O tal vez fuera la compañía. Tenía la desagradable convicción de que su viejo amigo iba a presionarle para que dejaran en paz a los Kessler, padre e hijo.

—Ya te faltará poco para jubilarte, ¿no? —preguntó Tommy.

—Sí, no falta mucho. Ya estoy contando los días.

—¿Lo llevarás bien? ¿Tendrás cosas que hacer? ¿No estarás todo el día de brazos cruzados?

—Tengo una casita de campo en Leitrim. Está a orillas de un lago. Es un lugar muy bonito. Es posible que May y yo nos vayamos a vivir allí.

—¿Para siempre?

—Lo estamos hablando.

—Entonces ahorrarás dinero. La vida es barata en Leitrim.

Dinero. Cuando un clérigo lo saca a relucir, es evidente que van a abordarse asuntos serios.

—Tendré la pensión y lo poco que hemos ido ahorrando desde hace años. Viviremos de lo que pesque en el lago y plantaré unos cuantos surcos de patatas y otros pocos de repollos.

Tommy soltó una risita.

—¡Diantres, lo tienes todo pensado! —Una pausa. Luego, con tono reflexivo—: Una buena cosa, la pensión de jubilación. Recuerdo que Dev me dijo una vez que era una de sus mayores prioridades cuando llegó al poder en el 37.

Hackett dudó que fuera cierto —le costaba creer que los ancianos de Irlanda hubieran estado en primer plano en la calculadora mente del señor De Valera—, pero se abstuvo de hacer comentarios.

—Yo pensaba más bien en la pensión de la Garda.

—Ah, claro, claro.

Las copas de ambos estaban vacías.

—¿Se recibe de manera automática? —añadió el obispo—. Es decir, no hay forma de impedir que se cobre o algo así.

Ah, sí. Ahí estaba. El primer destello de la daga.

—Imagino que tendrías que hacer algo muy gordo para que te retiraran la pensión —replicó Hackett con una sonrisa tan ancha como la de Tommy—. He procurado ser un buen chico durante todos estos años.

—Bueno, bueno, no sé si creérmelo —repuso Tommy con tono alegre, como si bromeara—. Todos tenemos unos cuantos cadáveres en el armario.

Cierto, pensó Hackett..., y también en una peluquería de Gorey.

—Creo que saldré adelante —se limitó a decir.

Pero, si pensaba que así zanjaría la cuestión, se equivocaba.

—Eres un hombre afortunado —afirmó Tommy con pesar—. Nosotros no recibimos ninguna pensión.

Por el amor de Dios, ¿es que iba a hacerse el pobre? Ese hombre vivía y viviría toda su existencia en un palacio, sin preocupaciones monetarias y con criados que le servían todo en bandeja.

—Pero vosotros sois como los futbolistas amateurs —dijo Hackett con un guiño pícaro—. Tenéis prebendas de propina.

Tommy lo miró rápidamente, olvidándose de sonreír.

—Las prebendas son contadísimas —replicó sin poder eliminar el acero de su voz.

Hackett se maldijo. ¿Es que no podía mantener la puñetera boca cerrada? El poder de la Iglesia en ese país no conocía límites. Desde luego que era posible retirar una pensión. Solo se requeriría una de las famosas llamadas telefónicas nocturnas del arzobispo. El jefe de la Garda era un miembro activo de la Orden de San Patricio, la mafia *paddy*, como la llamaban los graciosos de los pubs. En ese caso, Hackett y su esposa precisarían toda su habilidad de pescador y agricultor incluso para subsistir junto a su lago de Leitrim.

Cabía la posibilidad de que Tommy fuera de farol, pero, si se trataba de un farol, se necesitaría un hombre más valiente o más temerario que el inspector jefe Hackett para comprobarlo.

Una vez cumplida la tarea, enviado el mensaje, el obispo se preparaba para marcharse. Se puso el abrigo y la bufanda y cogió la gorra.

—Encantado de verte. —Le dio un apretón en el brazo derecho—. ¿Sales conmigo?

—Me quedaré un poco más —respondió Hackett—. Tú vete.

—De acuerdo. Entonces me voy.

Ahora los observaban todos los sacerdotes del local, sin importarles que los vieran mirando. Tommy se quedó allí plantado, con aquella enorme cabeza de calabaza que tenía y aquella sonrisa. Hackett no entendía por qué no se iba, hasta que vio a su lado el dedo anular doblado del obispo. ¿Estaba el muy bribón enseñándole el anillo episcopal para que lo besara? Empezó a notar el sudor sobre el labio superior. Había un número limitado de cosas que aceptaba hacer, y besar el anillo de Tommy McEvoy no se contaba entre ellas.

—Buena suerte, Tommy —dijo dejando claro que hacía caso omiso de la mano crispada a su lado.

—Buena suerte a ti también, viejo amigo.

Tommy se dio la vuelta y se alejó bamboleándose seguido por la mitad de los ojos del bar. Cuando salió, esos mismos ojos se volvieron hacia Hackett, el amigo del obispo. Se sintió como un caminante solitario que, indeciso en la linde del bosque, percibe entre los árboles la mirada ardiente de una manada de lobos.

—Sírvenos un whisky de malta, Mick —dijo al camarero al tiempo que apartaba el vaso de Guinness vacío.

Sacó el pañuelo y se enjugó el sudor de la frente y del bozo. No quería otra copa, pero la necesitaba.

16

Sin duda era más que una resaca. Se sentía como si durante toda la noche, mientras dormía, hubiera tenido sobre el pecho un peso enorme, grande como el peso de los males del mundo. Le ardían los párpados, le dolían las articulaciones, los brazos y las piernas le pesaban como el plomo. Recordaba haberse acabado la botella de whisky y haber seguido después con alguna otra bebida. ¿Licor de menta? ¿Benedictine? Phoebe había intentado que parara, pero él le había gritado y ella se había ido a la cama y le había dejado a sus anchas. Ahora tenía la boca como el fondo de una colmena, revestida de escoria y con un sabor dulce.

Le había despertado un rayo de sol que entraba por una esquina de la ventana y le abrasaba la mejilla izquierda y el lado izquierdo de la frente. Por la noche había caído una tormenta; lo había sacado dos o tres veces de su estupor etílico. Ahora reinaba la calma y el sol brillaba en la ventana. Se oía el lamento de una aspiradora en algún lugar del edificio.

La pastelería estaba abierta y se percibía el olor a vainilla. Quizá fuera eso, y no el benedictine, lo que le dejaba un sabor dulce en la boca.

Cuando apartó hacia un lado el grueso edredón, el deslizamiento y el crepitar del cobertor de satén lo hicieron estremecerse. Salió a rastras de la cama llena de vapores y se detuvo junto a la ventana alta que daba al indómito jardín. Había olvidado correr las cortinas. Menos mal: estaba tan borracho que seguramente las habría arrancado, con el riel y todo, y hubieran acabado hechas un burujo en el suelo.

En camiseta y calzoncillos se dirigió hacia la puerta que llevaba a la sala de estar y, encorvado, se detuvo a escuchar. Ningún ruido. Phoebe debía de haberse ido hacía rato. Pasaba las mañanas en la biblioteca del Trinity College. Estaba escribiendo algo, él no recordaba qué, una tesis, un trabajo para el doctorado. Quirke se alegraba de que hubiera retomado los estudios. Por el momento Phoebe no trabajaba y vivía del dinero que había heredado de su abuela adoptiva.

De pronto le vino a la memoria con una especie de golpetazo. Strafford. La calamitosa merienda. Su furia. La escaramuza ante la puerta principal. Profirió un gemido de angustia y desprecio a sí mismo. ¿Había caído alguna vez más bajo? Bueno, sí, pero había pensado que aquellos días no se repetirían. Días de pocas rosas y de mucho vino y otras bebidas más fuertes.

Aun así, ella le había llamado «papá». Era el único puntito de luz que brillaba en la oscuridad. Nunca antes, ni una sola vez. Ella siempre le había llamado Quirke, como todos los demás.

No se lo menciones, no se lo comentes, jamás. Seguramente Phoebe se arrepintió tan pronto como la palabra salió de sus labios. Pero la había dicho, y lo que se decía una vez no podía desdecirse.

El aire del cuarto de baño era cálido y estaba saturado por la luz del sol. Se metió en la bañera y estuvo en remojo hasta que el agua adquirió un tinte gris y se enfrió. Levantó los dedos y se examinó las yemas. Estaban arrugadas y blancas como la cera. Así tenía también los dedos de los pies. Como si su cuerpo hubiera perdido toda la sangre.

El lento retumbo de su cabeza era como el ruido de una máquina lejana, un martinete, que golpeara una y otra vez una tierra resistente. La distante aspiradora también seguía sonando, un zumbido de mosquito.

En el techo se balanceaban manchas de luz. Debían de ser reflejos proyectados por el agua de la bañera. Eran como jeroglíficos que se formaban y se disolvían y volvían a formarse, diferentes en cada ocasión.

Al final, cuando el agua ya estaba demasiado fría para permanecer en remojo, se levantó como una ballena que emerge y, tiritando, se envolvió en la toalla. Había evitado mirarse en el espejo, pero tarde o temprano tendría que afeitarse. El borde de la cuchilla centelleaba con amenazadora intención azul plateada.

Se puso una bata y fue a la cocina. Phoebe le había dejado lista la mesa del desayuno. Tal vez no estuviera tan enfadada con él como tenía todo el derecho a estar. Se preparó un té bien cargado y colocó dos rebanadas de pan bajo la parrilla de la cocina de gas. El primer cigarrillo del día sabía a lana chamuscada. Se quedó mirando por la ventana y se olvidó de las tostadas, hasta que de debajo de la parrilla empezó a salir humo a borbotones. Soltó una palabrota y se acordó de un chiste que, cuando era niña, Phoebe le había contado al menos una vez al día durante semanas seguidas.

Pregunta: ¿qué es el pan? Respuesta: una tostada cruda.

Cuando se rio, pareció que estuviera gruñendo.

Telefoneó al hospital y pidió a la monja de la recepción que avisara al laboratorio de Patología de que estaba enfermo y no iría ese día. Al colgar el auricular imaginó a la monja negando con la cabeza en señal de muda desaprobación. El Doctor Muerte, su mote entre el personal del hospital, había estado de juerga etílica una vez más.

Quedó con Molly Jacobs en el café que había sobre el pequeño cine de Grafton Street. Se tomó tres tazas de té —tenía una sed insaciable— y permitió que Molly lo convenciera de que se comiese medio sándwich de huevo. Eran las once de una mañana de mediados de semana. Mujeres con sombrero, abrigo, falda de tweed y bolsas de la compra a los pies ocupaban las mesas. En el local solo

245

había otros dos hombres, y se mostraban tan cohibidos como se sentía él, o como se habría sentido si no le hubiera parecido que tenía la cabeza rellena de copos de algodón mojados.

Habló a Molly de la desastrosa merienda de la tarde anterior. O, mejor dicho, le ofreció una selección de los momentos culminantes y omitió lo peor de los menos edificantes.

—Ay, Quirke —rio ella—, ¿qué vamos a hacer contigo?

—Lo sé. No debería permitírseme que me relacionara con otros seres humanos. O con los seres humanos, porque esta mañana no estoy seguro de ser uno de ellos.

A pesar de todo, se sentía sorprendentemente contento. En los últimos seis meses había imperado un invierno perpetuo en su mente, con algún que otro breve destello del estimulante tiempo de abril. No había nada que justificara esos momentos de luz. Los aceptaba con humildad y gratitud y con una pizca de aprensión. ¿Acaso se le concedían esos momentos de claridad para que resultara más terrible su futura expulsión a una oscuridad definitiva?

De repente recordó un sueño que había tenido esa noche. En el sueño se despertaba tendido cuan largo era en una fosa poco profunda revestida de cenizas frías. Sabía que se suponía que estaba muerto y que lo habían enterrado en esa tumba poco honda. Muy sereno, e incluso un tanto divertido, se apresuraba a ponerse en pie y se sacudía la fina ceniza gris que tenía adherida a la ropa, la cara y el dorso de las manos. A continuación se alejaba paseando hacia un paisaje yermo y brillante como la faz de la luna. Sin embargo, tras unos cuantos pasos se detenía al caer en la cuenta de que la sepultura en la que había reposado no era la suya, sino la de Evelyn, y de que las cenizas eran de ella, lo único que quedaba de su persona tras la cremación. Se daba la vuelta y corría hacia donde creía que se hallaba la tumba, pero el suelo del lugar estaba liso, como liso era todo el terreno hasta donde alcanzaba la vista. Su yo onírico se veía a sí mismo en mitad del inmenso vacío girando hacia un lado y hacia otro, confuso y desconsolado.

Molly estaba preguntándole algo.

—¿Hum?

—¿Qué te pasa? —repitió ella.

Quirke se llevó una mano a la frente.

—Nada —musitó—. Estaba recordando algo.

—Un recuerdo muy desagradable, por la cara que has puesto.

¿Debía contarle el sueño? No, no debía.

Encendió un cigarrillo.

—¿Has hablado con tu padre? —preguntó—. ¿Cómo está?

—Está bien. Bueno, no, no está bien, pero va tirando. Todavía se niega a salir de casa, pero al menos se aventura a abandonar la maldita habitación en la que se había encerrado. De todos modos, continúa dando la matraca con el coche de Rosa.

—¿Todavía lo tienen retenido?

—No, pero está en algún recinto de la Garda y no sabemos cómo recuperarlo.

—Veré qué puedo hacer.

Molly estaba observando el rostro de Quirke.

—Realmente estás hecho una pena. ¿Cuánto bebiste?

—Fue el benedictine que tomé al final lo que acabó conmigo. O el licor de menta... No recuerdo cuál de los dos.

Ella se recostó en la silla y lo observó con calma.

—¿Eres alcohólico? —le preguntó.

—Antes bebía mucho.

—¿Antes?

—Tú no me conocías entonces. Esto no es nada. Una vez me corrí una juerga etílica que duró seis semanas. Cuando volví en mí una mañana, estaba sentado en el bordillo de la acera de O'Connell Street y no recordaba nada. No llevaba encima la cartera, tenía la ropa hecha jirones y alguien, seguramente yo mismo, me había arrancado los cordones de los zapatos. —Miró a Molly con aire cansino—. ¿Escandalizada? Deberías estarlo.

—¿Qué ocurrió?

—¿Qué quieres decir con qué ocurrió? Me adecenté y volví al trabajo.

—Me refería a cómo dejaste de beber... No es que lo hayas dejado, pero imagino que ya no desapareces durante semanas seguidas.

—No, eso quedó atrás.

—Al morir tu esposa, ¿no te sentiste tentado de...?

—Mira, Molly —la interrumpió él apoyándose pesadamente en la mesa—, ¿te importa que hablemos de otra cosa?

Ella lo miró de hito en hito.

—¿Como qué?

Él suspiró y bajó la vista. Era un poco pronto para tener su primera discusión.

La camarera se acercó a recoger los platos, las tazas y los platillos. Quirke le pidió la cuenta. La muchacha sumó las cifras en su libreta, arrancó la hoja y la dejó en la mesa ante él.

—Tres chelines y seis peniques, señor.

Quirke contó las monedas y añadió un chelín de propina. La joven recogió el dinero y le sonrió, y él sintió consternado el ardor de las lágrimas en los párpados.

Papá.

Más tarde fueron a almorzar al hotel Russell. Comieron lenguado y bebieron una botella de Pouilly-Fuissé. El Russell era uno de los locales favoritos de Quirke. Era a donde iba con Phoebe en los viejos tiempos para darse su capricho semanal. Antes de casarse con Evelyn. Phoebe había trabajado en la sombrerería de aquella bruja, la señora Cuffe-Wilkes, en Grafton Street, pero lo había dejado para convertirse en la recepcionista del gabinete de psiquiatría de Evelyn, en Fitzwilliam Square. Quirke había conocido a Evelyn gracias a Phoebe.

—No pensaba que fuera posible encontrar comida decente en Dublín —comentó Molly con tono de aprobación.

—Hay que conocer los lugares adecuados y estar con la persona indicada.

—Es decir, contigo, claro está.

Quirke estiró el brazo por encima de la mesa y le acarició el dorso de la mano con la punta de los dedos.

—¿Sabes cómo se declaró Robert Mitchum a su esposa?

—No. ¿Cómo se declaró Robert Mitchum a su esposa?

—Le dijo: «Quédate conmigo, nena, y te tirarás pedos en prendas de seda durante el resto de tu vida».

Molly se sonrojó, pero también se echó a reír.

—Llevan diecisiete años juntos —añadió Quirke—. Sin duda todo un récord en Hollywood.

Se comieron el pescado, se bebieron el vino. La resaca de Quirke iba remitiendo. Se le concedía otro atisbo de los soleados altiplanos.

—Tengo que contarte algo —dijo Molly.

—¿Ah, sí?

Apartaron los platos hacia un lado. Como si quisieran despejar el terreno para la batalla, pensó Quirke, que gimió por dentro. Molly se acodó en la mesa y lo miró con una expresión sombría en sus brillantes ojazos. Quirke encendió un cigarrillo.

—¿Te acuerdas de las llamadas telefónicas de aquella noche? —preguntó ella.

—¿Qué llamadas?

—Las que supusimos que serían para mi padre. Pues bien, no eran para él. Eran para mí.

—¿Ah, sí? —repitió Quirke con la sensación de que algo le oprimía el pecho.

Era muy posible que el almuerzo terminara de golpe con él levantándose torpemente de la mesa, despidiéndose apenado y saliendo del hotel. Ya le había sucedido una vez, y aquel día todo había comenzado con una confesión. Pero ¿quién era la mujer? No lograba recordarlo. En cambio, veía la mesa tal como había estado, con los platos a un lado, una servilleta retorcida y anudada y un cigarrillo humeante en un cenicero de cristal.

Como si también hubiera visto lo que Quirke veía en su mente, Molly estiró el brazo para quitarle el cigarrillo de los dedos, aspiró una bocanada de humo, la expulsó y le devolvió el cigarrillo.

—Tengo novio. En Londres.

—Ah.

—No sé cómo consiguió el número de Cork. Yo no se lo di.

—¿Cómo se llama?

—¿Acaso importa?

—Sí.

—Es solo una especie de novio. —Molly hizo una mueca—. ¿No detestas esas palabras escurridizas, «novio», «novia»? Son infantiles.

Quirke no estaba dispuesto a dejar que ella misma escurriera el bulto. Le haría pasar un mal rato.

—¿Es periodista?

—¿Cómo lo has adivinado?

—No era difícil.

—Es periodista, sí. Y algo así como mi jefe.

Quirke rio entre dientes. No fue un sonido agradable.

—Tu especie de novio es algo así como tu jefe. Eso debe de ser interesante.

—El caso, y es lo que tienes que entender, el caso es que no se trata de nada serio. Es decir, yo no voy en serio con él. Respecto a lo que él siente por mí, vete a saber. Es inglés. Inexpresivo es la palabra. —Molly le dirigió una mirada dubitativa y casi suplicante—. ¿Te molesta?

—¿Si me «molesta terriblemente», como diría tu novio inglés? —Quirke jugueteó con el cigarrillo y el cenicero. No sabía cómo se sentía—. No iba a declararme. Eres libre y...

Ella levantó la mano para interrumpirlo.

—No lo digas.

—¿Que no diga qué?

—Lo que ibas a decir. Los tópicos habituales.

—Estoy seguro de que me perdonarás por ser tan predecible.

Guardaron silencio, ambos mirando a un lado, pero en direcciones opuestas.

—Se llama Adrian. Es el director de contenidos.

—¿Desde cuándo?

Molly pestañeó.

—¿Desde cuándo qué?

—¿Desde cuándo es «Adrian» tu «novio»?

—Ay, ¡por el amor de Dios! ¡Qué importa!

—A mí me importa por diversas razones.

Volvieron la cabeza para mirarse y Molly estiró el brazo sobre la mesa para acariciarle la mano.

—No te enfades conmigo.

—¿Por qué iba a enfadarme contigo? Tienes todo el derecho del mundo a tener un amante y yo...

—Por favor —dijo ella en voz baja pero firme—. Por favor, no nos peleemos. No ahora, no hoy, no..., no tan pronto.

—Así que estará bien que nos peleemos..., ¿cuándo? ¿Dentro de una semana? ¿De un mes? ¿Cuál es el tiempo de espera?

Ella alzó la vista al cielo y exhaló un suspiro exagerado.

—¿Por qué los hombres se comportan así? —se preguntó.

—¿Por qué nos comportamos cómo?

—Actúan como bebés a los que hubieran arrebatado el biberón. Yo intentaba actuar como una adulta. He esperado hasta que he juzgado que era un buen momento para decírtelo. Pero, naturalmente, ningún momento es bueno cuando se trata de..., de confesar algo.

Bajó la vista y con la yema de un dedo hizo rodar adelante y atrás una miga de pan sobre la mesa. Las delicadas sombras malvas bajo sus ojos parecían haberse acentuado. Ruth entre las mieses extranjeras, pensó Quirke. Con la fuerza de un mazazo le asaltó el pensamiento de que quizá ya estuviera enamorado de ella. Ruth la moabita.

—Lo siento —dijo, y también él bajó la mirada—. No tengo derecho a pedirte nada.

Ella seguía haciendo rodar la bolita de pan bajo el dedo.

—Y, si tuvieras que pedirme algo —repuso casi en un susurro—, ¿qué sería?

Quirke alzó los hombros y los dejó caer lentamente, como si estuviera descargando dos bultos pesados.

—No puedo... —Se interrumpió. Probó de nuevo—. No sé qué decirte.

—Puedes llamarme Molly. ¿Sabes que no lo has hecho ni una sola vez, jamás, ni siquiera en la cama? «Molly». Dilo. No es tan difícil. —Hizo una pausa. Sus ojos habían cobrado brillo—. ¿Tienes miedo de confundirte y llamarme por el nombre de tu mujer?

Permanecieron un rato en silencio, paseando la mirada por el comedor con expresión ausente. Quirke tamborileó con los dedos sobre la mesa sin hacer ruido. Se fumó otro cigarrillo.

¿Qué te ha parecido? En su mente la oyó decirlo. *Huyen de mí las que un día me buscaron.* Había encontrado el poema en una de las antologías de poesía inglesa de Oxford y ahora se lo sabía entero de memoria.

Con el corazón.

Hizo una seña al camarero y pidieron café. Quirke pidió además un brandy y preguntó a Molly si le apetecía una copa. Su voz sonó glacialmente cortés, lo que no había sido su intención. Molly esbozó una sonrisa, aunque apagada.

—Oh, doctor, ¿intenta emborracharme? Y eso que solo son las tres de la tarde de un día entre semana.

La melancolía del momento mitigó la tensión entre ellos y, de paso, también se disipó. Quirke renunció al brandy y, dejando las tazas a medio beber, salieron juntos a la esquina de St. Stephen's Green. Cuando cruzaban la calle, una pequeña brisa que parecía primaveral rizó el dobladillo de la falda de Molly y obligó a Quirke a sujetarse el sombrero.

—¡Hala! —gritó Molly, y entrelazó el brazo con el de él.

Fueron en taxi a la casita de Usher's Island y subieron por la estrecha escalera hasta el dormitorio del profesor Maunsley. La habitación, angosta y de techo bajo, tenía un aspecto monacal y era, con toda propiedad, muy parecida al cuarto de la criada de la casa del padre de Molly. Ella corrió las cortinas. Se desvistieron.

—¡Madre mía, qué frío! —exclamó Molly.

Se metió en la cama y tiró del edredón hasta que el borde le llegó por encima de la nariz. Miró a Quirke con aquellos ojos suyos.

Las cortinas eran azules, de modo que la habitación estaba bañada en un tenue resplandor azulino.

—Pon la mano ahí —susurró Molly—. Sí, justo ahí. Ah. —Apoyó la cabeza en las almohadas. Tenía los ojos cerrados y los párpados le temblaban—. ¿Qué estás pensando? —preguntó—. ¿En quién estás pensando? ¿En tu esposa?

—¿Cuál de ellas? —murmuró él con el rostro hundido en el cabello de Molly.

—¿Sabía yo que tenías dos?

Quirke le susurró algo al oído.

—Ah, sí —musitó ella—, ah, sí, hazlo, por favor.

Una moneda de sol palpitaba en el suelo al lado de la cama. La brisa los había seguido desde St. Stephen's Green y soplaba una melodía apenas perceptible en alguna rendija.

Estaban tomando café en la cocina, que era poco más que un cuartucho. La mesa, pequeña y desvencijada, tenía un tablero de formica un tanto repulsivo al tacto. Quirke se sentía desproporcionado en el reducido espacio. Estaba encajonado en un rincón, sentado en una silla de enea como la de Van Gogh. Temía romper algo, que la silla se partiera bajo su peso.

Molly, que llevaba una bata de seda, se había apoyado en el fregadero con la taza entre las manos. Los rayos del sol vespertino de la ventana semejaban lanzas blandidas.

—Esta casa es muy húmeda —comentó—. El frío se mete en los huesos.

Su sofisticado casco de pelo estaba desaliñado. Las sombras bajo sus ojos se habían atenuado. A Quirke le gustaba mirarlas. Eran una parte íntima de ella, al mismo tiempo secreta y a la vista. Molly tenía un toque de desvergüenza, una desvergüenza con un punto de traviesa diversión. Su sentido del humor, cálido pero pícaro, sin aspavientos, le recordaba a Evelyn: le recordaba a ella sin hacerle sentir ni un ápice de sentimiento de culpa.

—¿Tienes contactos en Israel? —le preguntó.

Molly tomó un sorbo de café, con los hombros encogidos para protegerse del frío de la minúscula cocina.

—¿Qué clase de contactos?

—Con reporteros. Periodistas.

—Pues resulta que sí. Joel Rozin. Estaba en el *Financial Times*, se trasladó a Israel y empezó a trabajar por cuenta propia. ¿Por qué?

—Me gustaría saber un poco más sobre Lieberman, la mujer de la que te hablé. ¿Podrías ponerte en contacto con tu amigo y pedirle que nos facilite cualquier información que tenga sobre ella?

Molly reflexionó unos instantes.

—¿Tienes acceso a un teletipo?

—Creo que hay uno en el hospital.

—Le escribiré una nota y tú te encargas de enviársela. —Molly observaba a Quirke—. ¿Sigues sospechando del tal Kessler?

—No sé si «sospechar» sería la palabra. Simplemente me pareció demasiado bueno para ser real. Tal vez tu colega Rozin pueda hacer también algunas indagaciones sobre él.

Molly sonrió alzando las cejas.

—Tus pequeñas células grises te dicen que hay gato encerrado, ¿eh, Sherlock?

—Poirot —dijo Quirke abstraído.

—¿Poirot?

—Era el de las pequeñas células grises.

—Caray, qué leídos somos.

Quirke se preguntó, y no por primera vez, qué era lo que trataba de resolver. Había algo, un esquema, un plan, oculto a plena vista. Rosa Jacobs. Shulamith Lieberman. Los Kessler.

Cuando era un colegial, en St. Aidan, un compañero de clase le había enseñado un recorte de periódico, una fotografía tomada por un avión de reconocimiento estadounidense. Mostraba, en blanco y negro, un inhóspito paisaje nevado salpicado de piedras y grupitos de árboles. Sin embargo, si se la miraba durante el tiempo necesario, de repente se veía con claridad la imagen del rostro de Cristo tal como aparece en el Sudario de Turín.

Era sobrecogedor y desconcertante. El recorte pasó de mano en mano por todo el colegio y llevó incluso a los mayores gamberros del patio a recapacitar y meditar sobre los asuntos del espíritu. Aquella semana las colas para confesarse habían sido largas.

Lo mismo que había ocurrido entonces con la fotografía del periódico ocurría ahora en opinión de Quirke. Tenía delante un espacio vacío con formaciones rocosas dispersas y su tarea consistía en atisbar el dibujo oculto.

Estaban la joven asesinada en su coche, el exiliado alemán que vivía en una espléndida finca y el hijo del exiliado.

Los Kessler tenían tratos comerciales en Israel, y en Israel una periodista que informaba sobre las acciones de las fuerzas armadas del país había muerto atropellada por alguien que se había dado a la fuga. Todo eso no podía ser aleatorio. Debía de estar relacionado. Pero ¿cómo?

Conocía bien el peligro de precipitarse a sacar conclusiones claras. Había desconfiado de Kessler. Probablemente en el fondo tuviera prejuicios contra él, el extranjero acaudalado que disfrutaba de su magnífica casa entre centenares de hectáreas de uno de los condados más bonitos de Irlanda. Quería que fuera culpable de algo, pero ¿lo era?

—¡Eh! —exclamó Molly chasqueando los dedos—. Empiezo a sentirme sola aquí.

Quirke levantó las manos en señal de disculpa.

—Perdona, perdona. Estaba pensando.

—Ah, conque era eso. Yo creía que habías entrado en trance.

Se desperezó voluptuosamente, arqueando los brazos por encima de la cabeza. Las mangas de la bata de seda se deslizaron hacia atrás y Quirke atisbó las húmedas y umbrías axilas.

—Amor por la tarde —añadió ella, y emitió un sonido gutural, como el ronroneo de un gato—. ¿No es maravilloso?

Se acercó a Quirke y se colocó entre sus rodillas, enlazó las manos en su nuca y se llevó su frente al pecho. Él le rodeó las caderas con los brazos. Ella se inclinó y le besó el redondel pálido de la coronilla. Él cerró los ojos y aspiró el olor almizcleño de Molly.

«No dejes que la ame —rogó en el vacío—, por favor, no».

La sujetó por las caderas y, tras empujarla un poco hacia atrás, miró su rostro inclinado.

—¿Escribirás esa nota a tu amigo de Israel?

—Oh, Quirke —exclamó ella con un sarcasmo lánguido—, ¡eres un viejo romántico!

17

Recostado sobre las almohadas de la cama, Strafford contemplaba a través de la ventana las copas de los árboles que se alzaban al otro lado de la calle, junto al canal. Era una mañana soleada, pero soplaba el viento y la masa de hojas se agitaba y sacudía. Habían adquirido la palidez verde grisácea del otoño. Algunas ya se habían vuelto marrones y pronto todas cambiarían de color y empezarían a caer. El follaje de aquellos árboles parecía aguantar más que el de los que crecían en otras partes. Supuso que sus raíces debían de beber del canal y así preservaban el sistema. Se consideró muy listo por haber llegado a esa conclusión. Aunque probablemente era errónea. Sabía poco de la naturaleza y su funcionamiento.

Phoebe se había marchado temprano. Quirke debía de estar en el piso y ella deseaba asegurarse de llegar antes de que él se levantara. No quería que se enterara de que no había pasado la noche en casa, por más que no fuera asunto de Quirke.

Era una joven interesante. De la peor clase de mujeres con las que liarse, habría dicho su padre. En las relaciones sexuales, la natural timidez de Phoebe se convertía en una especie de desmayada languidez, o eso parecía.

En ese aspecto, como en otros, ella y Marguerite eran del todo distintas. Marguerite hacía el amor con una intensidad febril, como si estuviera llevando a cabo una tarea impuesta de manera injusta y se propusiera acabarla con la mayor celeridad.

Al principio de su matrimonio, a Strafford le habían resultado sumamente excitantes ese brío y esa sensación de apremio. En sus anteriores escarceos con mujeres, escasos y fugaces, siempre había tenido la impresión de que se esperaba demasiado de él: demasiadas atenciones, demasiada paciencia, demasiado esfuerzo. El automatismo de su esposa era una novedad reconfortante. En las relaciones sexuales, Marguerite apenas parecía reparar en él, tan concentrada estaba en la tarea que tenía entre manos. En sus brazos él tenía la sensación de ser un observador más que un participante. Suponía que un psiquiatra lo habría catalogado de voyeur.

Quizá por eso se hubiera hecho policía, para convertir en profesión su incurable curiosidad.

Tales eran las oscuras y secretas meditaciones de Strafford aquella bonita mañana estropajosa y soleada.

Quirke le había informado de lo que Molly Jacobs había averiguado gracias a su amigo periodista de Israel, Joel Rozin. Ella le había escrito y luego había hablado por conferencia con él, en el teléfono del profesor Maunsley, por un ojo de la cara.

Sí, dijo Joel Rozin, había conocido a Shula Lieberman. La mujer era un «perro de presa», palabras textuales. Agarraba una noticia y la sacudía hasta que todo su contenido caía y acababa en una investigación criminal. A Rozin le sorprendía que hubiera vivido tanto, pese a que Shula solo andaba en los treinta y pico cuando la mataron. Las fuerzas armadas la odiaban, y él no entendía por qué no se la habían cargado hacía tiempo.

Sorprendida por la afirmación, Molly le preguntó si de verdad creía que el ejército la había asesinado.

Llámame paranoico, había respondido Rozin, pero a mí me parece la conclusión lógica.

—Tel Aviv es un sitio pequeño, los israelíes se distinguen por respetar la ley y en esta ciudad sería raro que un conductor no parara tras un accidente.

Aquello era solo una conjetura, había opinado Quirke. Quizá el tal Rozin fuera realmente un paranoico, como él mismo había señalado.

Molly había preguntado a Rozin si sabía en qué proyecto trabajaba Shula Lieberman cuando murió.

En su proyecto de siempre, había contestado él, el proyecto en el que se había embarcado hacía más de diez años. Shula Lieberman había estado siguiendo el programa de armamento nuclear israelí. Su interés principal era descubrir si los científicos militares del país estaban cerca de producir una bomba atómica. Se trataba, añadió Rozin, de un terreno sumamente delicado. Las Fuerzas de Defensa y el Mosad, el servicio de inteligencia, dedicaban una gran parte de sus energías a ocultar el proyecto de armas nucleares no solo al mundo, sino también al propio pueblo israelí.

¿Acaso la señorita Lieberman se oponía a los planes para conseguir la bomba?

Shula era una patriota, contestó Rozin. Habría sido la última persona que hubiera deseado poner en peligro la seguridad israelí, pero creía en la transparencia, defendía la libertad de prensa y había repetido una y otra vez que las armas nucleares solo son útiles como elemento disuasorio y que, en el caso de que Israel tuviera la bomba atómica, ¿cómo iba a disuadir a sus múltiples enemigos si estos ignoraban la existencia de la bomba israelí?

¿Conocía Rozin a Wolfgang Kessler y su hijo, Frank?

Por supuesto, respondió Rozin. En Israel todos sabían quiénes eran esos honrados alemanes y cómo habían contribuido y seguían contribuyendo al bienestar, la seguridad y el progreso del Estado de Israel.

A Molly eso le pareció, como más tarde le parecería a Quirke, demasiado bonito para ser cierto. Rozin había replicado que él se limitaba a transmitirle lo que la opinión pública israelí sabía y pensaba de los Kessler. Él, por su parte, estaba de acuerdo con Molly. Pero solo un hombre valiente, y probablemente temerario, se atrevería a expresar la menor duda o sospecha sobre las motivaciones de Wolfgang Kessler y su hijo.

¿Había escrito Shula sobre ellos?

No en los textos que Rozin había leído. De todos modos, haría indagaciones, a ver qué averiguaba. Los vínculos entre los Kessler y el ejército eran conocidos, pero se ignoraba la naturaleza de dichos vínculos.

¿Cabía la posibilidad de que los Kessler estuvieran suministrando armamento a Israel?

Rozin lo juzgaba improbable, pero, de ser así, ni el ejército ni el Gobierno lo reconocerían, y a quien lo revelara se le castigaría de manera inmediata y severa, incluso con la muerte si el caso lo justificaba.

Por ejemplo, en un atropello tras el cual el conductor se diera a la fuga, había apuntado Molly.

Strafford ahuecó las almohadas y volvió a recostarse. Tendría que levantarse, pero aquella mañana se sentía aletargado. No era que su noche con Phoebe —la primera vez que ella se había quedado a dormir en su piso— hubiera sido especialmente agotadora.

Su incipiente idilio, si así había que llamarlo, no era tanto un asunto de pasión como de mutua conveniencia. Sus límites eran tácitos pero nítidos. Los amantes no se inmiscuirían en la vida del otro más allá de cierto punto. Eso les parecía bien a ambos. No eran posesivos. Al menos, así lo veía Strafford. Desde luego, Phoebe era una especie de enigma para él, lo cual no le inquietaba. Los seres humanos se conocen muy poco entre sí, incluso en sus relaciones más íntimas. Solo había que pensar en Marguerite y él. Ni siquiera era seguro que ella lo hubiese abandonado. Sencillamente se había ido y hasta la fecha no había vuelto.

Por fin se levantó. Tras preparar té, se sentó con la taza en el sillón lleno de bultos y pensó en Quirke.

Habían estado en un tris de llegar a las manos aquel atardecer en el piso de Phoebe.

Strafford compadecía un poco a Quirke. Se sentía culpable por la muerte de su esposa, por supuesto que sí. Cierto que no habría podido impedirla. Aun así, comprendía la rabia de Quirke y su resentimiento. El duelo debía de exigir que se buscara a un responsable de su causa, y Strafford era el blanco más conveniente al que endosar el grueso de la culpa.

¿Lo odiaba Quirke? ¿Lo habría odiado de todas formas, aunque su mujer no hubiera muerto en el suelo del restaurante aquella tarde terrible? Strafford estaba acostumbrado a la animadversión. Los arrestos, las indagaciones, el interrogatorio de testigos y alguna que otra amenaza proferida contra ellos habían endurecido su piel a lo largo de los años.

No era tan vulnerable como suponía que debía de parecerles a quienes no lo conocían lo bastante bien para entenderle. En complexión e incluso en temperamento no podía compararse a Quirke, con sus hombros musculosos, sus puños apretados, su mirada ardiente y muy a menudo malévola. Sin embargo, Strafford había matado a dos hombres, mientras que Quirke no había matado a nadie. ¿No debería abrir eso una brecha insalvable entre ambos? Uno diría que sí, pero a Strafford no se lo parecía. Lo que los separaba no era una brecha: era como si existieran en diferentes esferas, incluso en planetas distintos.

Sus mundos no se tocaban. Quirke también debía de ser consciente de eso.

No obstante, pese a todo, daba la impresión de que compartían una intimidad terrible, casi vergonzosa.

Cuando Strafford cursaba el último año en la escuela, un compañero de clase había empezado a sentir una extraña obsesión por él. ¿Cómo se llamaba? ¿Stevenson? No, Robinson. David, Davey, Robinson. Era un chico menu-

261

do y guapo, de ojos oscuros y hundidos, y con el pelo del mismo no-color insípido que el de Strafford.

Lo de Robinson debió de ser un enamoramiento homosexual, con toda probabilidad inconsciente, pensó Strafford, aunque en aquel entonces no se le había ocurrido. El muchacho se sentía atraído hacia él por una compulsión al parecer irresistible. No desaprovechaba la oportunidad de enzarzarse con Strafford, desafiarlo, mofarse de él, denigrarlo. Sus encontronazos tenían lugar cuando no había testigos. Robinson procuraba acorralarlo en los pasillos, en las aulas al terminar las clases, en rincones vacíos de los patios del recinto escolar. Strafford no se explicaba ese acoso constante. Era como si lo rondara un enamorado infeliz y atormentado cuyo amor, al ser rechazado, se hubiera transformado en una especie de odio.

Cuando Quirke se había abalanzado sobre él en la entrada de la casa de Mount Street aquel atardecer, Strafford había pensado de inmediato en Robinson. Quirke albergaba la misma clase de necesidad de afecto y desesperación. ¿Quería proteger a su hija? ¿Tenía celos? O quizá la primera intuición de Strafford fuera cierta y Quirke simplemente lo odiaba. No tenía por qué existir un motivo para el odio. Robinson era buena prueba de ello.

Phoebe le había contado que Quirke la había abandonado siendo ella un bebé y la había dejado a cargo de su hermano adoptivo y su esposa. Tenía casi veinte años cuando Quirke reconoció la traición e intentó repararla. Como si hubiera algún modo de compensar algo así. No obstante, Phoebe parecía haber perdonado a su padre. Tal vez eso fuera lo que enfurecía a Quirke: el haber recibido el perdón.

Los que son como Quirke aman el sentimiento de culpa, pensó Strafford. Se arrebujan en él como en una buena capa de abrigo en un día de tormenta.

Recorrió el pasillo para ir al cuarto de baño. Mientras se afeitaba lo envolvió el persistente y sazonado miasma del señor Singh. Manejando la cuchilla pensó de nuevo en Quirke y Molly Jacobs. Suponía que tenían una relación. De ser así, Quirke no había perdido tiempo en desprenderse del manto de duelo.

Volvió a la habitación para vestirse. Se puso unos pantalones de pana y su vieja chaqueta de tweed con coderas de cuero. Recordó la inmaculada chaqueta de loden de Wolfgang Kessler, sus pantalones de montar confeccionados a medida, sus botas impecables. Al igual que Quirke, estaba convencido de que Kessler era un farsante. Pero ¿qué tipo de farsante?

Cuando salió por la puerta principal, el viento le sopló en la cara y retozó en torno a sus tobillos. Pensó en Phoebe, en sus manos pálidas y frías, en la expresión seria de sus ojos, en las delicadas venas de color azul lechoso de sus corvas. El interrogante de qué hacer con ella —qué hacer con él y ella— podía posponerse.

Caminó junto al canal hasta Baggot Street y esperó el autobús 10. Pasó una mujer diminuta con impermeable y un sombrero anticuado. Empujaba un cochecito de bebé con un perro diminuto arropado con una manta. El animal llevaba alrededor del cuello una cinta de seda blanca anudada con un lazo bajo el hocico. Strafford solía ver a la mujer en la calle con su bebé sustituto.

Tal vez Marguerite y él deberían haber tenido un hijo. Quizá eso hubiera mejorado las cosas. Nunca habían abordado el tema. Ignoraba cómo se las arreglaba Marguerite para no quedar embarazada, dado que los anticonceptivos eran ilegales, y tampoco se lo preguntaba. De haberlo hecho, ella habría fingido no saber de qué le hablaba.

Otra de las normas de Marguerite: lo que ocurría entre ellos en la cama no era lo que era. No es que Marguerite fuera mojigata. De hecho, solía sorprenderlo con chistes chabacanos acompañados de risitas guturales e inusitadamente lascivas. De todos modos, evitar cualquier mención de su vida amorosa —¡su vida amorosa!— era otro aspecto de la impaciencia que mostraba en todo ese tedioso asunto.

Se sentó en el segundo piso del autobús, en la parte delantera. Nunca se sentía tan niño de campo como cuando estaba allá arriba, inclinado con entusiasmo en el asiento, observando las casas y las tiendas que desfilaban bamboleantes, la gente de las calles, el tráfico. ¡Cuántas vidas! Contemplaba, una vez más, el misterio impenetrable que eran los demás.

En el cuartel de Pearse Street, el sargento de recepción le informó de que el inspector jefe Hackett había ido a comer temprano al pub de Mooney, y le guiñó un ojo.

A aquella hora de la mañana el local presentaba un aire cansino y un tanto avergonzado tras los excesos de la noche anterior, el alcohol, los gritos y las peleas habituales. Hackett estaba sentado en un taburete alto junto a la barra con una pinta y un sándwich a medio comer delante. Al ver a Strafford entrar por la puerta intentó disimular su irritación, en vano.

—Pensaba que se había tomado el día de permiso —dijo con tono cortante.

Strafford se encaramó al taburete de al lado.

—¿Por qué lo pensaba?

—Su despacho ha estado vacío toda la mañana.

La primera pulla del día. Y no eran ni las doce.

—He empezado tarde la jornada.

Hackett soltó un gruñido y movió los codos sobre la barra. Llevaba puestos la gabardina y el traje azul. Su sombrero colgaba de un gancho de la mampara de madera sobre la que estaba apoyado.

—Supongo que no querrá una copa.

—Un vaso de agua —dijo Strafford al camarero, que, sin pronunciar palabra, cogió un vaso y abrió el grifo con un movimiento desdeñoso de la mano.

—Bueno —dijo Hackett mirándose en el espejo que tenía enfrente, por encima de las hileras de botellas—, ¿qué pasa?

Saltaba a la vista que al jefe no podía importarle menos lo que pasaba o dejaba de pasar. Estaba de mal humor. ¿Se debía tan solo al hecho de que Strafford hubiera interrumpido su almuerzo de media mañana o había otros motivos? El mal carácter de Hackett era tan imprevisible como el cielo de Dublín.

Strafford tomó un sorbo de agua. Se sentía un poco mareado debido a los olores del pub.

—Quirke ya le habrá hablado de la hermana de Rosa Jacobs, de que llamó a su contacto de Israel.

—Me lo ha contado —espetó Hackett.

—¿Y qué le ha parecido?

—¿Qué me ha parecido qué?

—Lo que el hombre de Tel Aviv le contó a la hermana de Rosa Jacobs. Sobre la mujer que murió allí, la que fue asesinada, la periodista.

—El atropello y la fuga del conductor, sí. ¿Y qué?

—Vaya coincidencia, ¿no cree? Dos jóvenes muertas, una dentro de un coche, la otra arrollada por un vehículo.

Hackett se dio la vuelta con deliberada lentitud y lo miró.

—¿Una coincidencia? Una muchacha muere aquí, una muchacha muere allí. ¿A qué distancia está Israel? ¿A más de tres mil kilómetros?

—Sí, lo sé —repuso Strafford sin perder la paciencia—. Pero existe una relación.

Hackett se volvió de nuevo hacia la pinta y el sándwich de jamón a medio comer.

—¿Que es?

—Los Kessler.

Hackett asintió, pero el gesto de asentimiento expresó el mayor escepticismo. Se bebió la cerveza negra y con un dedo se limpió del labio superior el cerco de espuma de color gris amarronado.

—¿Los Kessler? —repitió fingiendo una profunda perplejidad y pocas entendederas—. ¿Tendría la amabilidad de explicarme qué pintan en todo esto? ¿Conocían a esa periodista que murió?

—No lo sé. Probablemente no. Pero tienen intereses comerciales en Israel y...

Hackett se volvió de nuevo hacia él, esta vez con fiereza.

—Mire, inspector, esta es mi hora del almuerzo. Me gusta comer en silencio y con tranquilidad. Disfruto así. Un momento para la reflexión, para revisitar el pasado y especular sobre el futuro. ¿Me entiende?

—El caso es...

—El caso es que, por lo que veo, no hay caso. ¿Y qué si Kessler y su hijo tienen negocios en Israel? La gente hace negocios en toda clase de lugares. El negocio es el negocio. Por lo que se refiere a la reportera asesinada, no puedo hacer nada. Y tampoco acierto a ver qué relación podría existir entre ella y los alemanes. Lamento lo que le pasó, aunque no sé nada de ella, que Dios la tenga en su gloria.

Strafford intentó interrumpirlo, pero Hackett continuó implacable.

—Para usted y el buen doctor Quirke, el mundo es una magnífica y enorme tela de araña y todo está relacionado con todo lo demás. Yo, en cambio, soy un hombre sencillo, con una mente sencilla. Las cosas pasan. Es casualidad. Simple casualidad, señor Strafford, nada más. Y, ahora, ¿puedo terminarme la manduca, si no le importa? Por cierto, los sándwiches están malísimos hoy, así que no se deje tentar.

Siguió un largo silencio durante el cual Hackett se acabó satisfecho la comida y pidió otra pinta de cerveza negra. Mientras el camarero la servía, sacó un paquete de Gold Flake y encendió un cigarrillo. Todo eso como si Strafford ya no estuviera allí.

—Un buen día —comentó el camarero mientras dejaba la pinta delante de Hackett y hacía caso omiso de Strafford con todo descaro.

—Aunque hace un poco de viento —repuso Hackett—. Uno de esos días en los que las vacas corren como locas.

Strafford suspiró. Hackett nunca resultaba tan irritante como cuando interpretaba el papel de pueblerino. Era uno de sus métodos para señalar el abismo que existía entre él y su subordinado, el hijo de terratenientes.

—Jefe —dijo Strafford—, no pretendo que se enfade y le dé una indigestión...

—Me alegra oírlo.

—... pero creo que hay un extremo importante.

—¿Y qué extremo es ese? —preguntó Hackett guiñando un ojo al camarero—. No le he oído decir nada lo bastante agudo para tener punta.

—La periodista israelí, Shulamith Lieberman, estaba investigando las fuerzas armadas israelíes y...

—Vaya, ¿ahora resulta que es una investigadora? Creía que era reportera.

—Investigaba el programa nuclear israelí.

—Debe de ser un programa de radio, ¿no?

El camarero soltó una risotada.

—Lieberman intentaba averiguar si el ejército israelí está cerca de fabricar una bomba nuclear.

Hubo una pausa.

—¿Ah, sí? ¡Vaya! —exclamó Hackett—. Los judíos con la bomba. Menuda perspectiva. Esos chavales no se lo pensarían dos veces antes de lanzarles uno de esos chirimbolos a los egipcios o a los otros, en Jordania o dondequiera que sea.

—Bueno, sí —dijo Strafford con una sonrisita—. Esa es la cuestión. Si se entrega un arma como esa a un general, a cualquier general, de la confesión que sea, encontrará una excusa para utilizarla.

Hackett asintió.

—MacArthur quiso tirársela a los chinos en el 53. —Apartó la pinta hacia un lado—. Eh, Jimmy —dijo al camarero—, ponnos uno corto, por favor. La cerveza me ha caído mal en el estómago. —Se volvió hacia Strafford—. Mi hermano, que vive en Estados Unidos, perdió a dos hijos en Corea. Uno tenía veintidós años y el otro diecinueve.

—Fue una guerra terrible —afirmó el camarero con solemnidad mientras servía el vaso de whisky.

Strafford bebió más agua. Tenía un gusto salobre. ¿Por qué la gente pensaba que el agua no tiene sabor?

El ambiente se había ensombrecido por la mención de las bombas y la perspectiva de la aniquilación mundial.

Strafford sabía que debía dejar el tema, pero no podía. Cuanto más hablaba de él y más vueltas le daba, más se convencía de que la muerte de Shulamith Lieberman guardaba relación con los intereses comerciales de los Kessler en Israel. Tenían tratos con el ejército, le suministraban piezas —¿qué piezas exactamente?, se preguntó—, y ella buscaba información sobre los intentos del ejército de fabricar la bomba nuclear.

Dos mujeres jóvenes habían muerto con pocas semanas de diferencia. Una conocía a los Kessler, había estado invitada en su casa y posiblemente había mantenido una relación sentimental con Frank Kessler. La segunda había vivido y muerto en un país donde los Kessler hacían negocios.

—En fin, inspector —dijo Hackett tras beberse de un trago el whisky y volver a la pinta—, le aconsejo que se distancie un poco del asunto. Le diré lo mismo al doctor Quirke. Los dos han perdido..., ¿cómo se dice?, han perdido la perspectiva. Ven cosas que no existen.

Strafford lo comprendió de repente. Alguien se había puesto en contacto con Hackett. Alguien había hablado con él, le había dicho algo, había soltado una indirecta, pronunciado una advertencia. ¿Quién? ¿Uno de los socios comerciales de los Kessler en el país? ¿Alguien del Gobierno o de alguno de los bancos? ¿O la Iglesia? ¿No había dicho Kessler algo sobre la Iglesia aquella tarde en Wicklow?

Observó cómo Hackett se bebía la pinta mientras el camarero, con semblante inexpresivo, lo observaba a él.

Nada era nunca tan solo lo que era. Siempre había algo detrás y, detrás de eso, otros algos. Capa tras capa, red tras red.

Sí. Hackett había recibido una advertencia.

18

—¡Mecachis!

La leche estaba cortada. La había comprado hacía solo un par de días y ya se había agriado. ¿Acaso la engañaba el olfato? Se llevó la botella a los labios y dio un sorbo.

—¡Puaj!

Miró hacia la ventana de la cocina y la oscuridad satinada del otro lado. ¿Por qué siempre daba la impresión de que la noche intentaba entrar? Eran las nueve y media. ¿Qué tienda estaría abierta a esas horas? Tendría que prescindir de la taza grande de cacao con leche que todos los días señalaba el final de su jornada.

Espera. ¿Y aquella graciosa tiendecita de Watling Street? Colmado Marcus. Se había fijado en ella porque el nombre escrito sobre el escaparate le había resultado gracioso. «Hola, soy Colmado Marcus, ¿qué tal?».

No quedaba lejos, no tardaría más de quince minutos en ir y volver. Echó otro vistazo a la ventana. No llovía. Se arriesgaría. Se puso el abrigo, buscó un pañuelo de cabeza, cogió la cartera. ¿Dónde estaban las llaves? Las llaves siempre la llevaban de cabeza. Desde la infancia tenía un miedo persistente a quedarse fuera y no poder entrar. A menudo pensaba que para ella el infierno sería despertarse tras la muerte y encontrarse sola por la noche en una calle de la periferia venida a menos de una ciudad desconocida, con todas las ventanas de los edificios a oscuras, las puertas cerradas para ella y sin una sola luz en ninguna parte.

El tiempo era tormentoso. Desde primera hora de la mañana el viento descendía en picado desde las azoteas y se precipitaba por las calles, empujaba rachas de lluvia, aporreaba ventanas y volvía del revés los paraguas. Cuando salió a la acera, una ráfaga fría le dio de lleno en la cara y a punto estuvo de enviarla de vuelta al interior. Agachó la cabeza. Más valía que la maldita tienda estuviera abierta.

Lo estaba. Angosta y en penumbra, iluminada por una única bombilla de sesenta vatios que pendía del techo al final de un pedazo de cable retorcido, parecía un lugar salido de la imaginación de Dickens. En las cuatro paredes había estantes repletos hasta el techo de cajas de cereales desvaídas, botes de dulces, paquetes de detergente en polvo, latas de guisantes y más, mucho más. Daba la impresión de que allí nada había sido nunca nuevo.

El hombre del mostrador presentaba un aspecto triste y fatigado. Lo tenía todo caído: los párpados, el bigote, los hombros, incluso las solapas de la bata, de color canela. Ella supuso que era el tendero, el mismísimo señor Marcus. Le recordó a su padre.

Pidió una botella de leche y el hombre le dirigió una sonrisa melancólica. Ella no podía comprar solo una cosa, sus antepasados minoristas no se lo perdonarían.

—Querría también pan de molde moreno Hovis y... —¿y qué más?—, y doscientos gramos de azúcar.

¿Por qué compraba azúcar? Nunca lo añadía al café y hacía mucho que se había acostumbrado a comerse los cereales sin endulzar.

—Será un chelín con nueve peniques, señorita —dijo el señor Marcus con voz grave y dulce. Pronunció los números como si fueran algo sacado de la Biblia, un periodo de tiempo, la antigüedad de una tribu. Marcus. Ah, sí.

En el camino de vuelta, al menos el viento le daba en la espalda. La apuraba como un progenitor incordiante. Ella sentía el frío en las corvas a través de las medias de nailon. Quirke la había besado justo ahí en su recorrido hacia el norte. Pese a su corpulencia, era un hombre sorprendentemente tierno. Esa noche él tenía que trabajar hasta tarde haciendo Dios sabía qué. Sintió escalofríos al imaginarlo en la morgue, o comoquiera que se llamara, con su bata blanca y el delantal de goma manchado de sangre. Habría deseado estar con él. Le aterraban las horas que aún debía ocupar antes de irse a la cama. Un novio, ya no recordaba cuál, le había dicho que era una «chica de la noche». Y en efecto lo era, aunque no sonaba nada respetable.

Cuando dobló la esquina de Watling Street, había un solo coche aparcado junto a la acera. Ella le echó un vistazo al pasar. Era bajo y elegante, como un deportivo, solo que más grande. Le pareció haberlo visto en algún otro sitio. Pensó que había alguien en el asiento del conductor, pero, cuando miró hacia atrás, el resplandor amarillo que la luz de una farola creaba en el parabrisas le impidió ver el interior del vehículo.

La bolsa de papel con las compras era endeble, por lo que tenía que sostenerla con una mano debajo.

Dejaría el azúcar para el profesor Maunsley, que regresaría al cabo de dos semanas. Quince días, se dijo, sí, y se habría ido de Dublín. No, no quería pensarlo. Debería telefonear a Adrian, pero ¿qué iba a decirle? Trató de visualizar su rostro y le sorprendió darse cuenta de que no podía.

Los faros del coche se encendieron tras ella. El vehículo se acercó sin apenas hacer ruido. Y de pronto aceleró. Ella había sacado la llave y se disponía a introducirla en la cerradura. Volvió la cabeza y miró la calle. El brillo de los faros la cegó. El motor emitía un rugido grave, como un animal que profiriera un gruñido gutural. Con un golpetazo y un chirrido la rueda izquierda se subió a la acera. La parte redondeada del faro le impactó en la cadera. Ella se tambaleó hacia delante y se dio con el pómulo en la aldaba.

Se desplomó, y mientras se desplomaba oyó que la botella de leche se rompía en la bolsa de papel.

Sentado en una silla metálica con su traje quirúrgico, Quirke fumaba un cigarrillo. La luz de la sala de disección era intensa y gélida. No sabía qué era peor, si el fulgor abrasador o el constante zumbido bajo de las bombillas de neón. Era más de medianoche. Por encima de él, en los numerosos pisos del hospital, reinaba el silencio. De vez en cuando oía el estruendo metálico de una camilla o el chirrido de los zapatos de suela de goma de una enfermera sobre las escaleras de mármol en el exterior.

Estaba cansado. Había realizado cuatro autopsias desde media tarde, la última a una niña de nueve años que había muerto de meningitis. Las de niños eran siempre las más difíciles, por mucha experiencia que uno tuviera, por muy endurecido que estuviese. Los niños no deberían morir. Siempre le había parecido el peor fallo, antinatural, irreparable, de la sensacional pero defectuosa maquinaria que mantenía todo en movimiento.

Sonó el teléfono de su despacho. Años atrás, cuando se hizo cargo del laboratorio, había llamado a un electricista para que bajara el volumen del timbre, pero a esa hora de la noche sonó ensordecedoramente fuerte. Era, pensó, como el llanto de un bebé furioso que clamara por su biberón. Dudó si contestar o no, pero el aparato siguió sonando y sonando, hasta que no le quedó más remedio que silenciarlo.

—¿Eres tú? —le preguntó Phoebe.

—Sí, soy yo. ¿Qué pasa?

Porque algo debía de pasar para que su hija lo llamara al hospital a medianoche.

—Se trata de tu..., tu amiga. Molly Jacobs.

A Quirke se le tambaleó el corazón, como si le hubieran asestado un fuerte puñetazo en el pecho.

—Dime.

Molly. No hacía mucho él había rogado a la nada eterna que no le hiciera amarla; ahora rogaba a la misma ausencia que Molly no estuviera muerta.

—Su padre ha llamado por teléfono...

—¿Te ha llamado a ti?

—Sí. No sé cómo consiguió el número. Se le notaba muy nervioso.

—¿Qué ha ocurrido? —preguntó Quirke. Tenía que saberlo, aunque temiera que Phoebe se lo dijera.

—Por lo que he logrado entender, ha sufrido un accidente.

—¿Qué clase de accidente?

—Creo que la ha atropellado un coche.

—¿Dónde?

—No estoy segura. «Delante de casa», no paraba de decir su padre, «delante de casa». ¿Dónde se aloja?, ¿lo sabes?

No estaba siendo sincera. Sabía que él sabía de la casa del profesor en Usher's Island; también sabía que él había estado allí.

—¿Está herida?

—Me temo que sí. Está en el hospital.

—¿En cuál?

—En el St. James...

Phoebe seguía hablando cuando él colgó.

El taxi tardó siglos en llegar. El conductor era viejo y conducía tan despacio y con tal prevención que Quirke dedujo que debía de estar medio ciego. El hombre empezaba a pisar el freno cuarenta y cinco metros antes de cada esquina y se detenía en todos los cruces, incluso en los que tenía prioridad. Entonces envolvía el volante con los brazos y levantaba el trasero unos centímetros del asiento para mirar primero a la izquierda, luego a la derecha y de nuevo a la izquierda. Manejaba la palanca de cambios con cautela, como si temiera que fuera a hacerle daño. Cada cambio de marcha requería una compleja serie de movimientos de la mano, con el motor gruñendo como si sufriera mientras el taxista mantenía el pie en el acelerador y accionaba el embrague.

Quirke tenía los puños apretados, las palmas sudorosas.

Una única lámpara con un globo amarillo iluminaba el pórtico de la entrada principal del hospital. Agitada por el viento, proyectaba un resplandor exiguo y tembloroso. A Quirke le pareció que jamás había visto un sitio más inhóspito que aquel.

Entró a la carrera y dejó que la puerta se cerrara con un golpe tras él. En los pasillos flotaba un silencio espectral. Una monja soñolienta y con una complicada toca en forma de mariposa atendía el mostrador de recepción. Tras mirar a Quirke con cara de sorpresa empezó a decirle que no podía entrar, que las horas de visita...

—Soy médico.

Aun así, ella dudó. Quirke le dirigió una de sus miradas fijas especiales, con las cejas bajas y el labio inferior hacia fuera. La monja parpadeó, cogió una carpeta sujetapapeles y recorrió con un dedo la lista de ingresos.

—Gifford, Hennigan, Ivers —murmuró—. Ah, aquí está. Jacobs, Marian. Primera planta, sala Santa Filomena.

Quirke subió la escalera corriendo. La enfermera del turno de noche estaba sentada a su mesa en el cono de luz arrojado por una lámpara inclinada. Llevaba gafas de culo de vaso con una gruesa montura negra. Unos cuantos mechones de su lustroso pelo rojo habían escapado por debajo de la tira de la toca. Al oír los tacones de Quirke en las baldosas del suelo alzó la vista y arrugó la nariz, con lo cual se le levantó el labio superior y quedaron a la vista dos grandes incisivos blancos y cuadrados.

Lo condujo a la sala, abrió la puerta y se apartó para cederle el paso. No pronunció ni una palabra. Desprendía hostilidad como si se tratara de calor corporal. A las monjas no les gustaban los médicos especialistas. Quirke las comprendía. Él tampoco los soportaba demasiado.

Había otras tres pacientes en la habitación aparte de Molly. Todas dormían.

Pese a que la cama no era grande, Molly parecía diminuta en ella. Tenía la cabeza vendada y un gotero de solución salina sujeto al brazo, un ojo hinchado y cardenales en la frente y el mentón. La carne que cubría el pómulo derecho era redondeada, roja y brillante como una manzana. Molly tenía los párpados cerrados, pero los abrió al sentirlo a su lado.

—Ah, eres tú —dijo.

Dio la impresión de que era la última persona que esperaba ver. Arrastraba las palabras a causa de los analgésicos, la hinchazón de la mejilla o ambas cosas. Esbozó una sonrisa tímida, casi de disculpa.

—Vaya pinta debo de tener.

Él acercó una silla y se sentó. Molly tenía las manos sobre la sábana. Quirke las tomó entre las suyas.

—Cariño.

La desacostumbrada palabra rodó con torpeza sobre la lengua. Ella le apretó los dedos.

Quirke le preguntó si le dolía algo. Ella respondió que tenía dolorida la cadera —«Es donde me dio el coche»— y un dolor de cabeza brutal.

—¿Qué ocurrió?

Molly permaneció unos segundos en silencio, con la vista fija en el techo. Luego una lágrima escapó y resbaló por la sien hasta desaparecer bajo el vendaje de la cabeza.

—Ay, Quirke, han intentado matarme.

No quería atosigarla para que le diera detalles, pero ella estaba deseando hablar.

Le contó que había salido a comprar leche. Describió la tiendecita en penumbra y al tendero afligido, lo oscuras que estaban las calles y la fuerza con que soplaba el viento. Hizo una pausa, tragó saliva con dificultad y continuó.

—El coche estaba aparcado en la esquina de la calle, en la otra punta de donde se encuentra la casa. Ni siquiera estaba segura de que hubiera alguien dentro. Pasé por delante y estaba a punto de entrar por la puerta cuando —volvió a tragar saliva y él oyó el esfuerzo de los músculos de la garganta—, cuando arrancó y se acercó a toda velocidad, se subió a la acera y me golpeó. —Alzó la vista para mirar a Quirke con sus enormes ojos redondos—. Querían matarme. Cuando caí al suelo pensé que iba a morir.

Él le agarró las manos con más fuerza.

—«Querían», dices; «ellos». ¿Los viste? ¿Llegaste a entreverlos?

—No. La luz de los faros me daba en los ojos. Es posible que solo estuviera el conductor. —Molly volvió la cara hacia el otro lado. Ahora lloraba a lágrima viva—. ¡No lo sé! —se lamentó con voz queda.

En otra cama una mujer murmuró algo en sueños. Molly miró de nuevo a Quirke.

—No lo sé —repitió, esta vez en un susurro bajo e imperioso.

En ese instante entró la enfermera de noche, que tomó el pulso a Molly y le puso una mano en la frente para ver si tenía fiebre.

—No debería quedarse mucho rato —le indicó a Quirke. Tenía acento de Cork—. La paciente necesita descansar.

—Me iré enseguida.

La monja se disponía a añadir algo, pero cambió de opinión y se alejó para ocuparse de las otras camas.

Quirke aflojó los dedos, deslizó las palmas bajo las de Molly y se inclinó para besarla en la frente. Percibió el olor de su carne ardiente e hinchada.

—El coche..., ¿alcanzaste a verlo?

—Sí, cuando pasé por delante al doblar la esquina. No lo miré bien. Me pareció haberlo visto antes, tal vez aparcado en la calle en alguna otra ocasión.

—¿De qué marca era? ¿De qué color?

La monja, que había terminado de atender a las otras pacientes, se encaminó hacia la puerta, donde se detuvo un momento para lanzar una mirada reprobadora a Quirke. Él asintió con la cabeza y moviendo los labios en silencio le dirigió una palabra afable y contemporizadora. No convenía enojar al personal de enfermería, como bien sabía por amarga experiencia.

—No sé qué coche era —decía Molly—. Bajo, como un deportivo. Y de color oscuro, creo que azul. Azul oscuro.

19

Quirke abrió la puerta de par en par con tal ímpetu que pareció que le hubiera dado una patada. Con Strafford pisándole los talones, casi irrumpió en tromba en el minúsculo despacho. Estaban en la última planta del cuartel de Pearse Street. En su escritorio, Hackett levantó la cabeza alarmado. Pareció que, si hubiera habido otra puerta, se habría puesto en pie de un salto y habría huido. Alzó las manos, con las palmas hacia los dos hombres.

—Está bien, está bien —dijo—. No empiecen a chillarme.

Sabía qué le había ocurrido a Molly Jacobs la noche anterior. Un coche patrulla que hacía su ronda la había encontrado desplomada en la calle a oscuras, sobre el umbral de la casa. Hackett había enviado a primera hora de la mañana a un par de agentes a Usher's Quay para que investigaran el lugar de los hechos. Ambos eran novatos y no cabía esperar que regresaran con las manos llenas de pistas.

El angosto cuartito pareció aún más pequeño de repente. La ira de Quirke era como un gas en expansión que oprimía las paredes y el ventanuco de detrás del escritorio de Hackett. Incluso Strafford tenía una expresión ceñuda. Los dos estaban calados y desaliñados. La tormenta que se había desatado por la noche seguía haciendo estragos.

—Casi la matan, maldita sea —dijo Quirke jadeando—. ¿Lo sabe?

—Lo sé —gruñó Hackett—, lo sé. Siéntense, por favor.

Solo había una silla. Strafford tomó asiento y Quirke se paseó por el despacho como si el despacho fuera una jaula.

—Tienen que haber sido los alemanes —afirmó golpeándose la palma de la mano izquierda con el puño derecho—. Tienen que estar detrás de todo esto.

—Escuche, doctor, cálmese. No hay ni una sola prueba de...

—¡Por el amor de Dios! —estalló Quirke. Se detuvo y, apoyando las manos en el escritorio, se inclinó hacia el policía, con la frente cada vez más pálida—. Tres mujeres jóvenes: una muere en su coche, a otra la mata un coche y ahora un coche atropella a la hermana de Rosa Jacobs. ¿Cuántas pruebas necesita?

Hackett estaba retirando el envoltorio de celofán de una cajetilla de Gold Flake.

—Tenga un cigarrillo —dijo.

—¡No quiero fumar! Lo que quiero es que arreste a Kessler y a su hijo y les arranque la verdad.

Strafford lo observaba. Estaba impresionado a su pesar. Nunca había visto al tipo tan fuera de sí. Resultaba estimulante, incluso para alguien que desconfiaba del tipo tanto como Strafford.

Habían coincidido en la sala común. Quirke había entrado a zancadas desde la calle y, sin pronunciar palabra, había levantado la trampilla del mostrador haciendo caso omiso de la mirada sobresaltada del sargento de recepción, se había dirigido a la escalera y había subido los peldaños de tres en tres.

Strafford se había sentido aliviado siguiendo la estela de ese torbellino. Llevaba sin ver a Quirke desde el calamitoso atardecer en el piso de Phoebe. Se había preguntado con inquietud qué se dirían cuando coincidieran. Ahora, con todo aquel drama, no había necesidad de decir nada. Y cuando el drama quedara atrás podrían actuar como si la escaramuza del vestíbulo no hubiera tenido lugar.

Hackett estaba encendiendo un cigarrillo con toda la calma del mundo. Quirke seguía inclinado sobre el escritorio y expulsaba furiosamente el aire por la nariz.

—Una coincidencia no es una prueba —dijo Hackett al tiempo que le lanzaba una nube de humo—. ¿Qué razón daría yo para arrestar a esas personas? Una muchacha muere en su coche, matan a otra en Israel, un conductor borracho atropella a la hermana de la primera muchacha. De acuerdo. Pero la palabra, doctor Quirke, es «coincidencia».

Quirke dejó caer los hombros y se apartó del escritorio.

—Al menos irá a Wicklow a interrogar a Kessler, ¿no? —dijo con tono sereno, haciendo un esfuerzo por dominarse.

Hackett lo miró con calma. El doctor bebía los vientos por la joven Jacobs, no había más que verlo. ¿Se habrían acostado ya? Vaya, vaya, y solo hace seis meses que enviudó.

—¿Qué debería preguntarle a Kessler? ¿Tendría usted la bondad de decírmelo?

Entonces habló Strafford.

—Todo eso no puede ser una mera coincidencia. Hay demasiadas piezas..., debe de haber una pauta. Alguien se ha dejado llevar por el pánico.

Quirke se volvió hacia él.

—¿Qué quiere decir con pánico?

—Las dos muertes están relacionadas, la de Rosa Jacobs y la de la mujer de Israel, y si esas muertes están relacionadas a su vez con el intento de asesinar anoche a la hermana de la señorita Jacobs...

—¿Quién dice que están...? —intervino Hackett, pero Quirke lo mandó callar haciendo un gesto de cortar con el filo de la mano izquierda.

—Siga —indicó a Strafford.

—La conexión debe de ser Israel —afirmó él—. Los Kessler hacen negocios allí. Tienen tratos con el ejército. La joven, ¿cómo se llama?, la periodista, Lieberman, escribía artículos sobre los intentos de fabricar una bomba atómica. Y...

—Y yo —intervino Quirke— pedí a Molly Jacobs que llamara a su amigo de Israel para preguntarle por la señorita Lieberman y hasta dónde había llegado y qué había averiguado. Y anoche la atropelló un coche.

Se interrumpió y se puso a caminar otra vez. El despacho era tan pequeño que solo se necesitaban tres pasos para cruzarlo.

—Lo que me llama la atención —dijo Strafford— es la torpeza. A eso me refería al hablar de pánico. Si hay alguien, los Kessler, pongamos por caso, detrás de esos actos violentos, está actuando a la desesperada. Algo ha salido mal: se ha revelado algún secreto, se ha desbaratado algún plan.

—Tienen que ser los Kessler —insistió Quirke—. No hay nadie más.

Esta vez fue Hackett quien explotó de rabia.

—¿Qué demonios quiere decir con que no hay nadie más? ¿Qué sabemos nosotros lo que pasa en Israel? Conociendo a esa gente, cualquiera puede estar tramando cualquier cosa. ¿Qué iba a interesarles de una muchacha de Irlanda? Una muchacha que, dicho sea de paso, era de su misma confesión. ¿Creen que iban a enviar a alguien aquí para que se la cargara?...

Se interrumpió, con la frente ensombrecida. Había recordado, demasiado tarde, que se había enviado a alguien a España para cometer una fechoría y que a raíz de ello la esposa de Quirke había muerto. Detrás de él, la lluvia repiqueteaba contra la ventana.

Entonces habló Quirke.

—No, no creo que enviaran a nadie a matar a Rosa Jacobs. Aquí hay gente que podría hacer el trabajo.

Hackett negaba con la cabeza.

—Son imaginaciones suyas, Quirke —dijo—. Sin duda se da cuenta.

—¡No me doy cuenta! —replicó Quirke enfadado—. Usted no ha visto a Wolfgang Kessler. Yo sí. No es normal, no es quien finge ser. —Se volvió hacia Strafford—. Usted tuvo esa misma sensación, ¿no?, el día que fuimos a Wicklow.

Strafford, sentado con las piernas cruzadas, desvió la vista hacia un lado con un leve encogimiento de hombros.

—Supongo que sí, sí —respondió.

Quirke miró de nuevo a Hackett. Nadie habló. El viento rugía en la calle.

—Escúchenme —dijo Hackett con voz de cansancio—. No puedo ordenar que me traigan a ese hombre e interrogarlo sin algo que demuestre que tengo motivos para sospechar que ha cometido un delito. No puedo.

Tenía los ojos clavados en Quirke. «A usted le va bien —estaba pensando—, lleva una vida desahogada con el buen salario que le pagan las monjas del Hospital de la Sagrada Familia. No tiene que preocuparse por su pensión».

—De acuerdo —dijo Quirke con un suspiro—, de acuerdo.

Se giró y caminó lentamente hacia la puerta. Hackett y Strafford intercambiaron una mirada. Strafford se levantó de la silla.

—Doctor Quirke —llamó Hackett cuando la espalda del hombre desapareció del hueco de la puerta—, dígale a esa joven del hospital que he preguntado por ella.

20

El Stephen's Green Club estaba muy concurrido, algo poco habitual. Un camarero condujo a Quirke a una mesa de un rincón del ornamentado comedor. Dick FitzMaurice ya había llegado y estaba leyendo la carta. Llevaba un traje oscuro, camisa blanca y su característica pajarita, que ese día era de color rojo oscuro con topos blancos. Se levantó y se estrecharon la mano.

—Encantado de verte —dijo Dick Fitz.

—Disculpa que te haya avisado con tan poca antelación.

—Está bien. Ha dado la casualidad de que tenía libre la hora del almuerzo y me preguntaba qué iba a hacer.

—Entonces me alegro de haberte resuelto el problema —repuso Quirke.

Se sentaron.

—¿Cómo lo llevas? —preguntó Dick—. Debe de ser duro todavía. ¿Cuánto hace que...? ¿Seis meses?

Dick FitzMaurice era el ministro de Justicia, cargo que había conseguido tras ser reelegido en las últimas elecciones. Era él quien se había ocupado de las repercusiones del desastre ocurrido en España. Se había impuesto un justo castigo a los responsables, aunque fueran indirectos, de la muerte de Evelyn. Quirke suponía que eso debería haberle proporcionado cierto consuelo, pero no había sido así. La aplicación de la venganza no la traería de vuelta.

—Estoy bien —respondió.

Dick Fitz lo observó con compasión.

—¿Es cada vez más llevadero? El duelo, me refiero.

Quirke reflexionó.

—Va cambiando —contestó—. Evoluciona. Ya no rompo a llorar en la calle. Ahora solo carcome.

—No me imagino lo que debe de ser. Si yo perdiera a Margaret...

Negó con la cabeza. La esposa de Dick era una Dwyer, una de las familias de mayor abolengo del país. Un antepasado suyo había luchado en 1798 en la batalla de Vinegar Hill, durante la Rebelión irlandesa. En fechas más recientes, su padre había estado en 1916 en la Oficina General de Correos, al lado de los cabecillas del alzamiento de Pascua. Por eso Dick era un hombre respetado, razón por la cual había logrado incorporar varias leyes progresistas a los códigos legales. De Valera había sido buen amigo del difunto y muy llorado Malachy Dwyer.

—¿Sería de mal gusto que te ofreciera una copa de champán? —preguntó Dick.

—Depende de la añada —respondió Quirke. Últimamente se esforzaba para que la gente no se sintiera tensa con respecto a Evelyn. Su dolor no era asunto de los demás, solo suyo. No iba a llorar en el hombro de nadie—. De todos modos, preferiría vino. Las burbujas me dan dolor de cabeza.

—Faltaría más —dijo Dick. Sacudió la servilleta y la extendió sobre el regazo—. ¿En qué andas ahora?

—Trabajo, como siempre. Cuando volví de España estuve un tiempo de permiso, pero estar mano sobre mano no me sentaba bien. Me dejaba demasiado tiempo para rumiar.

Por la expresión de Dick Fitz dedujo lo que estaba pensando. ¿Qué clase de hombre pretendería olvidar su pena en una sala de disección? Pero hacía mucho que Quirke había desistido de tratar de explicar qué sentía y no sentía con respecto a los cadáveres que les llegaban a él y a su escalpelo todos los días laborales. La muerte es un concepto abstracto. No es un acontecimiento de la vida. ¿Dónde lo había leído? En su opinión, era cierto. Los que se quedan atrás son quienes sufren.

Eligieron rosbif con patatas asadas, zanahorias y coles de Bruselas. Dick Fitz pidió mostaza —«inglesa, no francesa»— y embadurnó la carne con una gruesa capa de salsa.

—¿Y el vino? —preguntó—. ¿Nos damos un capricho? Corre a cuenta del Departamento de Justicia.

Pidió una botella de Cheval Blanc.

Quirke miró el plato y se descorazonó. Rara vez comía tanto en la hora del almuerzo. En general había perdido el interés por la comida y apenas prestaba atención a lo que se llevaba a la boca. Últimamente parecía alimentarse sobre todo de aflicción.

El vino, en cambio, era extraordinario.

—Lo probé el mes pasado en París —contó Dick Fitz, que había alzado la copa hacia la luz y admiraba el color violáceo—. Un congreso sobre la pena capital. Nuestra posición, la de siempre: que los cuelguen de lo más alto. Pero, Dios mío, ¡qué comida! Creo que mejor que antes de la guerra, y ya es decir.

Quirke empujaba una zanahoria hacia un lado y hacia otro del plato.

—Hablando de eso, es decir, de la guerra, ¿te has cruzado alguna vez con un alemán afincado aquí que se llama Wolfgang Kessler?

Dick estaba atareado con la comida; era evidente que su apetito no disminuía.

—Sí, claro. ¿Por qué?

El camarero se acercó a rellenar las copas. Vestía chaqué y pantalón de rayas.

Quirke bebió vino y permaneció unos instantes en silencio. Estaba aventurándose en un terreno incierto. Como político, Dick Fitz tenía fama de valiente, incluso de audaz. No se molestaba en ocultar su desdén hacia la vieja guardia de su partido, los Fianna Fósiles, como los llamaba. Sin embargo, sus poderes, al igual que los de todos dentro y fuera del Gobierno, eran limitados. Una palabra inoportuna, un error de juicio, una gestión desacertada, y la carrera más rutilante se vería truncada en un abrir y cerrar de ojos. Y Quirke sabía que Wolfgang Kessler tenía amigos en las más altas esferas de la vida pública, y allí la vida, ya fuera pública o privada, la gobernaba la Iglesia.

—¿Conoces el caso de la joven que encontraron muerta dentro de su coche en un garaje cercano a la iglesia del Pimentero?

—Rosa Jacobs. Sí, el jefe de la Garda me ofreció el mismo informe que tienes tú. Un asunto feo.

Quirke percibió con claridad la nota de cautela que había aparecido en la voz del ministro.

—Sí, muy feo. Supongo que en el informe que te llegó se recoge que probablemente fue asesinada.

—El jefe de la Garda lo mencionó. En realidad, ahora que lo pienso, te mencionó a ti. Tú no creías que fuera un suicidio.

—Sí, no lo creía. Ni lo creo.

Dick Fitz apretó los labios y pinchó otro bocado de carne. Quirke intentó no mirar el trozo rosado con su pegote amarillo bilioso de mostaza.

—Has nombrado a Wolfgang Kessler —dijo Dick sin dejar de masticar—. ¿Por qué?

Quirke levantó su copa. Realmente era un vino delicioso, tal vez el mejor que había probado en toda su vida. Los gastos en dietas debían de ser suntuosos en el departamento, aunque fuera el ministro quien los realizara.

—Déjame que te pregunte algo —dijo—. ¿Qué sabes de Kessler y su hijo?

Dick Fitz reflexionó. Saltaba a la vista que no le gustaban los derroteros que estaba tomando la conversación. Una joven asesinada y un rico criador de caballos alemán era una combinación potente.

—Es un empresario con intereses en todo el mundo —respondió—, en Europa, en América, incluso en Rusia.

—Y en Israel —apuntó Quirke.

Al instante, Dick Fitz alzó la vista del plato y lo miró con los ojos entornados.

—Sí, en Israel también.

Era un hombre apuesto, alto, esbelto, de estilo elegante y un tanto lánguido. Su padre, también ministro en sus tiempos, había sido un donjuán a carta cabal y, a decir de todos, también lo era Dick Fitz. Margaret, su esposa, era una ilustre beldad, o lo había sido en su juventud. Se decía que su vida era un drama debido a las infatigables infidelidades de su marido; no obstante, ante los demás ofrecía una cara indefectiblemente plácida. Era sabido que Dick Fitz acudía a ella en busca de consejo en los momentos de crisis. Sí, los FitzMaurice, marido y mujer, eran una pareja imponente. Si Dick le preguntara, la señora Fitz le recomendaría que actuara con la mayor cautela en cualquier asunto en que estuvieran envueltos los Wolfgang Kessler de este mundo.

—La hermana de la difunta —prosiguió Quirke—, su hermana mayor, está aquí. Se llama Molly Jacobs, es periodista y vive en Londres. Vino para el funeral y se ha quedado..., se ha quedado una temporada.

—Así que la conoces, ¿no? —inquirió Dick con tono afable.

¿Era un destello de complicidad lo que Quirke detectó en aquellos preciosos ojos grises que lo miraban fijamente desde el otro lado de la mesa? Dick se preocupaba de estar bien informado. Se le escapaba muy poco de lo que ocurría en la ciudad.

—Sí, la conocí a través de David Sinclair —mintió Quirke con toda tranquilidad—. Sinclair trabajaba antes conmigo en el hospital. Se marchó a Israel y ahora ha vuelto.

Dick Fitz, que seguía mirándolo de hito en hito, asintió despacio con la cabeza.

—Israel otra vez —observó—. Qué coincidencia.

—No tanto. Tengo el fuerte presentimiento, un presentimiento muy fuerte, de que Israel es la conexión entre la muerte de Rosa Jacobs, la de una periodista en Tel Aviv y el intento de asesinato de Molly Jacobs anoche.

Dick dejó de masticar y lo miró.

—¿Dónde sucedió eso?

—En Usher's Island. Se aloja en una casa que le ha dejado un amigo.

—¿Qué pasó?

—Salió a comprar a una tienda alrededor de las nueve y media. Cuando volvía a casa, un coche se subió a la acera y la derribó. Tuvo suerte: acabó solo con moretones y la cara destrozada.

—¿Se paró el conductor?

—No. Dos agentes de un coche patrulla la encontraron inconsciente en la acera. Está ingresada en el St. James. Le darán el alta mañana o pasado mañana. Es increíble que no se rompiera nada. Tiene graves contusiones, pero se pondrá bien.

Dick Fitz se había comido la mitad del plato, pero de repente pareció que, al igual que Quirke, había perdido el apetito. Tenía el aspecto de un hombre que poco a poco se percata de que ha caído en una trampa sin advertirlo.

—¿Está investigándolo tu amigo Hackett? —preguntó.

—Y el inspector Strafford.

—Strafford. ¿No es el que estaba contigo en España cuando...?

—Sí.

Dick Fitz hizo una seña al camarero para indicarle que habían terminado el plato principal.

—¿Un poco de queso? —preguntó a Quirke.

—No, estoy bien, gracias.

El camarero lanzó una ojeada ceñuda al plato de Quirke y la comida que apenas había probado.

—Tal vez un brandy —añadió Quirke.

—Perdóname si no te acompaño con el licor. —Dick consultó su reloj—. Esta tarde tengo una reunión de comité. —Se volvió hacia el camarero—. Tomaré un pedacito de stilton, Michael.

Siempre se sabía el nombre de quienes le atendían.

—¿Algo de beber, señor ministro? —preguntó Michael—. ¿Un dedito de oporto con el queso?

—No, gracias.

—Entonces, solo el brandy —dijo el camarero, y se marchó.

Quirke estaba seguro de que Michael conocía su nombre y no lo había utilizado adrede al dirigirse a él. Las sutiles distinciones que establecía el personal de servicio eran para él una fuente inagotable de fascinación y regocijo.

—Lo siento, Quirke —dijo Dick Fitz, que puso empeño en mirar de nuevo su reloj—, pero tendré que irme enseguida.

—¿Y el queso? —preguntó Quirke con tono cortante.

Dick le dirigió su sonrisa meliflua.

—Dime qué quieres exactamente que haga.

En la botella quedaban un par de dedos de vino, y Quirke los repartió entre las dos copas.

—Para ser sincero, no lo sé, Dick. Como he dicho, hay algo en marcha relacionado con Israel, Wolfgang Kessler y su hijo, las dos muertes y el atentado de anoche contra la vida de Molly Jacobs. Pero no tengo ni idea de qué se trata. —Se inclinó más hacia el ministro—. ¿Qué clase de negocios tiene Kessler en Israel?, ¿lo sabes?

—Creo que de maquinaria pesada. Y algo relacionado con la recuperación de tierras. Tiene infinidad de intereses en infinidad de proyectos.

—¿Armas?

Dick parpadeó.

—¿Qué quieres decir con armas?

—La periodista asesinada en Tel Aviv trabajaba en un artículo, o una serie de artículos, o algo por el estilo, sobre el programa nuclear israelí.

El rostro de Dick Fitz perdió toda expresión.

—¿Israel tiene un programa nuclear?

—Me parece que están atareados fabricando una bomba...

—¿Y crees que...?

—Me pregunto, solo me pregunto, si la fábrica de maquinaria pesada de Wolfgang Kessler no estará proveyendo a los israelíes de algo más que cubos y palas con que ganar terreno al desierto.

El camarero se acercó con el brandy de Quirke y la bandeja de quesos.

—Lo siento, Michael, amigo mío —le dijo Dick—, no debería haberlo pedido. No tengo tiempo. —Se limpió la boca con la servilleta y la dejó al lado de la copa de vino vacía—. He de irme.

Quirke se levantó y los dos hombres se estrecharon la mano.

—¿Harás indagaciones sobre Kessler? —preguntó Quirke—. Dos jóvenes han sido asesinadas, Dick, y una tercera estuvo a punto de serlo.

Los ojos de Dick habían adquirido una expresión al mismo tiempo evasiva e impaciente.

—Esperemos a ver qué averiguan Hackett y el tal Strafford. Ahora mismo mis funcionarios están muy ocupados. —Bajó la voz y miró alrededor—. ¿Sabes que De Valera se opone en redondo a cualquier clase de unión europea? «No nos liberamos de los británicos», dice, «para caer en manos de otra banda de saqueadores». Ese hombre es una joya.

—Adiós, Dick —dijo Quirke.

Dick se llevó un dedo a la frente en un gesto irónico de saludo y se alejó. Quirke se sentó y contempló su brandy. Sabía que no debería bebérselo. Pero una vez que se lo hubiera bebido y ya no quedara nada en la copa probablemente pediría otro. Se conocía demasiado bien.

Dick reapareció de pronto. Apoyó un puño en la mesa y se inclinó para hablarle al oído.

—Hay algo más —dijo—. Sobre Kessler. No es su verdadero nombre.

—¿No es...?

—Chisss. No, antes se llamaba de otro modo.

—Siéntate un momento.

Dick volvió a echar un vistazo a las otras mesas y se sentó en el borde de la silla.

—¿Cómo se llamaba?

—No lo sé. No lo recuerdo. En cualquier caso, traía un pasaporte falso. Hicimos la vista gorda; el hombre tenía un montón de dinero para gastar cuando llegó. Y hacía buenas migas con los curas.

—¿Con cuáles?

—Con McEvoy, el audaz obispo Tom. —Dick sonrió—. ¿Entiendes con quién estás tratando? Sigue formulando las preguntas que me has hecho a mí y antes de que te des cuenta tendrás noticias de Drumcondra.

Quirke no tuvo que preguntar a qué se refería. Drumcondra era el barrio donde el arzobispo McQuaid tenía su palacio. Una llamada telefónica del prelado al jefe del consejo de administración del Hospital de la Sagrada Familia y Quirke tendría que liar el petate y partir a Londres o Estados Unidos en busca de trabajo.

—Cuéntame más —dijo—. Sé que hay más.

Dick Fitz se dio unos golpecitos con un dedo en un lado de la nariz, negó con la cabeza y sonrió.

—Si hay más, tendrás que sacárselo a otro.

Se levantó y se alejó de la mesa, y esta vez no volvió. Quirke vació de un trago la copa de brandy e hizo una seña para pedir otra.

21

Strafford estaba soñando. Se hallaba en un anticuado tren de vapor con una lujosa decoración de estilo art déco. Los asientos estaban tapizados en felpa de color burdeos y sobre ellos colgaban fotografías enmarcadas de ciudades *fin de siècle*, Londres, París, Viena. Entre las imágenes había espejos con marcos dorados y lirios y largas hojas ondulantes pintados alrededor de los bordes. Lo más raro, aunque en el sueño no resultaba nada raro, era que el vagón no se movía sobre raíles, sino que flotaba con ligereza en un medio silencioso, agua o quizá simplemente aire.

Sin embargo, algo ocurría. Había un peligro o alguna emergencia, porque a lo lejos sonaba sin cesar una alarma. Al final cesaba, pero tras un intervalo empezaba a oírse cerca un golpeteo insistente. Como si fuera del tren hubiese alguien que llamara para entrar. Strafford oía pronunciar su nombre, pero ¿quién podía saber que estaba allí, viajando en ese vagón, en ese expreso flotante o volador?

Se despertó.

—¡Señor Strafford! ¡El teléfono! ¡Es para usted!

Amodorrado, echó hacia atrás la sábana y la manta y se levantó de la cama. Encendió una lámpara y parpadeó. Había salido aturdido del sueño.

—¡Señor Strafford!

Se puso una bata y abrió la puerta. En el pasillo estaba el señor Claridge con un grueso abrigo militar negro sobre el pijama. Iba en pantuflas y tenía las piernas al aire. Lo más sorprendente de su aspecto era el cabello, normalmente muy engominado y aplastado: ahora lo tenía de punta. A Strafford le pareció que era idéntico al actor que interpretaba al señor Dick en la vieja película *David Copper-field*.

—Empezaba a pensar que no estaba usted —dijo enfadado el hombre—. ¿Sabe qué hora es?

—No —respondió Strafford con voz pastosa.

—Son casi las dos.

—No lo entiendo.

Al señor Claridge se le desorbitaron los ojos. Parecía a punto de sufrir una apoplejía.

—¿Qué no entiende? —gritó—. ¡El teléfono, buen hombre, el teléfono! ¡Alguien quiere hablar con usted por teléfono!

Strafford lo siguió hasta la escalera. La luz del vestíbulo estaba encendida. El señor Claridge señaló hacia abajo con un dedo colérico.

—El teléfono, ¿entiende? ¡Allí!

Se dio la vuelta y se alejó a zancadas refunfuñando. Strafford se llevó una mano a la frente. Bajó por la escalera.

Cuando descolgó el auricular, la llamada se había cortado. Se quedó unos minutos escuchando el zumbido, estupefacto. No estaba despierto del todo. Al final colgó y se dirigió hacia la escalera. Había subido la mitad de los peldaños cuando el teléfono volvió a sonar. Bajó corriendo.

—Sí, sí —farfulló—, ¿quién es?

—Disculpe —dijo una voz masculina—, me he quedado sin peniques y he tenido que ir al coche y...

—¿Qué? ¿Qué dice? —Strafford se frotó los ojos con la mano—. ¿Quién es?

—Soy Frank Kessler. Yo...

Se interrumpió y se oyó un sonido ronco y ahogado. Estaba sollozando.

La noche era húmeda y fría. Sobre las brillantes aguas negras flotaban retazos de bruma, las farolas tenían halos difusos y las carreteras de los alrededores estaban desiertas. Todo parecía contener el aliento.

Frank Kessler estaba sentado en un banco metálico junto al camino de sirga. Encima de él se extendía la amplia copa de un sicomoro, entre cuyas hojas el alumbrado de la calle arrojaba un débil resplandor parpadeante.

Al ver a Strafford aproximarse se levantó en el acto y dio un paso indeciso hacia él.

—Lo siento. Perdóneme, sé que es tarde. —Se limpió la nariz con el dorso de la mano y aspiró una temblorosa bocanada de aire—. Usted es la única persona en quien se me ha ocurrido pensar.

A esas alturas Strafford había alcanzado un estado de claridad casi alucinatoria, que bien sabía que no era en absoluto claridad. Todo a su alrededor tenía bordes nítidos y afilados, poseía una solidez antinatural y estaba impregnado de una inexorabilidad que solo se daba en los sueños. ¿Acaso seguía dormido y nada de aquello era real?

—¿Cómo es que tenía el número de teléfono? —preguntó.

Por un instante se le antojó una cuestión de importancia trascendental que debía esclarecerse de inmediato.

—¿Cómo?

—El número —repitió Strafford alzando la voz y señalando la casa de los Claridge al otro lado de la calzada—. ¿Cómo lo ha conseguido?

—Llamé a la comisaría de la Garda. Dije que tenía que hablar con usted, que era un asunto urgente.

«¡Válgame el cielo! —pensó Strafford—, han dado mi número de teléfono a alguien que llama a las dos de la madrugada». Podría haber sido cualquiera. Podría haber sido un demente o alguien a quien él hubiera enviado a la cárcel con su testimonio y que al quedar en libertad buscara venganza. Lo primero que haría por la mañana sería averiguar qué sargento estaba en recepción esa noche, ¡y por Dios que...!

—Lo siento —dijo Kessler con una vocecilla, y agachó la cabeza.

Llevaba un impermeable de plástico transparente sobre el traje. Tenía el nudo de la corbata torcido y el cuello de la camisa le asomaba por un lado. Parecía que hubiera tenido una trifulca. Con cada movimiento, la prenda de plástico crujía y chirriaba tenuemente. En un costado tenía una salpicadura negra y brillante de algo. ¿Era pintura? Strafford casi se echó a reír por lo disparatado de la idea: ¡el tipo había estado pintando en plena noche!

—¿De dónde viene? —preguntó—. ¿Dónde ha estado?

—Vengo de la casa de mi padre.

Las palabras, pronunciadas con enorme gravedad y, al parecer, con una profunda tristeza, tuvieron una resonancia bíblica.

—¿Ha venido desde allí esta misma noche, ahora?

Kessler asintió con la cabeza y dijo algo que Strafford no entendió.

—Es tardísimo —añadió el inspector—. Estamos en plena madrugada.

No sabía qué hacer. Era evidente que Kessler estaba muy alterado. Respiraba deprisa, casi jadeaba, y de vez en cuando lo recorría un violento estremecimiento que hacía que el impermeable de plástico crepitara como un fuego de espinos llameante.

—Perdóneme. —Kessler extendió las manos en un gesto de humildad.

—Sentémonos ahí, en el banco —propuso Strafford.

Estaba tiritando de frío. Se había puesto unos pantalones y un jersey sobre el pijama y se había arrebujado en la gabardina, pero por lo visto nada lograba oponer resistencia al malintencionado aire brumoso y fétido.

Se sentaron. El aliento de ambos los envolvía como nubes de ectoplasma.

—Lo he matado —soltó Kessler, de improviso pero con toda naturalidad—. Le he disparado con su propia pistola.

—¿A quién ha disparado? —preguntó Strafford pese a conocer la respuesta.

Quirke tenía razón: habían sido los Kessler desde el principio.

Estuvieron mucho rato sentados en el banco. O bien había ocurrido algo en el aire que lo había caldeado, o bien se habían habituado al frío. De vez en cuando pasaba un coche por la calle y la luz de los faros atravesaba blancamente la bruma. No apareció nadie por la zona, salvo, durante unos minutos, una pareja cuyos pasos resonaron acerados en la acera. Estaban riñendo. La mujer se mostraba resuelta e implacable, el hombre apenas replicaba y, cuando lo hacía, parecía avergonzado. No tardaron en alejarse abatidos. Se oyó algún que otro susurro producido por los juncos de la orilla, así como un par de chapoteos. Gallinetas que se removían en sueños, pensó Strafford, o ratas al acecho.

—¿Qué debo hacer? —dijo Kessler.

No era tanto una pregunta como un pensamiento en voz alta. Una especie de calma exánime había sustituido a la agitación anterior. Era como si se hallara muy lejos, recordando de manera reflexiva y con cierto asombro las extrañas circunstancias en que se encontraba.

—Ya lo pensaremos más tarde —afirmó Strafford—. De momento cuénteme qué ha sucedido.

—Ya se lo he dicho. He matado a mi padre.

—¿Por qué?

Kessler volvió la cabeza y lo miró fijamente. Luego se rio bajito.

—¿Por dónde debería empezar? ¿Hasta dónde debería remontarme?

—Hábleme solo de lo ocurrido esta noche —apuntó Strafford.

Pero Kessler no pareció oírle.

—Siempre me despreció, siempre me dejó de lado. *Mein kleiner Schwächling*, le decía a la gente. Miradlo, mi blandengue, *mein kleines Mädchen*. Nunca me aceptó tal como soy.

Strafford consultó con disimulo el reloj.

—Esta noche, señor Kessler. Cuénteme qué ha pasado esta noche.

Kessler hizo un gesto de impaciencia, cruzó y volvió a cruzar las piernas. El ruido del impermeable de plástico empezaba a crispar los nervios a Strafford. Quizá debiera acallar al tipo, agarrarlo del pescuezo y llevarlo a rastras a la comisaría para que Hackett le arrancara la verdad.

—¿Sabe que mandó matar a aquella chica? —preguntó Kessler.

—¿A Rosa Jacobs?

—¿Qué? —Kessler volvió a clavarle la mirada—. No, no... A la de Israel, la periodista.

—¿Qué quiere decir con que mandó matarla?

—Recurrió a sus amigos del Mosad. Me parece oírlo dirigiéndose a ellos con su voz de comandante. «Va a dar al traste con todo, tenéis que cerrarle el pico, tenéis que deshaceros de ella».

—¿Está diciendo que el servicio secreto israelí asesinó a Shulamith Lieberman?

—Ah, no lo harían ellos mismos, igual que no lo haría mi padre. Siempre hay alguien a quien contratar, gánsteres, asesinos, rateros de poca monta..., incluso en la virtuosa Israel, donde se supone que todos son héroes, soldados valientes o miembros infatigables de un kibutz.

—¿Qué había descubierto Lieberman para que fuera tan peligrosa?

Kessler se recostó en el banco y estiró los brazos sobre la barra superior del respaldo. Strafford recordó a Wolfgang Kessler haciendo lo mismo, repantigado en el sofá de la casa de Wicklow.

—Había averiguado —dijo Kessler despacio— que mi padre suministraba a Israel componentes importantes para la fabricación de la bomba atómica. —Inclinó la cabeza hacia atrás y contempló el follaje tupido y un tanto crepitante que se extendía sobre él—. Había que impedir la publicación de la noticia.

A Strafford le apeteció de repente un cigarrillo. Era ridículo, pues no fumaba. ¿Necesitaba su calor o tan solo hacer algo con las manos? Supuso que por ese motivo la gente se volvía adicta al tabaco. Los cigarrillos eran buenos compañeros; con ellos uno nunca tenía por qué estar completamente ocioso.

—¿Acaso algún periódico israelí publicaría algo tan explosivo?

Kessler volvió a reír por lo bajo.

—Es un..., ¿cómo se dice?, un juego de palabras muy malo. —Una vez más, alzó la vista hacia las hojas del árbol—. La mujer tenía contactos en el *Manchester Guardian*. ¿Conoce ese periódico? Es de izquierdas. Si la hubieran dejado acabar sus pesquisas y escribir el artículo, lo habrían publicado. Quizá. En Gran Bretaña, como en todas partes, hay muchos judíos ricos y poderosos. Incluso ahora.

Un camión pasó resoplando y traqueteando. ¿Qué podía traerse entre manos una persona para salir en un camión a las...?, ¿qué hora era ya? ¡Por Dios santo, casi las tres! Todo aquello era irreal.

—¿De verdad ha hecho lo que dice que ha hecho?

Kessler asintió, casi enfurruñado, con el labio inferior hacia fuera.

—¿Y lo ha hecho por eso? ¿Por Shulamith Lieberman? ¿La conoció en Israel?

—No. Nunca coincidí con ella. Pero había gente al tanto de lo que hacía. Tel Aviv es como Dublín. Todo el mundo sabe qué se traen entre manos los demás. Por otra parte, corren tantos rumores que uno no sabe a quién o qué creer. —Kessler hizo una pausa—. Verá, aprecio a los judíos, los admiro, pero son fantasiosos. Hablan, hablan y hablan, y uno tiene que tratar de distinguir lo que es verdad de lo que es un sueño.

—Si el motivo no fue la muerte de esa mujer, ¿cuál fue entonces?

Kessler miró alrededor. Parecía abstraído. Tarareó para el cuello de la camisa una melodía nada melodiosa. Toqueteó los botones del impermeable de plástico.

—Mi padre era un hombre muy malvado. Muy malvado, más de lo que usted pueda imaginar. —Se interrumpió y soltó otra pequeña carcajada—. Incluso su nombre era falso, ¿lo sabía? No. Nadie lo sabía. Wolfgang Graf von Kessler, ¡ja! —Se inclinó, cogió una grava del camino y la arrojó al canal. El guijarro cayó en el agua inmóvil con un breve plaf cómico—. El apellido de Hitler tendría que haber sido Schicklgruber, ¿lo sabía usted? Su padre era hijo bastardo de una puta austriaca y de padre desconocido. El pequeño Adolf habló toda su vida como un jornalero del campo bávaro (tará tará tará), nunca habló un alemán correcto. A «Graf von Kessler» le gustaba dárselas de aristócrata de los Alpes bávaros. La verdad es que nació en una barriada de Múnich. De pequeño lo mandaron a las montañas a trabajar de balde para un tío suyo. Vivió en un establo, como un animal de la granja —se rio bajito—. *Die Hütte.* ¡Ja!

Strafford estaba cansado, tenía el cerebro nublado. Seguía preguntándose qué debía hacer con ese joven extraño que, si daba crédito a sus palabras, poco antes había disparado y matado a su propio padre. ¿Qué sería de él? Tal vez pudiera alegar locura, pero pasar el resto de sus días en un manicomio sería sin duda peor que cumplir una condena a cadena perpetua en la cárcel.

Como si hubiera oído esos pensamientos, Kessler preguntó:

—¿Qué va a pasar conmigo?

—No lo sé —respondió Strafford. Lo asaltó un pensamiento—. ¿Fue usted quien atropelló a la hermana de Rosa Jacobs con su coche?

Kessler asintió y se mordió el labio inferior, como un niño travieso.

—¿Por qué lo hizo?

—Porque mi padre me lo ordenó. Esa mujer había estado hablando con otro periodista de...

—Lo sé.

Kessler lo observó con auténtico interés.

—¿Cuánto sabe usted?

¿Qué debía responder Strafford? Había llegado a la conclusión de que el hombre sentado a su lado estaba loco. Tal vez estuvieran locos los dos, padre e hijo. Frank Kessler era capaz de cualquier cosa, no por maldad en su caso, sino por angustiada desesperación.

—Sabemos mucho —mintió—. Tenemos todas las piezas; solo hemos de encajarlas. Usted puede ayudarnos.

Kessler hizo un mohín enfurruñado.

—¿Por qué iba a hacerlo?

—¿No ha venido a verme por eso..., para confesar?

—He venido porque pensé que usted me... Pensé que me entendería y entendería lo que he hecho. ¿Sabe que nos parecemos? ¿No se ha dado cuenta? Si yo tuviera unos años más, podríamos ser mellizos. ¿No cree?

Había surgido una nota suplicante en su voz. Strafford tuvo la sensación de que jamás se había topado con alguien que estuviera tan solo como ese joven. Recordó aquel día que fueron al hotel Hibernian, cuando cruzaron juntos la puerta del salón. Casi volvió a experimentar el extraño estremecimiento que lo había recorrido por el roce fortuito con el hombro de Kessler. Pero ¿había sido fortuito?

Mein kleiner Schwächling, mein kleines Mädchen.

—Cuénteme qué ha ocurrido —repitió.

Kessler exhaló un suspiro largo y vacilante.

—Me dijo que yo debía encontrar la forma de detener a esa mujer, Molly Jacobs, de detenerla para siempre. Se burló de mí, me llamó *ein Stümper*, ¿cómo se dice?, chapucero, porque no logré matarla aquella noche con el automóvil. «La próxima vez tendrás que hacerlo bien», me dijo, «si no quieres perder el poco respeto que te tengo». —Se volvió hacia Strafford y le puso una mano temblorosa sobre el brazo. Para el inspector fue como si lo hubiera tocado un cable con corriente eléctrica—. ¿No entiende ahora por qué tuve que hacerlo? ¿Por qué tuve que pegarle un tiro?

—No, no lo entiendo —respondió Strafford con tono afable—. Mi padre era igual y...

—¡Lo sabía! —exclamó Kessler, y le apretó el brazo de forma convulsiva—. Sabía que éramos hermanos, hermanos..., *Wie heißt das?*, espirituales. Hermanos de espíritu. ¿No lo siente usted también? Seguro que sí.

Strafford liberó el brazo y hundió las manos en los bolsillos de la gabardina. Volvía a tener frío, pero también calor, pues ardía de turbación y de una clase desconocida de vergüenza.

—Lo siento —endureció la voz—, pero no ha acudido a la persona indicada. No soy su hermano ni nada por el estilo. Soy policía y estoy investigando el asesinato de una joven y el intento de asesinato de otra.

—Yo no la maté —declaró Kessler.

—¿A quién?

Kessler lo miró casi con pena.

—A Rosa Jacobs. ¿A quién si no?

Strafford suspiró al oírlo. ¿Qué sentido tenía mentir a esas alturas?

—Entonces ¿quién la mató?

—¿Cómo voy a saberlo? —replicó Kessler con altivez levantando de golpe la cabeza, y en ese momento no cupo la menor duda de que era hijo de Wolfgang Kessler—. Es probable que mi padre se lo encargara a uno de los suyos.

No habría dudado en hacerlo si consideraba que él o sus intereses estaban en peligro. —Dejó caer los hombros y empezó a tironearse de un lado de la uña del pulgar izquierdo—. Le diré cuál fue el último insulto, la traición definitiva y el motivo por el que lo maté —añadió con una voz extraña, meditabunda y distante, como si otra persona hablara a través de él—. ¿Sabe qué es el Mabahith Amn al-Dawla? ¿No? Es árabe. Es el nombre del servicio de seguridad egipcio.

Cogió otra piedrecita y la lanzó al agua. Se produjo un brusco movimiento entre los juncos.

—Durante mi reciente estancia en Israel —continuó— me enteré de que mi padre conspiraba con ellos, con los espías de Nasser. Me lo contó el cómplice de mi padre.

—¿Teddy Katz?

—¿Cómo es que lo conoce? Bueno, no importa. Vendía a los israelíes componentes para la fabricación de la bomba y al mismo tiempo informaba de su programa atómico a los egipcios. Verá, él odiaba a los judíos, los habría exterminado. En la guerra... —Kessler hizo un sonido al tragar saliva—. En la guerra... —Juntó los puños y se golpeó lentamente las rodillas con ellos—. No puedo —susurró—. No puedo decirlo.

—¿Qué hizo su padre en la guerra?

—No, no, no puedo. No me pregunte, no es justo.

Kessler se levantó y se acercó al borde del canal, donde permaneció un rato inmóvil, con la espalda vuelta a Strafford. Se oyó la campana de una iglesia, un único repique; resonó en la oscuridad como si anunciara el fallo de una sentencia.

—Los secretos de su familia no me interesan —afirmó Strafford.

Kessler no le escuchaba.

—Pensé que usted era el único en quien podía confiar —dijo sin girarse—. Aquel día, en el hotel, yo casi...

307

—¿Casi qué? —preguntó Strafford, aunque en realidad no quería saberlo.

—Podría haberlo amado —dijo Kessler, todavía con la espalda vuelta, y en voz tan baja que Strafford no estaba seguro de haberlo oído bien—. Pero ya es demasiado tarde.

Entonces se dio la vuelta. Tenía algo en la mano. Era una pistola; Strafford vio que era una Luger. Se levantó despacio del banco.

—Démela —pidió extendiendo una mano.

Kessler negó moviendo la cabeza muy deprisa de un lado a otro.

—No tenga miedo —dijo—. No le haré daño —añadió con una sonrisa—, *Bruder mein.* —Alzó la vista hacia la oscuridad. La luna escudriñaba entre la neblina como un gordo ojo blanco—. *Hier ist Erlösung.*

Tras sonreír una vez más a Strafford, se metió el cañón del arma en la boca y apretó el gatillo. El disparo fue extrañamente silencioso, una especie de sonido apático, según le parecería más tarde a Strafford. Kessler cayó despacio hacia atrás, como si se desvaneciera, y el agua lo envolvió en gráciles cascadas.

La mancha del impermeable. No era pintura, por supuesto. Era la sangre de su padre.

22

Al cabo de unos días, en ese mismo tramo del canal, Quirke paseaba con Molly Jacobs bajo la lluvia. Molly llevaba el brazo izquierdo en cabestrillo. El moretón de la mejilla, del pómulo, había adquirido un tono gris azulado, con manchas amarillentas. Quirke sostenía en alto un amplio paraguas negro sobre ambos. Se sentía como si fuera siguiendo un cortejo fúnebre. Llovía a cántaros y el agua caía a plomo a través del aire inmóvil con vengativa concentración. El camino de sirga estaba embarrado. ¿Por qué estaban paseando cuando podrían ir a un café o a un pub?

Él sabía lo que iba a pasar ahí, ese día, en breve. No sabía cómo lo sabía, pero lo sabía. En efecto, en cierto modo era un funeral.

Ya había hablado a Molly de los Kessler, padre e hijo, ambos muertos. Había ido a Wicklow con Hackett y el inspector Strafford. Esa vez los había llevado otro conductor, un joven agente rollizo y alegre que se pasó todo el trayecto silbando bajito y desafinado, lo que puso de los nervios a Quirke. También llovía aquel día, pero no como ahora. Era más bien una llovizna abstraída que flotaba al bies sobre los páramos. Las ovejas se acurrucaban al abrigo de los espinos o, despreocupadas, mordisqueaban de manera metódica la rala hierba otoñal.

El cuerpo de Wolfgang Kessler yacía bajo una lona al pie de los escalones delanteros, los que había bajado para saludar a Quirke y Strafford la primera vez que fueron a la casa. Tenía un tiro en la nuca. Otra bala le había perforado el bazo, pero probablemente no habría sido mortal. Debía de haber estado huyendo de su hijo, huyendo para salvarse. Quirke recordó el brillo de la llovizna sobre la lona. Le evocaba algo del pasado lejano, no sabía qué.

—¿Han descubierto quién era en realidad? —preguntó Molly.

Quirke ya le había advertido de que la lluvia le destrozaría los zapatos, pero ella quería estar en la calle. Así pues, un funeral público.

—Hackett está en contacto con la policía alemana —respondió—. Se habló de enviar a Strafford allí, pero llegó una orden en contra desde las alturas. Viejos asuntos, viejos delitos. Los israelíes no dirán nada. Por lo que a ellos se refiere, es como si su benefactor alemán no hubiera existido. Imagino que tendrán que desmantelarlo todo y empezar otra vez con la bomba. En cuanto a los egipcios..., bueno.

Pasaron ante el aserradero, que se alzaba al otro lado del canal. Se oían los chillidos y tartamudeos de una motosierra que hendía la madera. Pese a la lluvia, flotaba en el aire el olor a serrín.

—Pobre Rosa —dijo Molly—, atrapada en todo eso.

—Tenía coraje.

Molly apretó los labios hasta formar una línea tensa.

—Solo los tontos son valientes —repuso con amargura. Bajó la cabeza—. Mi insensata e inconsciente hermana. Es lógico que la mataran con gas. Dios sabe que tenían mucha práctica.

Siguieron caminando, chapoteando en el fango.

—Imagino que Kessler debió de participar en el Holocausto —dijo Quirke.

—La Shoah.

—¿Qué?

—Así lo llamamos nosotros. La palabra «holocausto» se les ocurrió a otros. Shoah significa catástrofe.

Habían llegado al puente de Baggot Street.

—Podemos seguir y echar un vistazo en Parson's —propuso Quirke—. Podría comprarte un libro.

—¿Qué libro?

—El que quieras.

La lluvia tamborileaba sobre el paraguas. A Quirke empezaba a entumecérsele el brazo con el peso del trasto. «Esto es absurdo —se dijo—, estar bajo la lluvia, bajo la triste lluvia de otoño, esperando el final». Molly debió de intuir lo que estaba pensando.

—Creo que he de volver —dijo.

—Pero tienes la casa durante otra semana —observó él—, más de una semana.

Captó el tono irritado de su voz. Como el de un niño pequeño al que hubieran anunciado que sus vacaciones acabarían antes de lo previsto.

—Sí —dijo Molly—, pero he de ir... a casa.

—Entiendo. De acuerdo. —Quirke se pasó el paraguas a la mano izquierda y unas gruesas gotas plateadas cayeron en cascada por el borde—. Podría ir a verte. Es decir, de visita. Algún fin de semana. Podríamos hacer un viaje juntos, a París quizá, o...

—Quirke.

Molly le acarició el dorso de la mano con el dedo corazón. Quirke recordó que en la habitación del hotel Buswells, aquel primer día, había hecho eso mismo cuando él le había acercado la llama del mechero al cigarrillo. Pronto solo serían recuerdos. Pronto.

—Me gustaría que te quedaras —dijo.

—Sí, lo sé. Y a mí me gustaría poder quedarme, pero no puedo.

—¿Por qué no?

El niño pequeño otra vez. «Pero, ¡mami, papi...!».

—Porque no puedo. Nada más. No puedo.

Un autobús cruzó el puente con gran estruendo, como un elefante, empinándose en la cuesta, precipitándose hacia delante en la bajada.

—Pensé que podríamos... Pensé que tal vez construiríamos algo entre nosotros.

—Yo también lo pensé —dijo Molly. Se miró los zapatos—. Tenías razón. Están destrozados.

—Molly...

Quirke buscó a tientas su mano, pero ella la apartó.

—No —dijo—. No tiene sentido. Lo sabes igual que yo.

—Y si dijera que te necesito. Que te has convertido en parte de mi mundo..., en parte de mí.

Ella sonrió apenada mirándole a la cara.

—No te creería —respondió dulcemente—. Y tú tampoco te creerías a ti mismo. Eres como un animal herido, Quirke.

—Soy un animal herido.

—Sí, pero yo no soy la persona indicada para poner fin a tu sufrimiento. —Molly se alzó de puntillas y le dio un beso suave, fugaz, en los labios. *¿Qué te ha parecido, corazón mío?*—. No me odies —añadió sonriendo otra vez.

Abandonó el refugio del paraguas, dio media vuelta y se alejó por el camino de sirga con la cabeza descubierta bajo la lluvia.

Huyen de mí.

Epílogo

No debería haberme amenazado. Me había dado muchos disgustos, pero aquello fue el colmo..., más que el colmo. Y no estaba dispuesto a tolerarlo. Cómo se atrevía. La acepté, los acepté a ella y a sus malditos judíos irlandeses, hice cuanto pude por ayudarla, la impulsé en lo que era una carrera prometedora, muy prometedora. ¿Y cómo me lo agradeció? Primero me dijo que iría a contarle al rector que la había forzado. Luego cambió de idea: llamaría a Deirdre y le descubriría el pastel. Dios mío. No quiero ni pensar lo que habría hecho Dee.

¿Por qué me da tanto miedo esa maldita mujer que tengo? Lo he pensado mucho y he llegado a la conclusión de que lo que me asusta es su determinación. Surca la vida como un rompehielos ártico, arrasándolo todo a su paso. Jamás alberga la menor duda sobre sí misma y sus opiniones. En eso salió a su padre, el Amo del Ministerio. Sir Ralph Ponsonby Wheeler. Ojo, sin guion entre los apellidos. Hinchado de orgullo como una rana toro tras darse aires de grandeza durante cincuenta años ante los funcionarios a su mando. Fue desprecio a primera vista lo que surgió entre él y yo, el Magnífico Mandarín y el advenedizo de clase obrera nacido en el norte de Inglaterra. Ahora tiene un cáncer especialmente agresivo que le hace compañía en su jubilación. La buena y vieja Madre Naturaleza.

¿Qué estaba diciendo? Deirdre, sí. Debería haberle dado un montón de críos; eso habría frenado su avance. Ella no quería tenerlos, lo dejó claro desde el principio. «No creo que vaya a llevar en el vientre a tus mocosos,

Ronnie, amor mío. Tengo mejores cosas que hacer con mi vida». Probablemente haya sido mejor así. Imagínate lo que sería tener a Dee como madre. E imagínate lo que sería tenerme a mí como padre.

Lo más gracioso, aunque no tiene ninguna gracia, es que nos prometimos porque ella creía estar embarazada. No habría sido decoroso por mi parte romper el compromiso cuando descubrió que no lo estaba. Pasamos la luna de miel en París. Tuve una intoxicación alimentaria. «Cómo no», dijo Deirdre, y salió a comprarse un sombrero. Así empezó nuestra vida de felicidad conyugal.

Mi problema es que siempre he tenido debilidad por las chicas. Podría decirse, yo mismo podría decir, que es comprensible, pero en ese aspecto soy sincero. Podría estar casado con Marilyn Monroe y seguir siendo un mujeriego. Ah, las Mabel, las Queenie y las Antoinette, y todas las otras cuyo nombre he olvidado, ¡qué divertidas eran! Nada levanta tanto el ánimo de un hombre como una nueva amante vivaracha escondida discretamente.

¿Cómo he logrado salir de rositas durante tanto tiempo? Es una pregunta que me tiene en vela muchas noches, bañado en un sudor frío. A Dee no me importaría perderla si me descubriera y todo se fuera al traste, pero el dinero de los Ponsonby Wheeler es otra cuestión. Llevo casi veinte años viviendo a cuerpo de rey. ¿Me contentaría con ir tirando con mi sueldo del Trinity? Ni pensarlo.

En fin. Es agradable estar sentado aquí, en las vigilias de la noche, garrapateando en mi librito negro. Es arriesgado, lo sé. Imagino que forma parte del placer. El año pasado, cuando cumplió los treinta y cinco, a Dee le dio por husmear en mis cosas. No tengo ni idea de qué cree que va a descubrir: los secretos que tengo los guardo bajo llave en un archivador de mi despacho. No debería dejar el diario en casa. ¿Y si una noche me olvidara y se quedara a la vista en mi escritorio y ella lo encontrara? Es otra posibilidad en la que prefiero no pensar.

La relación con Rosa era agradable al principio. O no, «agradable» no es la palabra. Rosa no era agradable, razón por la cual me sentí atraído por ella, creo yo. Nunca he conocido a nadie como Rosa, ni antes ni después. Poseía la energía y el infatigable amor propio de Deirdre, pero en todo lo demás no había punto de comparación. La pobre Dee no tiene un cerebro en la cabeza, aunque lo disimula con su actitud autoritaria y ese acento británico de clase alta de los Ponsonby Wheeler. «¡Noo servirá de naada, Ronald, simplemente no servirá de naada». Sí, señá, claro, señá, ponga su delicado pie sobre este puf para que pueda besarle el zapato.

Maldita mujer. ¿Ves cómo sigo dando vueltas a su alrededor? Es como la polilla y la vela.

En cambio Rosa... ¡Dios mío, era excitante! Yo estaba deslumbrado, deslumbrado por su oscuridad. Era implacable como un hombre, tenía una forma masculina de dejarse de zarandajas, de los arrumacos de tortolitos, e ir al grano. Era un demonio en la cama, un verdadero demonio. No había nada que se negara a hacer, nada que se hubiera negado a hacerse. Yo nunca había visto nada semejante. Después de una sesión con ella me tumbaba de espaldas, sonriendo y jadeante, y a los cinco minutos volvía a sentir sus dedos sobre mí. Ella nunca tenía suficiente. En el ejército había oído a mis compañeros hablar de mujeres como ella, trabajadoras de hilanderías, dependientas de tiendas, que se entregaban a cualquiera a cambio de un cigarrillo Woodbine y una botella de cerveza Bass. Creía que eran solo habladurías, materia de sueños húmedos. Hasta que conocí a Rosa.

Al principio apenas daba crédito a mi suerte. ¿Qué había visto en mí, un chaval de clase obrera de Stockport que había progresado en la vida por sus propios medios y solo había conseguido una cátedra universitaria en Irlanda? Además, era mucho mayor que ella y estaba casado con una fiera. Empezaba a perder pelo y tenía mal la rodilla, una lesión de guerra. ¡Ni siquiera estaba circuncidado, por el amor de Dios! Aun así, me miró y me echó el ojo.

Lo sé, lo sé: sin duda ayudó el hecho de que yo ocupara la Cátedra Lecky de Historia en el Trinity College de Dublín. Como digo, el Trinity no es Oxbridge, ni mucho menos, pero posee una historia noble, como los grandes de la universidad nunca se cansan de recordar. Fundada por Isabel I, la Buena Reina Bess, en el año del catapum, etcétera, etcétera. Y, a fin de cuentas, ¿qué era Rosa Jacobs? La hija de un mercachifle de Cork, y encima judía. Reconozco que no se daba aires de grandeza ni intentaba ensalzar sus orígenes. De todos modos, tenía su orgullo. Procedía de una raza antigua, decía, la raza de Maimónides y Spinoza, de Rahel Varnhagen y Simone Weil, bla, bla, bla. Dos minutos de ese rollo y empezaban a vidriárseme los ojos.

Ah, era una activista, desde luego que sí. Hablaba en forma de pancarta. ¡No a la bomba! ¡Derechos para las mujeres! ¡Aborto libre! ¡Viviendas para los *tinkers*! No había manera de callarla. Aprendí a dejar que todo eso me resbalara. En las pausas entre los tutes que nos dábamos se incorporaba en la cama, con sus hombros flacos y sus tetitas puntiagudas, se ponía a fumar como un carretero y venga a hablar y a hablar, una mezcla de *Manifiesto comunista* y Mary Wollstonecraft, hasta que yo le deslizaba una mano por la pierna y volvíamos a empezar. A veces pensaba que para ella el sexo era política por otros medios. Se entregaba a ambos con una fuerza imparable. Vaya chica.

Nos veíamos en su habitación del Rubrics. Debía andarme con cuidado. No habría estado bien que pillaran al profesor de la Cátedra Lecky de Historia entrando a hurtadillas en los aposentos de una doctoranda. Pero, ah, ¡qué tardes aquellas! La luz como muselina, las copas de los árboles meciéndose en la ventana y, a lo lejos, el paf de la pelota en el bate y las figuritas vestidas de blanco recorriendo a zancadas con su caballerosa parsimonia el afelpado césped verde de College Park. Diga lo que diga en sentido contrario, le tengo cierto cariño a ese vetusto lugar.

La echo de menos. Echo de menos a Rosa. Sé que es absurdo decirlo, pero la echo de menos.

Nos las arreglamos para echar un partido fuera de casa. Qué desastre. Le dije a Deirdre que me habían invitado a un congreso en Londres, en el King's. Sería una cosa pesadísima, le dije, se aburriría como una ostra. Prometí traerle una caja grande de bombones de Fortnum & Mason. Refunfuñó un poco, pero al final cedió. Me había acompañado a otros congresos y sabía que no eran divertidos.

Yo no quería subir a un avión —¿y si el aparato se estrellaba y entre sus restos nos encontraban a Rosa y a mí muertos y abrazados?—, así que tomamos el transbordador, en su coche. Un cochecito bonito, con una capota de lona que podríamos haber plegado de haber ido a Italia, por ejemplo, o a la Costa Azul. En el sur de Inglaterra llovió aquel fin de semana. Fuimos en el coche a Rosslare, donde cruzamos el canal hasta Fishguard, y luego recorrimos la larga curva en dirección a Londres. Y enseguida surgieron los problemas.

Cerca de Carmarthen se rompió el cable del embrague. Ni corto ni perezoso, me puse manos a la obra con los alicates y mi fiel navaja. Mi viejo se habría sentido orgulloso de mí. Llegamos a trompicones a la ciudad y nos alojamos en un pub sacado directamente de *Bajo el bosque lácteo*. Whisky y sándwiches en un bar iluminado por una lámpara de gas, y luego una habitación con un suelo inclinado unos cuarenta y cinco grados. Por la mañana encontramos un mecánico que prometió tener el trabajo acabado antes de las doce. Tardó tres días. Para entonces los ánimos estaban crispados. Vi otra cara de Rosa. Una niña consentida a la que se le había aguado la fiesta. Señor, qué morros puso. Cuando el mecánico nos devolvió el coche, ya se nos había terminado el fin de semana y había que regresar a casa.

Nada volvió a ser igual tras el calamitoso viaje. Ni siquiera valoró el apaño que yo había hecho en el coche para que no tuviéramos que ir a pie hasta la maldita Carmarthen. Empezó a mirarme de otro modo. La pillaba dirigiéndome aquella mirada de reojo desde debajo del pelo, con los párpados entornados, los labios fruncidos y la punta de una oreja asomando entre todos aquellos rizos tiesos. Y, para ser sincero, yo comenzaba a cansarme un poco de ella. Un hombre puede soportar un número limitado de peroratas sobre las madres solteras y las iniquidades de la Iglesia católica. Lo reconozco.

Pensé que había encontrado una excusa cuando un atardecer la vi reunirse con un hombre bajo el reloj de los almacenes Clerys. Yo pasaba tranquilamente en el Morris Austin. Deirdre iba conmigo en el coche —no recuerdo adónde nos dirigíamos—; si no, quizá me habría parado. Estábamos esperando ante el semáforo de la esquina de Abbey Street cuando la vi. Llevaba su impermeable azul y la boina negra con la que, como yo le decía, parecía una de esas jovencitas con aspecto de chico que salen en las películas francesas de ahora. El hombre con el que había quedado era bastante joven, más bien alto, muy erguido, de pelo claro y lacio. ¿Deduje que era alemán? Probablemente no.

La siguiente vez que estuve con Rosa le expuse lo que había visto. Me sentí como un padre victoriano exigiendo a su hija que le revelara la identidad del hombre con quien la había pillado coqueteando bajo el tilo junto al portal techado del cementerio, detrás de la pista de tenis. Ella echó la cabeza hacia atrás, me dirigió una de sus largas miradas fijas y soltó una carcajada sarcástica.

—Para empezar, no es asunto tuyo, y además no le interesan las chicas. Nada de nada, ¿lo entiendes?

Frank Kessler, así se llamaba. Rosa lo había conocido años antes, cuando él estudiaba en el Trinity. Le pregunté, con tono afable, cómo y por qué había vuelto el hombre a su vida. Otra vez aquella mirada fija. No era asunto mío con quién decidiera citarse, dijo. La presioné. La presioné sin piedad, vaya que sí. Creo que temió que fuera a pegarle. Y lo habría hecho si ella hubiera seguido plantándome cara. Por primera vez vio el mal genio que tengo cuando me enfado de verdad.

Resultó que quien le interesaba en realidad era el padre del chico, un tal Wolfgang Kessler. Un teutón adinerado con una casa grande en Wicklow. Rosa estaba husmeando un poco para una amiga suya de Israel, una periodista con la sospecha de que Kessler *père*, que tenía algún tipo de negocio en aquel país, no tramaba nada bueno. Me reí, claro. Parecía el argumento de una de esas películas de espías que los estudios Ealing producen en cadena desde nuestra gloriosa victoria sobre los Malos.

—¿Cuándo dejaréis de ser tan paranoicos los judíos? —le pregunté.

Pensé que iba a darme un bofetón.

—Si los alemanes hubieran invadido Inglaterra y se hubieran llevado millones de ingleses para matarlos, serías paranoico.

Hala, ya estamos otra vez, me dije. ¿Por qué no podía tener yo la boca cerrada?

—Vamos a tu habitación —le propuse.

Me fulminó con la mirada. Nada de besuqueos para Ronnie, no aquella tarde.

Por aquella época se le metió en la cabeza irse a Israel. Planeaba acompañar a su amiga Lois Lane del *Daily Planet* en sus pesquisas para desbaratar el malvado complot urdido por el *Gauleiter* Wolfgang Kessler con el fin de sembrar el caos y derribar el Estado judío. ¿Accedería yo a prestarle..., no, accedería a *darle* el dinero del billete a Tel Aviv? Le dije que no fuera ridícula. Entonces se lo pediría a Frank Kessler, me soltó. Eso me hizo reír con ganas.

—¿Vas a pedirle que financie tu descabellada campaña contra su propio padre?

Se burló. Frank Kessler odiaba a su padre, afirmó. Frank era un buen hombre que deseaba expiar como pudiera los crímenes cometidos por los alemanes contra los judíos.

A otro con ese cuento, estuve a punto de decirle.

Pasaron los días. Yo la notaba cavilosa. Me prohibió entrar en su habitación: nanay de sexo. Yo me consumía.

Además, estaba asustado. Se me metió en la cabeza que Rosa tramaba algo contra mí. Yo no estaba a la altura de los elevados valores que se había impuesto a sí misma y, por tanto, que me había impuesto a mí también. Habría que darme una lección.

Me topé con ella un atardecer de mucho viento cruzando la plaza delantera de la universidad. Se arrebujaba en el impermeable y llevaba la boina calada hasta las orejas. Fue curioso: parecía una figura de una de esas fotografías que muestran a gente de su pueblo subiendo a la fuerza en manada a los vagones de ganado que se dirigían al este. Le pregunté qué le pasaba... Me preocupaba que pudiera estar enferma. Una novia enferma no sería nada divertido.

—Estoy embarazada —me dijo.

Tal cual. Casi me caigo.

No entiendo por qué los hombres se quedan siempre pasmados cuando sus chicas les dicen que están preñadas. O sea, han estado follando durante meses con feliz despreocupación, confiando alegremente en que la chica follada tomaba medidas de protección, aunque no se viera ni percibiera ninguna señal de que así era. ¿Acaso creemos que rezan una oración a la Virgen María o pronuncian un hechizo de vudú mientras se quitan la ropa y que eso es todo lo que hace falta para tener una seguridad total? ¿Cómo podemos ser tan ilusos?

No dije nada, me limité a pasar por su lado y me marché dejándola encogida allí, sobre los adoquines brillantes bajo la lluvia. Me dominaba la ira, una ira ciega. ¿Cómo se atrevía? ¿¡Cómo se atrevía!? Un gélido hilo de agua de lluvia se me coló por el cuello de la camisa y descendió veloz por la columna vertebral.

Se requerían iniciativas audaces. Fui a O'Neill's y, sentado en un rincón ante un vaso de whisky caliente, reflexioné sobre mi situación. No era una buena situación. De hecho, era muy mala. Una imagen de la cara de Deirdre flotó ante mí como la cabeza de la Medusa en aquella pintura de Caravaggio.

Tendría que abortar. No cabía la menor duda. Si era preciso, la agarraría por sus delicadas y muy quebradizas muñecas, la arrastraría hasta Londres y la metería en la consulta de algún médico inhabilitado, al fondo de una calleja de Hackney, de Paddington o de dondequiera que trabaje esa gente. Había que pensar en la cuestión monetaria. Yo podía pagarlo, desde luego, pero Dee controlaba con ojo de arpía nuestras finanzas, pues su viejo realizaba una importante contribución, y querría saber cómo y por qué había desaparecido un buen tajo de dinero. Y, por cierto, ¿cuánto costaba un aborto? ¿Cincuenta libras? ¿Setenta y cinco? Decidí dejar de lado esos asuntos y abordarlos más tarde. Los obstáculos, de uno en uno.

Recibí una carta. Alguien la deslizó por debajo de la puerta de mi despacho un anochecer. Me había quedado hasta tarde corrigiendo unos trabajos y estuve a punto de pisarla cuando ya me iba. ¿Cuánto tiempo llevaba ahí? Cualquiera podría haberla cogido. ¡Ni siquiera estaba bien cerrada!

Rosa daba por sentado, según me informaba con sus garabatos de alambre de espino, que yo dejaría a Deirdre y buscaría «un lugar para nosotros»: ella, yo y la criatura. ¡Dios bendito! Era de locos. Cuando me senté con la hoja de papel aleteando en mi mano temblorosa, pensé de veras que estaba desequilibrada. ¿En eso se convertían las chicas que se quedaban embarazadas, en brujas autoritarias, trastornadas e ilusas?

Fue en esa carta donde amenazó con denunciarme al rector. La siguiente vez que la vi en su habitación —tuve que susurrar una sarta de mentiras melifluas, con la boca pegada a la madera de la puerta cerrada con llave, para que me dejara entrar—, le supliqué que se apiadara de mí. Mis recuerdos de aquella noche son un poco borrosos, pero creo que me arrodillé ante ella, le apreté las manos y le rogué clemencia. Me ofrecí a darle dinero para el viaje a Israel, todo el que necesitara. No sirvió de nada. «Pero ¡mi vida se irá al garete!», grité. Y también la suya, añadí. En la segunda parte de ese alegato introduje un leve atisbo de amenaza. En el chantaje, donde las dan, las toman.

Captó la indirecta, pero aquello solo contribuyó a que se volviera contra mí con mayor frialdad. Dio media vuelta, caminó despacio hacia la cama y se sentó en el borde con las manos cruzadas sobre el regazo. Transcurrieron unos instantes de silencio. Luego me informó en voz baja, perfectamente controlada e inexpresiva, de que en ese caso —¿en qué caso?— llamaría a mi casa, a la casa de Deirdre y mía, en Sandymount Green, para hacer saber a mi esposa que al cabo de siete meses y medio ella, Rosa Jacobs, daría a luz al hijo ilegítimo, o hija ilegítima, como podía ser el caso, de su marido, el señor Armitage. «Tal vez sean mellizos», dijo, y soltó una desagradable risotada.

Hago una pausa. He de confesar algo, querido diario. Sé que serás tolerante, que no me juzgarás, viejo amigo.

Ella no fue la primera. Rosa no fue la primera. Hace mucho mucho tiempo, en la época de mi juventud en Stockport, hubo una chica, otra chica. También ella me anunció, en una noche de lluvia y viento, que estaba esperando un hijo: mi hijo. Se llamaba Doreen. Una muchacha estupenda. Acabó bajo las ruedas del expreso de Londres a Edimburgo. Fue una tragedia. Corrieron rumores de que se trataba de un asesinato. La poli me interrogó y, pese a mi juventud, ofrecí una actuación soberbia. ¡Qué gran actor ha perdido el mundo! Sea como sea, no se encontró ni una sola prueba contra mí ni contra nadie, no se presentó ningún testigo y con el tiempo el caso se cerró.

Sus padres intentaron durante años que volviera a abrirse, en vano. Doreen se convirtió en un número.

Volvamos a asuntos más recientes sobre la vida y la muerte.

Lo planeé todo con el mayor esmero. De hecho, fui tan meticuloso que cuando lo pienso desde la distancia, en la tranquilidad nocturna de mi confortable habitación, con la llave de la puerta echada y los postigos cerrados, no puedo sino dudar de mi cordura. ¿Por qué consideré que debía llegar a tales extremos de alambicamiento? No es difícil empujar a una chica de un andén desierto a las vías ante un tren a toda velocidad. ¿No debería haberme conformado esta vez con algo igual de sencillo, limpio y definitivo?

Pero no, tuve que idear un plan de complejidad tan demencial que hasta la gran Agatha C. lo habría juzgado excesivo.

Me detengo un momento. Qué extraño: ahora que llego al meollo, de repente me doy cuenta de que todo el asunto me resulta tan sórdido como tedioso. No soy un monstruo de depravación, no soy el doctor Crippen, ni Christie ni, desde luego, Gilles de Rais. Un tipo corriente, el hombre común de la calle, un erudito aburrido y más trabajador que brillante, y sin embargo soy —o cuando menos lo fui durante un breve periodo— un malvado meticulosamente calculador que, viendo en peligro los mismísimos cimientos de su vida por culpa de una asquerosa judía, actuó con determinación para salvarse.

La sustancia me la pasó un exalumno. Un joven prometedor que había ido por el mal camino. Me preguntó para qué la quería. Le dije que tenía un gato enfermo y que quería poner fin a sus sufrimientos, pero que prefería no entregar el pobre animalito a las manos poco compasivas de un veterinario. No me creyó, claro, aunque insistí. Estaba en deuda conmigo porque hacía tiempo le había puesto un aprobado en vez de un suspenso; ya imaginaba yo que aquel favor me sería útil algún día.

El asunto me proporcionó incluso una pizca de nervioso entretenimiento cuando llamé al hombre que alquilaba el garaje. Recuperando mi antiguo talento como niño soprano del coro de la catedral de Manchester, desfiguré mi voz. Me sorprendió que todavía fuera capaz de conseguir un falsete aceptable, bueno, aceptable por teléfono, tapándome la boca con un pañuelo. El caso es que debió de ser convincente, pues el idiota se lo tragó.

Cuando colgué el auricular, tuve que reírme. A esas alturas seguía convencido de que solo se trataba de una diversión inofensiva: un experimento mental, digamos. Si me veía obligado a cargármela, esa sería una forma de hacerlo. Sin embargo, una vez que se me ocurrió, surgió un impulso al que no pude resistirme.

No deja de ser irónico que ella misma me diera la idea. Había estado buscando un aparcamiento para tener el coche a salvo de la intemperie y protegido de los vándalos. Le encantaba ese pequeño descapotable, era una de sus debilidades. Le dije que había encontrado el sitio ideal y aquella mañana fuimos juntos a Herbert Lane. El dueño del garaje, comoquiera que se llame, había dejado la llave bajo una piedra. Entramos. A Rosa le pirraba presumir de cómo dominaba la marcha atrás; era un as de los cambios de sentido realizados con solo tres maniobras. En cualquier caso, empezó a recelar cuando cerré las puertas dobles del garaje con nosotros dentro, pero entonces ya era demasiado tarde.

No negaré que experimenté un momento de exultación animal mientras le metía el pañuelo en la boca. ¿Qué dijo T. S. Eliot en aquel intento ridículo de escribir un drama griego en verso? Espera, voy a mirarlo. Sí, aquí lo tengo:

Cualquier hombre debe, necesita, desea,
una vez en la vida, liquidar a una muchacha.

Me sorprendió descubrir lo fuerte que era Rosa. Luchó conmigo como una leona y consiguió asestarme un buen golpe en un lado de la cabeza con uno de sus fieros puñitos. El oído me estuvo zumbando media hora. Pero la sustancia con que había impregnado el pañuelo era de acción rápida, así que se durmió en cuestión de segundos. Tuve que echar más gotas en la mordaza mientras colocaba la manguera y sellaba las ventanillas; solo habría faltado que volviera en sí y empezara a forcejear conmigo otra vez. Me preocupaba la capota de lona, pero razoné que, si era lo bastante hermética para impedir el paso de la lluvia, sin duda impediría que salieran los gases del tubo de escape. No me equivocaba, según se demostró.

Ella no sufrió y yo quedé libre.

Abrir la puerta, echar un rápido vistazo al callejón —¡solo faltaría que alguien me viera en ese último y fatídico momento!—, caminar tranquilamente hacia Merrion Square, hasta la parada de autobús, y subir al 10. Así pues, puedo decir sin la menor duda que para mí fue tortas y pan pintado aquel día. Estaba eufórico. Nada como una acción contundente para dar ligereza a los pasos. Hay mucho que aprender de Metternich. Desde luego yo lo hice.

¿Me mintió sobre el embarazo? No hay ninguna mención a él en los artículos de prensa sobre su triste fallecimiento. No es que se publicaran muchos, y en todos ellos llamaba la atención que se aportaran tan pocos detalles. Dijeron que había sido una muerte accidental; aquí no informan de los suicidios, supongo que porque creen que son pecado. Me llevé un buen susto cuando aquel portento sin barbilla y de acento refinado se presentó en la universidad aquel día para interrogarme sobre Rosa. Era, ay, muy apocado, pero no me dejé engañar, qué va. ¿Cómo se llamaba? ¿Stafford? Lo puse sobre la pista del *Gauleiter* Kessler y el mariquita de su hijo. Fue una idea genial, si se me permite decirlo. Ahora los dos están muertos.

Todo salió tan a pedir de boca que casi podría creerse que había un plan oculto detrás. ¿O debo atribuirlo a una genialidad innata? Un hombre en apuros es capaz de obrar maravillas.

Así que sanseacabó. Mira cómo me limpio el polvo de las manos, me arreglo la corbata, me aliso el copete y me alejo silbando tranquilamente.

De todas formas, sí que la echo de menos.

Nota del autor

Gracias, como siempre, a Raymond Bell, Gregory Page y Barry Ruane.

Nota de la traductora

Los poemas de Yeats citados están tomados de *Poesía reunida*, traducción de Antonio Rivero Taravillo, Valencia, Pre-Textos, 2010.

El fragmento de *Hamlet*, de William Shakespeare, está tomado de la traducción de Tomás Segovia, Barcelona, Penguin Clásicos, 2012.

Este libro se terminó
de imprimir en
Móstoles, Madrid,
en el mes de
octubre de 2023

«Para viajar lejos no hay mejor nave que un libro».
EMILY DICKINSON

Gracias por tu lectura de este libro.

En **penguinlibros.club** encontrarás las mejores
recomendaciones de lectura.

Únete a nuestra comunidad y viaja con nosotros.

penguinlibros.club

Penguin
Random House
Grupo Editorial

penguinlibros